集英社オレンジ文庫

雛翔記

天上の花、雲下の鳥

我鳥彩子

本書は書き下ろしです。

雛翔記

天上の花、雲下の鳥

天離《あまさか》る　鄙《ひな》の夢路に　神鳥《みどり》飛ぶ　我《われ》こそ汝《なれ》も　雛《ひな》よこの雛

第一章　誓約《うけい》の鳥

日奈《ひな》

日奈《ひな》は今日、輿入《こしい》れを命じられた。

思いがけないお役目に驚いている暇《ひま》はなかった。日奈の全身には無数の傷がある。そのようなお役目ならば、出立《しゅったつ》の前に見苦しいものを消してしまわなければならない。霊力を助けてくれる浄《きよ》めの水を求め、宮殿を出て山の奥の清流へと足を向けた。

小さな菫《すみれ》や野芥子《のげし》が可愛らしい花を咲かせる郷《さと》の道を行き、赤い躑躅《つつじ》が燃えるように咲き競う山の道を登り、大きな合歓木《ねぶ》が風に葉を揺らせる川辺に辿《たど》り着く。

日奈はいつも、貴《とうと》いお役目の前後にはこの川で禊《みそぎ》をすることにしていた。普段は身を浄めるだけだが、今日はいささか長居をすることになりそうだった。

水温《ぬる》む季節の清流を身に浴び、ひとつひとつの傷痕を霊力で消しながら、日奈は与えられたお役目のことを考えた。

日奈の主は、この花の郷、宇天那《うてな》を治める異花王《ことはなおう》。透き通る白い髪と焔《ほむら》のような紅《あか》い眸《ひとみ》を持つ、異形《いぎよう》にして明彩《うるわ》しき青年王である。

宇天那の民は、遥《はる》か昔、天上から降《くだ》ってきた神庭《かむにわ》の花の裔《すえ》。人の姿をしてはいても、その性《もちまえ》は花。それらを統《す》べる異花王は、髪の裾《すそ》、爪の先からも芳《かぐわ》しい香りを漂わせる花の王。

先刻、日奈を室《へや》に呼んだ異花王は、こう言った。

「日奈。萌葱媛《もえぎひめ》の代わりに、黒金《くろがね》の都へ輿入れしてくれるか」

あまりに突拍子もない話に、咄嗟《とっさ》には返事が出来ず、眸《め》を丸くして異花王を見つめ返した。戸惑いのまま、高貴の身を表す挿頭花《かざし》を飾った下げ角髪《みずら》、練り絹の艶《つや》が眩《まぶ》しい単衣《ひとえ》の襟元《えりもと》、花模様を織り込んだ華やかな掛衣《かけぎぬ》の袖《そで》へと視線を移していると、異花王は美しい面《おもて》に浅い苦笑を浮かべて事の次第を語った。

「黒金の大王《だいおう》が、神庭の各郷《かくさと》から妃《みめ》を求めていることは知っていよう。すでに魚の郷と虫の郷が妃を差し出している。我が妹、萌葱媛も今年で十七。此度《こたび》は、花の郷からも妃を出せということだ。だが萌葱媛は――」

異花王が皆まで言う前に、日奈は頷いた。

萌葱媛は、兄の異花王同様にこの世のものとも思えぬ美貌の持ち主だが、口はものを言わず、目は何も見ず、己のことを何も出来ない人形のような媛君《ひめぎみ》である。そんな媛君を外には出せぬゆえ、代わりに同じ年頃の自分を――ということなのかと日奈が理解しようとした時、異花王が続けた。

「日奈。後宮《きさきのみや》へ入った後《のち》、そなたはそこで、折を見て大王を殺すのだ」

「――」

日奈は二度《ふたたび》絶句した。

「黒金の大王家は、鉄《くろがね》の力でこの大八洲《おおやしま》を統べようとしている。鉄の材料《たね》を採《と》るために山を削り、鉄の武器《つわもの》を作るために民《しもべ》を奴隷として働かせる。そうして大御神《おおみかみ》が生み出された国を損《そこ》ね、人を苦しめている。このままでは大きな禍《わざわい》が起こる。この大八洲が間違った向きへ進み始めた時、それを正すのが神庭の裔の役目《つとめ》なのだ。今こそ大王を殺し、その混乱《みだれ》を衝《つ》いて大八洲を我らの手に取り戻す」

太古、大八洲に人が生まれて間もない頃、そこでは荒ぶる国《くに》つ神《かみ》が人々に害を為していたという。天上の大御神は己の庭の生きものを地上へ遣《つか》わし、国つ神の征伐を命じた。神庭から遣わされたのは、庭に咲く花やそこに留まる虫、池を泳ぐ魚など、様々な生きもの。それらは地に落とされて、人の姿を取り、大御神から与えられた天《あま》つ霊力《みちから》を以《もっ》て国つ神を追い払い、地上の人々を導き治めるようになった。

しかし、いつしか人々は山を掘って鉄の力を利用することを覚え、農地を広げ、人口を増やしていった。それと反比例して、神庭の裔は数を減らしてゆくばかり。大御神から与えられた霊力は金気《かなけ》に弱く、鉄の武器を携えた大王家の兵に敵《かな》わなかったのだ。

かつての力関係は逆転し、神庭の裔は黒金の大王家に抑えつけられているのが今の現実だった。人質として妃を差し出せと命じられても、断ることが出来ない。そのあたりの事情は日奈にもよくわかっていた。そしてそれだけわかっていれば、十分だった。

役目の大きさに驚きはしても、日奈は主の命《めい》に問いを返すことはしない。異花王の言う『大きな禍』が具体的にどんなものなのかは知らないが、主がそう言うのなら、それを信じる。この大八洲に大きな禍が起きぬよう、大王を殺す。それが自分の役目だ。

「日奈。私の妹として、行ってくれるか」

異花王の再度の言葉に、日奈は頷いた。

元より異花王の命とあれば何であろうと従うが、心配なのは自分と萌葱媛とではあまりに外見が違わないだろうか、ということだった。

年齢に関しては、日奈は今年十六だが、齢《とし》より大人びて見られる容姿なので、ひとつ上の十七と言っても疑われることはないだろう。それはいいとしても、問題は、

「わたしのような色の黒いがさつな娘が、花の郷の媛君の身代わりなど務められるものでしょうか――」

化粧気も何もない貌《かお》を隠すように、日奈は俯《うつむ》いた。

首の後ろで簡単に括《くく》った髪は、同じ年頃の娘たちと比べれば不格好なほど短い。あまり長いと動くのに邪魔なので、伸びたらすぐに切ってしまうのだ。媛君のふりをするには、髢《かもじ》も必要になるだろう。

「――日奈」

異花王は日奈の頰を白い両手で包み込むようにして言った。

「そなたは己を知らぬのだ。そなたは飾れば麗美《うるわし》くなる」

主の手に顔を上げさせられた日奈は、小さく頭《かぶり》を振った。

麗美《うるわし》いのは異花王だ。

美しい何かを花に喩《たと》えることはある。

だが、花そのものの王を何に喩える？

挿頭花《かざし》に飾る白い石楠花《しゃくなげ》より、異花王の方が遥かに花としての華がある。

日奈にとって、異花王は何にも喩えようのない、唯一の存在だった。

萌葱媛も花そのものの美しさだが、異花王の身には溢《あふ》れる霊力の光華《ひかり》が取り巻いている。

その眩《まばゆ》い光と、芳しい香りに、日奈は惹《ひ》かれずにいられない。

異花王から漂う芳香に酔いながら、日奈はもうひとつの心配事を口にした。

「大君様《おおきみ》――。この宮殿《みあらか》に、霊力《みちから》を持つ儐従《しとりべ》〔護衛・従者〕はわたしの他にもおりますが、わたしはあなた様の鳥。あなた様のお傍《そば》にいられないのは気懸かりでございます――」

日奈の言葉に、異花王は微笑《わら》って答えた。

「では、私のために早く仕事《つとめ》を片づけて帰ってきておくれ。そなたは鳥だ。仕事が済めば、飛んで帰ってきてくれるだろう？　そうしてまた、私の傍で、大王家から大八洲を取り戻す手伝いをしてくれるだろう？」

そう言われてしまえば、これ以上は何も続けられなかった。日奈はその足で、禊の川へと向かったのだった。

――大君様の仰《おつしや》るとおり、さっさと仕事を片づけてしまえば、さっさと帰れる。また大君様のお傍にいられる――。

だから今は、花の媛君に化け通すために、媛君らしくない身体の傷を消してしまわねば。

清らかな水に霊力を通し、大きな傷から小さな傷まで注意深く癒《いや》していると、ふと近くの大きな岩陰から物音が聞こえた。川の魚が跳ねた音ではない。人の足が川底の砂利を踏んだような音だった。

「そこに、誰かいるのか？」

日奈は岩の向こう側へ誰何《すいか》した。

返事はなかったが、確かに人の気配がある。

考え事をしていて、人が来たのに気づかなかったのか――。

しかも、脱いだ衣服を置いた川岸から随分離れたところまで来てしまっていた。急いで衣《ころも》を取りに川岸へ戻ろうとしたところへ、岩陰から若い男が顔を出した。

「！」

齢の頃は二十四、五だろうか。精悍《せいかん》な顔つきの中に、不思議な人懐《ひとなつ》こさを漂わせる表情で言う。

「いやー、すまん。こっち側で釣りをしていたんだが、ふと気がついたらそっち側で娘さんが水浴びをしていて、どうしていいものやら困っていたというか」

どうしていいやらも何も、そういう時はさっさと退散すればいいだろう――と思いながら、日奈は男を睨《にら》んだ。

「話はわかったからじろじろ見るな。不躾者《ぶしつけもの》め」

「あ、すまん」

男は素直に謝って岩陰に頭を引っ込めた。

郷の者なら、ここが禊の川だと知っているから釣りになど来ない。余所者《よそもの》だろうが、商人には見えなかった。角髪に結うでも髷《まげ》を作るでもなく無造作に括られた髪、異国の風《ふう》を思わせる盤領《あげくび》〔立襟〕の衣、どこから来た何者だろう?

首を傾《かし》げてから、日奈は大きくため息をついた。いずれにせよ、禊の邪魔をされてしまった。傷は癒し切れていないが、今日はもうここまでだ。

日奈が不機嫌に川岸の衣服を取ろうとした時だった。目の前にぬっと伸びてきた腕が衣を奪った。

「!?」

岩陰にいたはずの男が、驚くような素早さで飛んできて日奈の衣服を掠め取ったのだ。

そうしてまた岩陰に駆け戻った。

「何のつもりだ！　衣を返せ」

日奈の抗議に、男は岩の向こうから言った。

「俺の疑問に答えてくれたら返すよ」

「疑問？」

「あんたのその身体、傷だらけなのはどんな経緯《いきさつ》だ？」

「そんなこと、おまえに関《かか》わりないだろう」

「関わりはないが、気になる。一体全体、若い娘が全身にそんな傷を負うようなどんな目に遭《あ》ったのか。教えてもらわないと、俺は気になって気になって夜も眠れない」

「ふざけたことを——」

余所者に教えてやることなど何もないが、日奈は文字通りの丸腰で、衣を質に取られている。立場が弱いのはこちらだった。

仕方なく、互いに岩陰に隠れる格好で会話をすることになった。

「……これは、主を守るために負った傷だ」

「主？　あんたの主ってのは、何に狙われてるんだ？　それは矢傷でも刀傷でもないだろう。化け物にでも襲われたのか？」

「……まあ、そんなようなものだ」

「へえ。あんたは化け物と戦ってるのか、面白いな。だがその傷、随分古いものもあるだろう。霊力《れいりょく》があるなら怪我《けが》をしたその場で癒せるだろうに、古傷になるまで放っておいて、今さら消そうとするのはどういう理由だ？」

　よく見ている――。

　一体、いつから裸を見られていたのか、日奈は顔をしかめた。

「衣服《ころも》で隠せるところの傷は、主のお目汚しになることもないから捨て置いていただけだ。だが、次のお役目《つとめ》は身体に傷があっては務められぬゆえ、消していた」

「服を着ていれば問題ない傷が、問題になるお役目？　どういうお役目だ？」

「……輿入れする」

「ほう！　嫁入りか。それはめでたい。――って、お役目と言ったか？　嫁入りがお役目？」

「主の命で輿入れする」

「おいおい！」

　岩陰から男が顔を出す。日奈はそれを睨み、視線で男を岩の向こうへ押し戻した。男が不満そうな声を上げる。

「ご主人様の命令で結婚するって、あんたの意思は？」

「主の意に添うことがわたしの喜びだ」

「そういうのはどうかと思うな――結婚というのはもっとこう、純粋に、互いに好き合ってだな――」

ぶつぶつ言っている男に、日奈は不機嫌に声を投げる。

「もういいだろう。衣を返せ。そろそろ身体が冷える」

「じゃあ、もうひとつだけ！　あんたの名前を教えてくれ。そうしたらこれを返すよ」

「……日奈」

ぽつりと答えてから、問い返す。

「おまえの名は？　わたしにだけ名乗らせるな」

「俺？　俺は――川彦《かわひこ》だ」

「……」

川で出くわした男が、『川彦』と名乗る。あからさまに偽名だろうと思ったが、それを咎《とが》めて、これ以上会話を長続きさせたくもなかった。日奈は返してもらった衣を手早く着ると、まだ話しかけてこようとする男を躱し、地を蹴って近くの大きな楠《くすのき》の枝へ跳び上がった。

「おっ――」

背よりも高い枝の上に軽々と跳躍した日奈の身軽さに、男は驚いた様子を見せたが、すぐに楽しげな表情になってひらひらと手を振った。

「じゃあな、日奈。また逢おう！」

明るいその声を無視し、日奈は木の枝から枝へと飛び移って男から離れた。

山を下り、王宮への帰路を辿りながら、ひたすら胸がむかむかしていた。

禊を邪魔されたこと、見知らぬ男に裸を見られたこと、あれこれ詮索《せんさく》されたこと、すべてが不愉快だった。

ささくれ立った気分のまま宮殿へ入ると、長い垂髪《すいはつ》に白い衣の裾を引いた覡《かんなぎ》〔男性の巫女〕の手真木《たまき》とすれ違った。

「──日奈？　心が乱れているようですね」

呼び止められてそう指摘され、頭を下げる。

「申し訳ありません」

手真木は異花王の文学《ふみはかせ》〔家庭教師〕にして、日奈に霊力の使い方を教えてくれた師匠でもある。十年近く前に初めて逢った時から青年姿のまま齢を取っていないように見える不思議な人だが（それが覡というものなのかもしれない）、日奈のことを最も知っている人物のひとりだった。

「いつも落ち着いているあなたが珍しい。何かあったのですか？」

「……いえ、ちょっと……外でおかしな男に絡《から》まれただけです」

「おかしな男？」

「余所者のようでしたから、すぐに郷を出てゆくでしょう。すみません。わたしの心掛けが至りませんでした。気をつけます」

「ええ、お気をつけなさい。みだりに感情《こころ》を昂《たかぶ》らせてはなりません。常に心平静《こころたいらか》でいなければ、霊力《みちから》を正しく使うことも、主を守ることも出来ないのですから」

「はい」

幼い頃からずっと教えられていることを、また注意されてしまった。日奈は恥じ入ってさらに深く頭を下げた。

——あの男のせいだ。女の水浴びを覗《のぞ》いた上、衣を質《かわり》にして脅《おど》すなんて、男の風上にも置けない。一発《ひとつ》殴ってやればよかった——。

朱鷺王《ときおう》

日奈《ひな》が去ったあともしばらくそこで釣りを続けたものの、一向に何も釣れない。諦《あきら》めて場所を変えようと山の中を移動しているところへ、一陣の風と共に黥面《げいめん》〔刺青《いれずみ》をした顔〕の青年が現れた。

「やっと見つけた！　こんなところにいましたか、朱鷺王《ときおう》！」

そう呼びかけられ、うんざりとため息をついて答える。

「その名で呼ぶな。俺は川彦《かわひこ》だ」

目尻に墨を刻んだ男――朱鷺王の傧従《しとりべ》である差支波《さしは》も同じようにため息をつく。

「……まったくあなたは、海で逢った女には海彦《うみひこ》、山で逢った女には山彦、今度は川で逢った女にそう名乗ったのですか」

「妻求《めま》ぎの旅〔花嫁探し〕に出てきたのだからな、女と出逢わなくてどうする」

「何が妻求ぎですか。そう託《かこつ》けた、ただの家出でしょう。あなたの妃《みめ》は、お父君が相応《ふさわ》しい媛《ひめ》を選んでくださいますよ」

「それが気に入らぬと言っている。押しつけられた妃など真っ平だ」

「だからといって、旅で出逢った行きずりの女を選んでもお父君が許されないでしょう」

「俺は、自分で選んだ、自分が欲しいと思える女しか要《い》らん。欲しくないものは、くれると言われても要らん」

それが朱鷺王の性分だった。

人であっても物であっても、とにかく押しつけられるのが厭《いや》だ。そのもの自体に恨みはなくとも、押しつけられた、というだけで疎《うと》ましくなる。

この性分のせいで父親とぶつかり通し、十を越えた頃から家出を繰り返しては諸国を放浪している。こんな男と娶《めあわ》せられては、女の方も不幸というものだろうと思う。

「――それで？　この郷《さと》ではどこで寝泊まりを？」

差支波は諦めたように肩を竦《すく》め、朱鷺王の寝床まで跟《つ》いてきた。山の中の洞穴《ほらあな》へ案内すると、狭い穴の中を大げさな身振りで見渡す。

「天下治《あめのしたし》らしめす黒金《くろがね》の大王《だいおう》の長子ともあろう方が、こんなところで野宿ですか」

「神庭《かむにわ》の郷に、余所者《よそもの》を泊めてくれる家などないからな。これはこれで楽しいぞ」

けろりと答える朱鷺王に差支波はぶつぶつ文句を言う。

「せめてもう少し、居心地を良くしようとは思わないんですか。地面にもっと草を厚く敷くとか、夜具にはちゃんとした衾《ふすま》を手に入れてくるとか——。都の立派な宮殿で生まれ育った人が、よくこんな大雑把な寝床に耐えられますね」

「細かいことは気にしない性質《たち》なんだ」

「——で、今日の食事は釣れたんですか？」

差支波は朱鷺王が肩に担《かつ》いでいる釣り道具を見遣《みや》る。

「それがさっぱりだ」

「まったく！　私が何か釣ってきますから、待っててください。寝床も整えてあげますから、逃げないでくださいよ。いいですね？」

差支波が洞穴を出たり入ったりしながら甲斐甲斐しく世話を焼いてくれる中、朱鷺王はぼんやりと物思いに耽《ふけ》っていた。

「朱鷺王？　何をお考えですか」

「――いや。さっき、川で逢った娘が忘れられなくてな」

「天女が水浴びでもしていましたか」

「天女ではないが、滅多《めった》に見られぬものではあったな、あれは」

甘い花の香りに満ちた長閑《のどか》な花の郷へ入り、山の中へと足を延ばしたところ、山女魚《やまめ》のいそうな清流を見つけ、釣り糸を垂らしていた。すると、岩陰の向こうに若い娘がやって来て、おもむろに衣《ころも》を脱ぎ始めたのだ。何やら深刻そうな風情《ふぜい》にまず目を奪われ、続いてその裸身を見て驚いた。

――傷だらけだった。

背中も腹も腕も足も。奴隷が鞭《むち》で打たれたような傷ではなく、刃物で斬られたのでも矢で射られたのでもない、強《し》いて言えば火傷《やけど》に似たような、広範囲の皮膚が引き攣《つ》れた傷痕。細かく抉《えぐ》れた傷や引っ掻き傷もたくさんあった。それらの傷は肌を青黒く変色させ、もっと遠目に見れば華やかな文身《ぶんしん》〔刺青をした身体〕のようにも見えたかもしれない。

だが朱鷺王があの距離で見たものは、明らかに無数の傷だった。あれほど傷だらけの娘を初めて見た。

色鮮やかな花が咲き乱れる初夏の山の中、なまじ顔立ちが涼しげなだけに、張り詰めた表情と全身に負った傷が一層凄惨に見え、言葉を失って立ち尽くした。

やがて、娘は傷を癒《いや》しているのだと気がついた。

目を覆《おお》いたくなるような傷が、清流を浴びながら消えていった。神庭の郷には大御神《おおみかみ》から与えられた霊力を使える者たちが住む。この娘もそうなのか——。

娘の禊《みそぎ》をこっそり見ているうち、傷の所以《ゆえん》が気になって、声をかけずにいられなくなった。そして事情を聞いて、ますます興味が募《つの》った。

悲壮な表情で、主の命《めい》を受けて嫁入りすると言った娘、日奈。

本人は自分の表情に気づいていなかったのかもしれないが、あんな顔をされて、放っておけるわけがないではないか——。


朱鷺王は翌日もあの清流へ行ってみた。

しかし日が暮れるまで待っても日奈は現れなかった。他の川を探し歩くこと数日、初めに逢ったのとは別の山の清流で、今度は衣《ころも》を脱ぐ前の日奈とばったり鉢合《はちあ》わせた。

「——こんなところで何をしている」

衣の胸元を押さえ、警戒心を露《あらわ》にする日奈に、朱鷺王は肩に担いだ釣竿を揺らしてみせた。

「釣りだよ。この郷《さと》に来て以来、一匹も釣れないんでね。悔しくてあちこちの川を巡ってるんだ」

日奈は朱鷺王の釣竿に目を遣り、眉を顰めて言う。

「その釣針のせいだろう」

「なに？」

「この宇天那《うてな》で、鉄《くろがね》の釣針を垂らして釣れる魚などいない」

「へえ、そうなのか。じゃあどんな釣針ならいいんだ？」

「……この郷では、獣の骨を削ったものを使う」

「それはいいことを聞いた。今度はそれで試してみよう」

朱鷺王は笑顔で答え、「ところで」と話を変えた。

「今日も禊の続きか？　傷が全部消えたら、嫁入りか？　それは、本当にあんたが望んだことなのか？」

「おまえには関わりのないことだと言っただろう。つまらぬ口を出すな」

険しい目つきでそう答え、日奈はくるりと踵《きびす》を返す。

「禊をしないのか？」

「場所《ところ》を変える。跟《つ》いてくるなよ」

素っ気なく言って去って行った日奈を、朱鷺王は白々しい笑顔で見送ってから、こっそり追いかけた。

この数日、伊達《だて》に日奈を捜して清流巡りをしていたわけではない。大分土地勘は付いた。

ここから一番近い別の川ではなく、二番目に近い川へ当たりを付けて行ってみると、禊をする日奈の姿を見つけることが出来た。

気配を消し、そうっと背後から近づき、裸の日奈を抱き寄せてみる。

「きゃあっ!?」

日奈は存外高い声で悲鳴を上げて身を竦《すく》め、不埒者《ふらちもの》の正体が朱鷺王だと気づいて眉を吊り上げる。

「跟いてくるなと言っただろう！　何のつもりだ！」

暴れる日奈を腕の中に摑まえたまま、朱鷺王は満足の笑みを漏《も》らした。

「なーんだ、ちゃんと若い娘らしい反応も出来るじゃないか。裸を見られてもあんまり動じていないようだったから、情緒的に何か問題があるのかと心配しちまったよ」

「何を訳のわからないことを言っている、わたしに触るな、放せ！」

日奈は、身軽で霊力はあっても膂力《りょりょく》は普通の娘と変わらないようだった。じたばた暴れられても、力尽くで押さえ込むのは簡単だった。しかし、朱鷺王のその余裕が油断に繋がった。

「放せ！」

日奈が一際《ひときわ》強く叫んだ時、朱鷺王の全身に雷に打たれたかのような衝撃が走り、日奈から弾《はじ》き飛ばされた。

「うぉっ――痛《いて》てっ」

川の中から川岸まで飛ばされ、地面に叩きつけられたところへ、さらに追い打ちの霊力をぶつけられる。

「痛《いて》っ、悪かったよ、悪戯《いたずら》をしたのは謝るからさ――」

朱鷺王の言い訳に聞く耳を持たず、日奈は雪玉でも投げるように霊力の塊《かたまり》を次々に放ってくる。這々《ほうほう》の体《てい》でその場を逃れ、人心地付ける場所まで来てから、朱鷺王はほうっと息を吐いた。

「相当怒らせちまったな～……」

だが、どうにも気になる娘なのだ。

若い娘にあんな傷を負わせる主とは何者だ？

花の咲き乱れる平和な郷に見えて、案外ここは物騒なのか？

日奈は主の命に従うのが役目だと言っているが、自分の意思でもないのに、物騒な主のために嫁入りさせるなんて忍びない。なんとかその縁談、壊せぬものか――。

山の獣道の真ん中で胡坐《あぐら》をかいて考え事をしている朱鷺王の前へ、食料の調達に行っていた差支波《さしは》が現れた。腕には一杯の山菜や菓《くだもの》を抱えている。

「朱鷺王！　美味《おい》しそうな甘野老《あまどころ》を採《と》ってきましたよ。御浸《おひた》しにしましょうか。そうそう、さすが暖かい宇天那ですね、もう山桃も生《な》っていました。桃、お好きでしょう？　――

……って、そんなところに座り込んで何をしているんです？」

「……ああ、情の強《こわ》い娘はなかなか好みだな――と思ってな」

「はあ？　例の川で逢った娘ですか？　あんまり変な女に入れ込まないでくださいよ？」

「普通の女の何が面白い。この俺を霊力で投げ飛ばすような女だぞ、手応《てごた》えがあっていいじゃないか。欲しいな――」

追われると面倒臭《くさ》くなるが、逃げられると追いかけたくなるのだ。それが朱鷺王の性分だった。

しかし、その後も宇天那の清流巡りを続けた朱鷺王が日奈の姿を見ることはなかった。

禊はもう済んだのだろうか。あの娘は嫁入りしてしまったのだろうか――。

花の媛《ひめ》、出立

度々《たびたび》邪魔は入ったが、見苦しい身体の傷はすべて消し去ることが出来た。日奈《ひな》は予定どおり、萌葱媛《もえぎひめ》の身代わりとして嫁入りの輿《こし》に乗ることとなった。

出立のその日、今まで袖《そで》を通したこともないすべすべの衣《ころも》を着せられ、顔に化粧を施《ほどこ》され、髢《かもじ》を足した髪を複雑に結い上げられ、日奈は自分が人形にされたような気分だった。

飾り立てられた手足も頭もどこもかしこも、自分が勝手に動かしていいものではないように思えて、全身が固まってしまった。

　異花王《ことはなおう》の前でぎくしゃくと出立の挨拶《あいさつ》をすると、「これを持って行きなさい」と錦《にしき》の小袋をふたつ差し出された。

「赤い袋には、毒の粉が入っている。中つ人《なかびと》には伝えなかった毒草《あしきくさ》から作ったものだ。酒にでも混ぜて服《の》ませれば、眠り薬になる。幾度《いくたび》か服ませれば、本人《おのれ》も気づかぬうちにじわじわと効き始め、ある日ふと、心の臓を止める。直《じか》に嗅《か》がせれば、効き目はもっと早い。人が知らぬ毒ゆえ、大王が俄《にわか》に倒れても、そなたが疑われることはないだろう」

　神庭《かむにわ》から降された花の民は、大八洲《おおやしま》の稚《いとけな》い人々に薬草と毒草の見分け方を教え、また水稲《すいとう》の技術他、様々な植物の栽培法を教えた。しかしこの宇天那《うてな》には、外にはない植物もある。即《すなわ》ち宇天那には、中つ人が知らない薬もあれば、毒もある、ということだった。

「白い袋には、《天つ種《あまたね》》が入っている。清浄《きよらか》な神庭の郷《さと》を出て、金気《かなけ》にまみれた黒金《くろがね》の都へ行っても、この種を蒔《ま》いて生った実を食べれば、金気に中《あ》てられた身体を癒せるだろう。蒔けばすぐに芽が出て実が生る種だ。輿入れの道すがらでも、身体が辛《つら》いようなら蒔きなさい」

「お心遣《こころづか》い、ありがとうございます」

　日奈は、毒と薬、ふたつの袋を両手で押し戴《いただ》き、大事に懐《ふところ》へしまった。

「お役目《つとめ》は必ず果たします」

この大八洲に禍《わざわい》を呼ぶ大王を殺し、すぐにまた主の許《もと》へ戻る。日奈はそのことだけを考えていた。

「気をつけて行きなさい」

そう言って優しく微笑む異花王と、その傍《かたわ》らに控える手真木《たまき》とに深く拝礼してから、毅《き》然《ぜん》と顔を上げる。

「――では、行って参ります」

異花王の室《へや》を出ると、宮殿の広庭《ひろにわ》に輿が用意されていた。大きな白木の輿は、天蓋《てんがい》から錦の布が垂らされ、藤や躑躅《つつじ》、石楠花《しゃくなげ》や吸葛《すいかずら》といった色とりどりの花、海の珠《たま》〔真珠〕や山の玉《たま》〔翡翠《ひすい》〕などの宝玉が飾られた豪華なものだった。

侍婢《まかたち》〔侍女〕に助けられて輿に乗り、それが担《かつ》ぎ手たちによって持ち上げられると、不意に心細さが胸を過《よぎ》った。

こんな立派な乗り物で移動をするのは初めてなのだ。自分の足ではない、人の力で運ばれてゆくことへの漠とした不安が湧き上がる。

そもそも日奈は宇天那の外へ出たことがない。心細くなるのも当然だったが、今さらそんな弱音は吐けなかった。

――わたしには、大君様から与えられたお役目がある。

錦の袋をしまった懐を押さえ、深く息を吸う。まるで匂い袋のように、胸元から異花王の芳《かぐわ》しい香りが漂っている。

わたしは大君様の鳥。お役目を果たし、すぐに飛んで戻ります――。


王宮から輿入れ行列が出てゆく様子を、異花王は宮殿の高楼からひとり見送っていた。

「ああ、誓約《うけい》の鳥が飛んで行った――」

低く漏《も》らしたつぶやきを聞く者は誰もいなかった。

◇――*◆*――◇

「なんだありゃ」

王宮の方角から、豪華な行列が続いている。それを丘の上から眺め見た朱鷺王《ときおう》が首を傾《かし》げると、傍らで差支波《さしは》が言った。

「花の媛《ひめ》が大王の妃《みめ》に求められたそうで、その輿入れ行列ですよ」

「ほう！　親父殿、今度は花の媛を貰うのか。宇天那《うてな》の媛君《ひめぎみ》といったら、美人と評判だがまだ若いんじゃなかったか？　また母上に平謝りだな、懲《こ》りない人だなー」

「大王が別に、好き心で妃を増やしているわけではないのはご存知でしょう。大御神《おおみかみ》の力を笠に着た小うるさい連中を抑えるために、神庭《かむにわ》の各郷《かくさと》から妃を取っているんですよ」

「妃とは名ばかり、体《てい》のいい人質か。厭《いや》だねえ、そんな風に女を手に入れて何が楽しいのかね」

「何言ってるんですか、あなたも辿《たど》る道ですよ。実際、この郷の連中も、余所者《よそもの》への愛想のなさは大概ですからね」

　差支波は憎らしげにぐるりと郷を見遣る。

「神庭の裔《すえ》というやつは、大八洲《おおやしま》で生まれた中つ人《なかびと》より、天上の神庭から降りてきた生きものの裔である自分たちの方が何倍も偉いと思っている。郷で生まれた者だけで寄り集まって、余所から来た中つ人の定住を許さない。こんな連中は、人質でも取って抑えつけておかないと、面倒を引き起こすことになるのが目に見えていますよ」

「随分わかったようなことを言うようになったじゃないか、差支波。だが生憎《あいにく》、俺は自分が抑えつけられるのも他人《ひと》を抑えつけるのも嫌いなんだ。大王なんて窮屈な身分を貰うのは真っ平御免だね」

　そう言い捨てて、朱鷺王は丘を降りた。

　あれ以来、日奈が見つからないことで苛々《いらいら》しているというのもあった。鬱憤《うっぷん》晴らしの悪戯心《いたずらごころ》で、父が迎える新しい妃の顔を覗《のぞ》き見てやろうと、輿入れ行列の後を追った。

　宇天那は小さな郷である。徒歩《かち》の旅ならすぐに郷の外へ出られるが、媛君を輿に乗せた旅では、それなりに休憩を挟むだろう。

朱鷺王の読み通り、しばらく行った先の川縁《かわべり》で行列は休みを取っていた。

降ろされた輿には錦の布が垂らされたままで、中の様子は見えない。思案した朱鷺王は、小石を拾って近くの木に登った。

ちょうどそこへ、侍婢《まかたち》が輿の中の媛君に水を持ってきた。錦の垂れ布が巻き上げられ、媛君の頭と手が見える。

ここだ——と輿の天蓋《てんがい》に向けて石のつぶてをいくつか飛ばしてみると、空から石が降ってきたのに驚いた媛君と侍婢が頭上を振り仰いだ。

「！」

樹上の朱鷺王と、媛君の視線が交わった。

侍婢は空を見上げてきょろきょろしているが、媛君は石つぶてが飛んできた方向を正確に察し、朱鷺王が登っている木の方を真っすぐに見たのだ。そして朱鷺王の顔を見た媛君は眸《め》を瞠《みは》り、朱鷺王もまた驚いた。

——日奈!?

媛君の視線を辿った侍婢もこちらに気づき、「曲者《くせもの》が！」と声を上げる。朱鷺王は慌《あわ》てて木を降り、その場から退散した。

しばらく走り、追ってくる者がないのを確かめてから、目に付いた大木の陰に腰を下ろす。知らず苦笑いがこぼれた。

「あぁ、驚いたな……」

化粧をして、えらく着飾っていたが、あれは確かに日奈だった。

日奈が花の媛?

――いや、違う。

あんな全身傷だらけの媛君がいるものか。川で逢ったあの娘は、言葉遣いにしても身のこなしにしても、明らかに深窓《しんそう》の媛君ではなかった。

では、この輿入れは身代わりか? 主とやらに命じられて、身代わりで大王の後宮《こうきゅう》へ入るつもりなのか? 媛君に成りすますために、身体の傷を消していたということか。

そんな命令を下す者。輿入れする媛を入れ替えることの出来る者など、限られている。

――日奈の主とは、宇天那の王、異花王《ことはなおう》か?

一体、何のために媛を入れ替えた?

「……厭な予感しかしないな」

朱鷺王は低くつぶやいて、再び行列の後を追うことにした。

◇――*◆*――◇

再び動き出した輿の中で、日奈は憮然としていた。

――さっきの男、あれは川彦《かわひこ》だった。

木の上から媛君《ひめぎみ》の輿に石つぶてを投げるなどと子供のような悪戯をして、何のつもりだろう。いや、悪戯に意味などないとしても、心配なのは顔を見られたことだ。

向こうにも、自分のことがわかっただろうか？

確かに目が合った。そして驚いた顔をした。

見知らぬ人間を見て、あんな表情はしないだろう。媛君の輿に乗っていたのが、あの時、川で逢った娘だとわかったから驚いたのに違いない。

あの男、輿入れの媛が贋者《にせもの》だと言いふらしはしないだろうか――。

日奈は落ち着かない気分で両手を揉《も》み絞った。

出来ることなら川彦を捕まえて口止めしたいが、あまり騒げば、藪蛇《やぶへび》になることも考えられる。ごく近くに仕える侍婢《まかたち》は日奈が萌葱媛《もえぎひめ》の身代わりだと知っているが、多くの随行たちは輿の中にいる娘の正体を知らないのだ。

それに、少し話しただけでも強烈に印象に残る、川彦の好奇心の強い性分。迂闊《うかつ》にこんな形で再会を演じれば、何をどれだけ詮索《せんさく》されるかと思うと、正直、もうあの男とは関わりたくない。

悩んだ末、日奈は侍婢を呼んで頼んだ。もし、輿入れの媛が贋者《にせもの》だと騒ぐ者がいても、白《しら》を切り通すようにと。

どうせ、王宮の奥深くに暮らす萌葱媛の顔を知る者などほとんどいない。堂々としていればいいのだ。自分にはそう言い聞かせる。

――まったく、あの男と顔を合わせるとろくなことがない……！

日奈は、脳裏に浮かぶ川彦の妙に余裕めいた顔を睨《にら》み、内心で悪態を吐《つ》いた。

しかしすぐに、日奈は川彦のことばかりを考えてはいられなくなった。

輿が宇天那《うてな》を出て、故郷から遠ざかるにつれ、手足に重石《おもし》でも付けられたように全身が重くなってきたのである。呼吸もどんどん苦しくなっていった。

宇天那は神庭《かむにわ》の郷《さと》。天《あま》つ霊力《みちから》に満ちた場所。現在は民のすべてが霊力を持つわけではなく、霊力のない随行たちの様子に変化は見られなかったが、日奈のように強い霊力を与えられた者は、郷を離れると覿面《てきめん》に身体が利《き》かなくなるらしい。

輿を止めてもらい、異花王《ことはなおう》から授かった白い錦の袋を開けてみた。中には、小指の爪ほどの大きさの白い種がたくさん入っていた。

異花王が言ったとおり、道端《みちばた》に蒔いた天つ種は瞬《また》く間に芽を出して白い花を咲かせ、赤く熟れた実を生らせた。その甘い実を食べれば、呼吸は楽になったが、身体の重さまでは消え去らなかった。

腕を上げる、その場で飛び跳ねる、そういった動作をするだけで息が切れる。言うことを聞かない自分の身体に日奈は戸惑った。

日奈は宇天那で、誰よりも身軽に跳ぶことが出来た。高い木の枝へ、猫《ねこま》のように飛び乗ることも出来たし、枝から枝へ、猿《ましら》のように飛び移るのも朝飯前だった。それが今は、身体が重くて地面を歩くのも難儀な有様。霊力を使うどころの話ではない。

宇天那の外も大御神が創られた場所であることに違いはないのに、どうして自分はそこで普通に過ごせないのか。

——これが、金気《かなけ》の穢《けが》れ？

黒金《くろがね》の大王家が山を掘って作り出し、大八洲《おおやしま》中に広めた鉄《くろがね》。人々は鉄の農具で畑を耕し、鉄の武器で獣を捕らえる。鉄の鎌で刈り取られた青菜、鉄の鏃《やじり》で射落とされた鳥、そういったものを日奈は口に出来なかった。目の前に出されると、気分が悪くなるのだ。

恐ろしいことだ、と思った。この金気の穢れが神庭の裔《すえ》を蝕《むしば》んでいるのか。

かつて、神庭の裔が住む郷は大八洲中のあちこちにあったという。だが黒金の大王家が興《おこ》り、金気の力を振り翳《かざ》して各地の豪族を呑み込み、神庭の郷を滅ぼしていった。昔はたくさんあった神庭の花の郷も、今は宇天那だけになった。そしてその宇天那の中でも、天つ霊力を持つ者はごく少数である。

大八洲中を覆《おお》う金気の穢れは、清浄に思える宇天那の内にも確実に影響を及ぼしているのだ。このままではいずれ、神庭の裔のすべてが滅んでしまうかもしれない。大王を殺せと言った異花王の命《めい》が、その切迫性が、やっと日奈の中にすとんと落ちた。

これほどの穢れを放っておけば、今は便利に鉄の道具を使っている人々にも、どんな禍が降りかかることになるかわからない。そもそも宇天那では、鉄など使わずとも異花王の溢《あふ》れる霊力で皆が満ち足りた暮らしをしているのだ。大八洲を神庭の裔が治めていた時代に戻せば、皆が穢れのない暮らしに戻れる。

——そのためには、大王家を倒さなければ。

大きなお役目を与えられた栄誉だけを拠《よ》りどころに、日奈は金気の穢れに耐えて旅を続けた。

輿入れ行列は東へ向けてゆるゆると進む。宇天那のある幸瑞葉洲《さきみずはのしま》を出るのに六日、半日船に乗り、大御鏡洲《おおみかがみのしま》へ。そこから九日かけて、ようやく黒金の都へ到着したのだった。

黒金《くろがね》の都

東海《ひがしのうみ》に浮かぶたくさんの洲《しま》から成る大八洲《おおやしま》。列島の中西部に位置する大御鏡洲《おおみかがみのしま》は、大八洲最大の陸地を持つ洲であり、また黒金《くろがね》の大王家が本拠とする土地である。

都に近づくほど、日奈《ひな》の体調は悪くなっていった。鉄《くろがね》の剣《つるぎ》を携《たずさ》え、鉄の鎧《よろい》を纏《まと》った大王家の兵を見かけることも増え、天《あま》つ実《このみ》を食べても食べても、胸が苦しく息が詰まる思いだった。

そしてとうとう、大きな濠《ほり》と城柵に囲まれた黒金の都へ入ると、押し寄せるような金気《かなけ》の臭《にお》いに圧倒され、日奈は知らぬうちに気を失っていた。

天蓋《てんがい》から薄衣《うすぎぬ》を垂らした豪華な設《しつら》えの寝台で目を覚まし、咄嗟《とっさ》に日奈はうろたえた。

「こ、ここは……!?」

慌《あわ》てて身を起こそうとするも、眩暈《めまい》がひどくて起き上がれない。それでも、日奈が目を覚ましたのに気づいた侍婢《まかたち》がほっとした顔をする。鹿耶《かや》という名の二十歳《はたち》になるこの侍婢は、日奈の一番身近で世話をしてくれる者である。

「お気がつかれましたか。ここは後宮《きさきのみや》の中です。この棟一帯《むねひとつ》がすべて萌葱媛《もえぎひめ》のために誂《あつら》えられたものだとのこと。さすがに大王も気を遣《つか》いましたことですわ」

人に仕える身分の侍婢であっても、所詮は中つ人《なかびと》の大王より、神庭《かむにわ》の郷《さと》に生まれた己の方が位《くらい》は高い――そんな矜持《きょうじ》が見える表情で鹿耶は言う。

「これからもこのように、萌葱媛を懇《ねんご》ろに扱ってくだされればよろしいのですけれど」

萌葱媛、と呼ぶ口調に少し含みがあるのは、彼女は日奈が萌葱媛の身代わりだと知っているからだ。けれど日奈の本当の目的までは知らされていない。

迂闊《うかつ》に大王暗殺計画を随行にまで教えれば、王宮での態度に不自然さが出かねない。変に疑いを抱かれぬよう、彼らには何も知らせずに置き、突然の大王の死を心から驚く様を周囲に見せておけばいいのだと異花王《ことはなおう》から言われている。

ゆえに宇天那から随《つ》いてきた者たちは、分《わき》も弁《ま》えず神庭の媛《ひめ》を求める下賤《げせん》な大王に、本物の萌葱媛を渡さぬために身代わりとなった健気《けなげ》な娘――日奈のことをそう思っている。その同情もあってか、鹿耶も道中からずっと日奈を媛として扱い、優しくしてくれているのだった。

「大王は……？」

「どこかへ出かけているようです。帰ってきたら顔を見せるかもしれませんね。先ほどこちらの様子《さま》を見に来た大王の侍婢に、萌葱媛は未《いま》だお寝《やす》みだと言ってありますが」

「――……」

日奈は寝台に横たわったまま、切れ切れの息を吐いた。

この都は、そして後宮は、日奈が思っていた以上に金気の強い場所だった。少し顔を横向けてみれば、寝台の天蓋を支える柱に鉄の装飾が施《ほどこ》されているのが見えた。ほんの小さな飾りだが、それだけでも、そこから発せられる金気に中《あ》てられて、息が苦しい。

「お願い……金気の物を室《へや》の外へ出すか、布で隠すかしてもらえる……？」

「あら、鉄の壺や鏡などは隣の室へ退《ど》かしましたが、まだ障《さわ》りますか？　まったく、この館ときたら、至るところに鉄が使われていて、ゴツゴツしていて卑《いや》しいったら」

鹿耶は、宇天那にはない鉄の装飾に文句を言いながら、目に付く限りの金気の物に覆《おお》いを掛けて回った。

そんなことをしても、都中に金気が溢れている状態では気休めにしかならなかったが、それでも視界から金気の物が消えただけで、少し呼吸が楽になった気がした。

眩暈も治まってきたので、身体を起こそうとすると、鹿耶が手伝ってくれた。白い練り絹の単衣《ひとえ》の肩に錦《にしき》の掛衣《かけぎぬ》を羽織らせてくれながら、鹿耶は日奈の耳元に口を寄せる。

「まあ、あなたが金気に弱いおかげで、誰も替え玉を疑わなかったのは幸いだったけれど」

鹿耶は小さな声でささやいてから続ける。

「大王の侍婢の話では、先に輿入《こしい》れされた虫の郷の媛も初めのうちは金気に中てられて寝込みがちだったのですって。それでも時が経《た》つうちに身体が慣れて、今ではすっかり落ち着いたのだとか。だから萌葱媛もじきに慣れますわ、なんて軽い物言いでしたわ」

「慣れる……」

本当に？　と日奈は内心で首を傾《かし》げた。

この重い身体が本当に、宇天那にいた頃のように軽く動かせるようになるのだろうか？　そうなるまで、どれほどかかるのだろう？

異花王から毒を授かってきたものの、その方法がうまく運ぶとも限らない。大王を殺し、そして都から逃げるのに霊力が必要となることもあるかもしれない。それなのに、こうまで身体が利《き》かないようでは話にならない。

すぐに仕事を終わらせて異花王の許《もと》へ戻るつもりだったが、事を起こすのに身体が金気に慣れるまで待たねばならないとするなら、お役目を果たすのにどれだけの時がかかるのか。金気に蝕《むしば》まれた大八洲は、それまで耐えられるのか。

――大君様も、まさかわたしがここまで金気に弱いとは思っておられなかったのかもしれない。わたしが情けないばかりに……。

忸怩《じくじ》たる思いで俯《うつむ》く日奈の許へ、大王の侍婢がやって来た。兵の調練に行っていた大王が戻ったので、これからここへ見舞いに来るという。

日奈と鹿耶は顔を見合わせる。そしてすぐに鹿耶が口を開いた。

「萌葱媛には支度《よそおい》があります。しばらくお待ちいただけましょうか」

寝台の上、寝乱れた様子の日奈を見遣った侍婢は、頷いて素直に退《さ》がっていった。

ここまで来れば、大王が渡ってくるのを拒《こば》むことは出来ない。異花王が誂えてくれた装《しょう》束《ぞく》の中から、鹿耶はとりわけ色柄の華やかなものを選び出してきた。

「なんて美しい萌葱色。これほど鮮やかに染められた衣《ころも》は、花の郷、宇天那にしかないわ。金気しかない都の者の目にはきっと眩《まぶ》しいでしょうよ」

鹿耶は上質な衣を手に気を昂《たかぶ》らせているが、日奈は今後の算段を考えて必死に頭を働かせていた。

――もしかして、大王の隙を狙うなら今なのかもしれない。

都の金気に中《あた》って倒れた弱々しい神庭の媛が、目を覚まして早々に滅多なことをするとは誰も思わないだろう。そう考えれば、身体は利かないながらも、だからこそ、仕事は今すぐ取り掛かるべきなのかもしれない。

酒に毒を盛るくらいなら、この身体でも出来る。そうして大王を眠らせ、さらにその鼻へ直《じか》に毒を嗅《か》がせれば、効き目も早く表れる。人の知らない毒を使って病死を装えれば、自分が疑われることはなく、霊力を頼りに大急ぎで姿を晦《くら》ます必要もなくなる——。

白い単衣に、茜《あかね》色の裳《も》。萌葱色の地に色とりどりの花模様が染め抜かれた広袖《ひろそで》の掛衣。高く結い上げた髪には挿頭花《かざし》を飾り、胸元には大きな水取玉《みずとるたま》〔水晶〕、耳や腕には翡翠《ひすい》や瑪瑙《めのう》などの宝玉を飾る。そうして顔に化粧を施された頃には、日奈はすっかり覚悟を決めていた。

「鹿耶、大王をお迎えするには、お酒でもお出しするべきではないかしら」

「それでしたら、宇天那から運ばせた花酒《はなざけ》があります。持って来させましょう。ああ、陽《ひ》が落ちましたから灯《あか》りも」

鹿耶が灯りと酒を用意している間に、日奈は異花王から授かった赤い錦の袋を衣の懐《ふところ》に忍ばせた。

そうして室内に灯が入れられ、異国風の小卓に宇天那の酒と杯が並べられたところへ、再び大王の侍婢が先触れにやって来た。こちらも支度が整ったことを伝えると、侍婢は大王を迎えに戻ってゆく。それを見送って日奈は鹿耶に退がるよう命じた。

「私に退がれと？　とんでもない、萌葱媛おひとりで――」

鹿耶は目を剝《む》いて頭《かぶり》を振ったが、計画を知らない彼女が傍にいてはお役目の邪魔になるのだ。日奈は尤《もっと》もらしく答える。

「こういうことは、初めが肝心《かなめ》だと思うの。神庭の花の媛としては、侍婢に頼り切りで何も出来ないところを見せるより、気丈《こころたしか》さを見せつけた方がいいのではないかしら。神庭の裔の誇りのために、きっと萌葱媛ならそうなさるわ」

本物の萌葱媛は、誇りも何も己の意思など持たぬ人形のような媛だが、それはここでは言わぬが花である。

「それは――そうかもしれませんけど……」

まだ不安そうな顔で室《へや》を出て行かない鹿耶に、日奈は重ねて言う。

「あなたも、ずっとわたしに付いていて疲れたでしょう。もう外はすっかり暗いわ。何か食べたの？　わたしのことは気にせず休んできていいのよ。そのついでに、都やこの王宮《あらか》のことについていろいろ噂話を仕入れてきてくれれば、これからの役に立つわ」

日奈のその言葉で、鹿耶は空腹を思い出したのか腹を押さえ、それを隠すように明るい顔を作った。

「そうですわね、神庭の媛が中つ人などに舐《な》められないためにも、情報《しらせ》は要りますわ。じゃあ少しだけ、偵察《うかみ》ついでに休ませていただきます。すぐに戻りますから。何かあったら、これを鳴らしてくださいね」

宇天那から持ってきた支度の中には、玻璃《はり》〔硝子《ガラス》〕で作られた鈴があった。小さなものだがその響きは大きく、異変を知らせたり人を呼ぶのには大いに役立つ代物《しろもの》だ。

「わかったわ」

大きく頷いて鹿耶を安心させ、ようやく室から追い払うと、日奈は胸を押さえて呼吸を整えた。そうしてから懐に忍ばせた毒を取り出す。

大王の目の前で酒に毒を入れるのは難しい。仕込むなら今だ。自分も相伴《しょうばん》することになるかもしれないと考えれば、毒は酒の瓶ではなく杯の方へ仕込んだ方がいいだろう。

そう考えて杯のひとつを手に取った時だった。

日奈の背後で小さな物音がした。庭に面した窓からである。

「!?」

日奈が振り返るのと、鉄の窓枠を乗り越えて黒ずくめの怪《あや》しい男が室内へ侵入してくるのとは同時だった。

身軽に床へ飛び降りた男が顔を上げ、にやりと笑う。その顔を見て日奈は、目と一緒に口も丸く開けてしまった。

——川彦《かわひこ》!?

精悍《せいかん》でありながら、どこかふざけたような人懐こさが漂うその顔は、確かに宇天那で逢ったあの男だった。

「なぜ……おまえがここに？」

宇天那を出る前に見かけて以来、まったく姿を見せることはなかったので、もうこの男の存在など忘れかけていたのだ。それが、どうして大王の後宮で再会するのか？　どうやってこんなところまで入り込んだのか？　盗人《ぬすっと》のようなその恰好は何なのか？

疑問ばかりが頭に溢れ、なかなか言葉が出てこない。

「俺からすれば、なんであんたがここに、って訊《き》きたいんだけどな」

川彦は肩を竦《すく》めて言い、日奈の手にある錦の袋を見咎《みとが》めた。

「それはなんだ？」

日奈ははっとして袋を懐に隠した。

「そういう、見るからに怪しい態度を取ったらいけないなあ」

皮肉げに笑う川彦に日奈は言い返す。

「……見るからに怪しいのは、おまえの方だろう。わたしが声を上げれば、人が来る。大王の後宮《きさきのみや》へ忍び込んだ罪人《つみびと》として捕らえられるぞ」

「それは勘弁願いたいな。ここではゆっくり話も出来ない。場所を変えないか？」

「なんだと？」

つかつかと歩み寄ってくる川彦を前に、身構えた日奈が玻璃の鈴に手を伸ばすと、

「ああ、そういう賑《にぎ》やかそうなのも勘弁だ！」

川彦は素早く日奈の腕を引き、盛装したその身体を軽々と肩に担《かつ》ぎ上げた。

何をする——と大声を上げたかったが、声が出なかった。それどころかひどい眩暈と呼吸困難に襲われ、気が遠くなった。

鉄だ。川彦は鉄の剣を身に帯びていた。糸の先の小さな釣針程度ならばともかく、大ぶりな鉄剣が発する強い金気が、日奈から声を出す力と抵抗する力を奪った。

ぐったりとした日奈を担ぎ、川彦は再び窓を乗り越えて庭へ飛び降りた。

そのまま、まさに盗人さながらに物陰から物陰へと走り、どこをどう連れ回されたのか、人気《ひとけ》のない小屋へ入ってやっと川彦は足を止めた。

小さな格子窓《こうしまど》から月の光が射し込んでいる。小屋の中にはたくさんの藁《わら》が積まれ、その脇には鉄の農具が置かれていた。

川彦は日奈を藁の上に降ろした。手足は自由になったが、近くにある鉄の鍬《くわ》や川彦が帯びた鉄剣のせいで、日奈の身体は依然《いぜん》として力を奪われていた。

「ひとまず、ここなら落ち着いて話が出来るだろう。さあ、あんたが何をしにこの都へ来たのか、聞かせてくれないか」

川彦は日奈の向かいの地べたに座り、そう訊《たず》ねてくる。日奈は苦しい息の中から切れ切

れに答える。

「……おまえに、関わり、ないだろう……。わたしの、お役目《つとめ》を、妨げる、な……」

「お役目とはなんだ？　酒に何を入れようとしていた？」

日奈が答えないでいると、川彦は日奈の単衣の懐へ無遠慮に手を伸ばし、ちょろりと垂れた紐《ひも》をつまんで錦の袋を引っ張り出した。

「やめろ、それは――」

「これは？　なんだ？」

川彦は袋の中を覗《のぞ》き込む。

「毒だ――猛《つよい》毒だ……軽々しく触るな……！」

「ほう、毒！　そんな物騒なものを、大王の酒に入れようとしていたのか？　あんたは一体何者だ？　宇天那の媛じゃないだろう？」

「……」

顔を背けることで黙秘を貫こうとする日奈に、川彦は得意の手段を取った。

「あんたが贋《にせ》の媛君だとここで大声を上げられたくなかったら、事情を話せ。ここにこうやって毒もあることだし、捕まったら言い逃れは出来ないと思うけどなあ？」

「～～～」

日奈はくちびるを嚙んで川彦を睨んだ。

――この男はどうして、いつもこう易々《やすやす》と人を脅《おど》すのか。どういう育ちをしたら、こんな人でなしになるのか！

大王を殺す前に捕まるわけにはいかないのに。異花王の期待を裏切りたくない。何も知らない随行たちに迷惑をかけたくもない。ここで捕まるわけにはいかない――そんな思いばかりが先に立ち、日奈は川彦の脅しに屈した。

実際、本当のことを話したところで解放してもらえる保証はないが、金気に中って頭の中がぐらぐら煮え立っており、まともな思考が働かなくなっていた。ただただ、異花王の命に従わなければ、としか考えられない。

日奈が切れ切れに話す事情を聞いた川彦は、

「つまり、あんたは本当は異花王の儐従《しとりべ》で、媛の代わりに輿入《こしい》れして大王を暗殺しろと命を受けてきた――というんだな？」

話を端的にまとめ、呆れているような怒っているような、複雑な表情を見せた。そうして大きくため息をつく。

「まったく――どうしてそんな役目を受けたんだ」

「主の……命だからだ……」

「主の命だろうが神の命だろうが、好きでもない男の許へ輿入れするなんて厭《いや》だろう⁉ しかも、親子ほど齢《とし》の離れた親爺《おやじ》が相手だぞ。若い娘なら普通、そんな奴に指一本だって触られたくないものだろう。簡単に無茶な役目を引き受けるな！」

「――……」

川彦が憤《いきどお》っている理由は、日奈の理解の外にあった。てっきり大王の生命《いのち》を狙ったことを咎められるのかと思えば、気に障ったのはそこなのか――？

「……顔に似合わず……初心《うぶ》な乙女みたいなことを……考えるんだな……」

思わずそうつぶやくと、噛みつくように言い返された。

「本来はあんたが考えることだ！　それをあんたが考えないから、俺が代わりに考えてやってるんだ！」

「誰も……頼んでない……。これがわたしの……役目だ……」

「あんたがよくても、俺はよくないんだ！」

川彦は強い口調で言い、日奈の肩を掴んで藁の上に押し倒した。そのまま覆い被《かぶ》さられてくちびるを重ねられ、日奈は目を剝いて手足をばたつかせた。

「なっ――やめ、ろ……っ」

しかし身体に力が入らないので抵抗らしい抵抗は出来ない。

「ほら見ろ、この程度で目を白黒させてるくせに、こんな役目を引き受けるのは十年早い！」

「おまえには、関わりない、と、いくら言ったら――……」

本当はもっと言い返したかったが、驚いて暴れたせいで完全に残りの体力を使い果たしてしまった。瞼《まぶた》を開けていることすら辛《つら》くなり、日奈は川彦に覆い被さられたまま、ぐったりと目を閉じた。それを見て驚いたのは川彦で、

「おい、大丈夫か」

心配げな声で頰を撫でてくる。日奈は口を動かすのも億劫《おっくう》な気分で答えた。

「……やめろ……触るな……」

「ああよかった。気を失ったのかと思った」

その意味では、あまりよくもない。身体の状態としては最悪で、気を失う寸前である。

「それにしても――」

川彦は日奈の頰を両手で包んで顔を間近に覗き込んだ。

「化けたなあ。川で初めて逢った時とは別人みたいだ」

「わたしは……狐や狸じゃ……ない……」

素っ気ない日奈の反応に川彦は苦笑する。

「やりにくい娘だな。そういう意味じゃなくて、綺麗になった、と言ってるんだ」

「それは……化粧《つくり》をした……からな……」

「誰でも、化粧《けしょう》すればここまで綺麗になれるというものでもないよ」

「……そう、か……？」

「そうだ。あんたはとびきり綺麗な娘だ。俺は大八洲中を旅してきたが、こんなに美しい娘を見たことがない」

川彦の大げさな誉《ほ》め言葉を日奈は取り合わずに聞き流した。

綺麗とか美しいといった称賛は、異花王や本物の萌葱媛に捧げられるもので、自分に向けられるものではない。自分のような娘を綺麗と言うなんて、この男はよっぽど綺麗な娘に縁のない、かわいそうな暮らしをしてきたに違いない――。

嘲《わら》笑ってやりたくなり、込み上げてきた可笑《おか》しさに気分の悪さが少し紛らわされ、そのまま眠りに落ちそうになった。そんな日奈の耳元で川彦が言った。

「このまま、あんたを放すわけにはいかないな。俺は、その異花王という人物が信用出来ない。あんたみたいな娘に、たったひとりで大王の暗殺をさせようなんてどうかしてる。まず成功するはずがないし、仮に大王を殺せたとしても、すぐに捕まる。あんたは使い捨ての駒なんじゃないのか」

その言葉に、力を失っていた瞼が上がった。

「違う……！　あの方は……！」

日奈が必死に反論しようとするのを、川彦は真摯《しんし》な眸《ひとみ》で遮《さえぎ》る。

「異花王は、あんたがあそこまで身体中を傷だらけにして尽くすべき相手なのか」

「傷なんて……いくらでも……消すことが出来る……」

「消せたって、傷を負った事実は消せないだろう。あれだけの傷、何歳《いくつ》の時から負ってきたんだ？　まだ子供だったんじゃないのか？　大の男の代わりに、子供のあんたが痛い思いをしなけりゃならない義理がどこにある？　それで平気な顔をしてる異花王というのはどういう奴なんだ」

異花王を詰《なじ》る川彦に、日奈は必死に頭《かぶり》を振った。

「違う……！　大君様は……慈愛豊《うつくしび》かな……御方だ……！　あの方の命に従っていれば……間違いはない……。大君様が……鉄《くろがね》が大八洲に禍《わざわい》を呼ぶと言うなら……黒金の大王家を……倒さねばならない──」

振り絞った声は、そこで途切れた。

完全に気を失ってしまった日奈の顔を見つめ、朱鷺王《ときおう》は遣《や》る瀬ない気分で身を起こした。日奈を膝《ひざ》の上に抱き上げ、乱れた髪を撫でる。

「大君様〔ご主人様〕、大君様、か──」

日奈が父を殺そうとしたことより、彼女が変な男に利用されているかもしれないことの方が、朱鷺王には腹立たしかった。どうせ父は、身分柄、生命《いのち》を狙われることに慣れているのだ。今さらそちらの心配をするより、妙に純粋で頑《かたく》なな日奈の方が気懸《きが》かりだった。

日奈が異花王を神のように崇《あが》めているのはわかったが、当の異花王の方はどうなのだろう？　日奈はただの道具なのではないのか。

少なくとも自分ならば、大切にしている女に偽装の輿入れや暗殺などと血腥《ちなまぐさ》いことをさせたりはしない。そんな命を下す男の許へ、日奈を返したくない。

「異花王——か。目の覚めるような異形《いぎょう》の美男と聞くが……。おまえは面喰いなのか？　よく見ろ、俺だって十分な可美少男《いいおとこ》だぞ」

日奈の耳元にささやきかけても、瞼は上がらなかった。

「おまえには、もっと世の中を見る必要があるな——」

気を失ったままの日奈を抱き、朱鷺王はひっそりと夜の黒金の都を出た。

第二章　花の囚人《めしうど》

地下宮殿の雛

日奈《ひな》の記憶は、七歳頃から始まる。それ以前のことは覚えていない。

思い出せる一番古い記憶に見たものは、透ける白い髪と星のように煌《きら》めく紅《あか》い眸《ひとみ》。

どうやって迷い込んだのかわからないが、その日、幼い日奈は宇天那《うてな》王宮の地下宮殿で目を覚ました。

なんだかとても佳《よ》い匂いがして目を開けた時、日奈の顔を覗《のぞ》き込んでいたのは、紅い眸に白い髪を下げ角髪《みずら》にした美しい少年だった。

佳い匂いは彼から漂っていた。その隣には、白い衣《ころも》の裾《すそ》を引いた垂髪の青年がいて、ふたりは日奈に名を問い、どこからやって来たのかと訊《たず》ねた。

日奈はふたりの問いに返す答えを持たなかった。自分の名がわからず、どこから来たのかもわからない。齢《とし》もわからない。

困惑するばかりの日奈に、異花王《ことはなおう》と名乗った少年が言った。

「では、そなたを日奈と名付けよう。見つけた時、まるで巣から落ちた雛《ひな》鳥のようだったからね」

異花王が日奈を発見したのは、地下宮殿の天井高くに設《もう》けられた明かり取り穴の下だったのだという。おそらくはその穴から足を踏み外して落ちてきたのだろう、と言ったのは白い衣の青年——手真木《たまき》だった。

随分高いところから落ちた割に、どこにも怪我《けが》はなかったのが不思議だが、日奈にとっての不思議はもっと別のところにあった。

自分のことを何も覚えていない日奈に、異花王は名前を付けてくれ、

「齢は——身体の大きさから見て、六歳《むっつ》か七歳《ななつ》くらいかな。日奈はどちらがいい？」

と訊《き》いてくれ、なんとなく数は多い方がいい気がして「七歳」と答えると、日奈は七歳ということになった。行く当てのない日奈は、そのまま侍婢《まかたち》の見習いとして異花王に仕え、地下宮殿で暮らすことになった。

不思議なのは、この場所だった。

ここは、花の郷《さと》、宇天那王宮の地下だという。数ヶ所にある明かり取りの天井穴から漏《も》れる光で、昼と夜との区別は付くが、それだけでは明かりが足りないので、宮殿内にはふんだんに蠟燭《ろうそく》が使われ、一日中明々と火が灯《とも》されていた。室《へや》はたくさんあり、地上で摘《つ》んできた季節の花がそこかしこに飾られ、設《しつら》えの調度品も立派なものばかりだった。

異花王は十六歳、宇天那王の長子《このかみ》なのだと手真木が教えてくれた。手真木は異花王の文《ふみ》学《はかせ》で、覡《かんなぎ》でもあるという青年だった。彼はこの地下宮殿に住んでいるのではなく、朝になるとやって来て異花王に勉学を教え、夜には帰ってしまう。

他に、昼の間は年嵩《としかさ》の侍婢や雑役《しもべ》の男たちも出入りするが、彼らも夜になるといなくなってしまう。日が暮れたあと、広い宮殿は日奈と異花王のふたりきりになる。

王の跡継ぎが、どうしてこんな地下に暮らしているのか。他の皆は仕事を終えれば地上へ帰ってゆくのに、どうして異花王だけはこの場所から出られないのか。どうして異花王は、皆と同じように黒い髪と眸をしていないのか。どうして異花王だけ、他の皆と違って全身から佳い香りを漂わせているのか。

日奈にはわからない、不思議なことばかりだった。

けれど日奈は、異花王が好きだった。他の皆とは違うけれど、白い髪と紅い眸はとても美しいと思う。彼から漂う香りも大好きだ。涼しげな声で「日奈」と名前を呼んでもらえるのも嬉しい。だから他の皆はいなくなってしまっても、自分だけは異花王の傍《そば》に残れるのは喜びだった。

昼間は侍婢の手伝いをしたり、手真木に字の読み書きを教えてもらったりして過ごすが、侍婢がいなくなる夜は、異花王の世話をするのは日奈の役目である。もっとも異花王は手間のかかる主ではなく、寝る前に少し話し相手を務め、寝所を整えたら自分の室へ戻る程度のことだが、それだけでも日奈にとっては大切な、異花王との触れ合いだった。

そんな日々を過ごすうち、日奈が抱く不思議を解いてくれる事件が起きた。

それは、日奈が宇天那の地下宮殿に来てから二十日《はつか》ほどが過ぎた頃だった。いつものように異花王に就寝の挨拶《あいさつ》をして、自分の室へ戻った。その夜、日奈はひどい悪夢を見た。

寝所に眠る異花王の身体を、たくさんの虫の化け物が貪《むさぼ》り喰っているのだ。

異花王の全身は夜の闇に白く発光し、その光景はさながら、虫が灯《あか》りに群がるのを見るようだった。

蜘蛛《くも》に似たもの、蟻《あり》に似たもの、蟷螂《かまきり》に似たもの、様々な虫の化け物は犬ほどの大きさがあり、細かい毛の生えた脚で異花王の華奢《きやしや》な身体を押さえつけ、棘《とげ》だらけの口をもぞもぞ動かして彼の肉を喰らい、血を啜《すす》る。

静かな夜殿《よどの》に、ぴちゃぴちゃ、ずるずる、と厭《いや》な音が響く。異花王の白い髪と単衣《ひとえ》は真っ赤な血に染まり、見開かれた紅い眸には何も映っていない。

「異花王様――――!!」

日奈は自分の絶叫で目を覚ました。

胸がどきどき鳴って、痛いほどだった。なんて恐ろしい夢を見たのか。

両手で胸を押さえ、息を整えようとしても、激しい動悸と背筋を上る寒気が止まらない。

なんだかひどく厭な予感がする。異花王の身が気に懸《か》かる。

何もなければそれでいい。変な夢を見たものだと笑われて、それでおしまいだ。そう思いながら日奈は異花王の許《もと》へ走った。

眠っていたら悪いと思い、寝所の戸をそうっと開けてみる。そして、薄く開いた戸の向こうに、夢とまったく同じ光景が広がっているのを見て、日奈は悲鳴を上げた。

「きゃあああああ――」

虫の化け物に喰い散らされた異花王の身体が、流れ出る血が、仄《ほの》かに発光している。そのせいで、火を灯してもいないのに室内の様子が見えるのだ。

虫どもはまだ満足していない。日奈には目もくれず、ひたすら異花王に群がり、その血と肉を最後の一欠け、最後の一滴まで啜ろうとしていた。

「やめて――！　異花王様を食べないで！」

化け物が怖いなどと言ってはいられなかった。日奈は夢中で室《へや》に飛び込み、虫どもを追い払おうとした。だが幼い日奈は非力だった。異花王から虫を引き剝《は》がそうと、犬ほどもある大きな虫の気色の悪い脚を摑んでも、簡単に振り払われてしまう。

何度も尻餅《しりもち》をついて、それでも諦《あきら》めずに起き上がり、日奈は虫どもに挑んだ。このままでは異花王が跡形もなく食べられてしまう。

――どうして異花王様がこんな目に？　この虫の化け物は何？

訳がわからない。もしかして、これもまだ夢の中なのだろうか。本当の自分は今頃、悪夢を見ながら衾《ふすま》を蹴飛ばし、ひどい寝相で眠っているのではないか?

　あまりに現実離れした出来事を前に、そんな思いが過《よぎ》った時。

　うるさく邪魔をする日奈に対し、虫どもがとうとう反撃を始めた。大きな甲虫の鋭い鉤《かぎ》爪《づめ》に引き裂かれそうになり、すんでのところで避けたものの、腕に灼けるような痛みが走った。

「痛《いた》っ」

　反射的に腕を押さえた手に、血が付いていた。虫の爪が掠《かす》ったのだ。

　その痛みで、これが夢ではないことを知った。そして、自分が今、退《の》っ引《ぴ》きならない状況にあることも。

　虫どもは、異花王を喰い尽くす前に、邪魔な日奈を片づけることにしたようだった。たくさんの虫が日奈を囲むように迫ってくる。

　——次はわたしが食べられる!?

　恐怖で身が竦《すく》んだ。しかし、震える視界に無残な異花王の亡骸《なきがら》が映ると、かっと頭に血が昇った。一矢報《いっしむく》いてやりたい、という気持ちが強く湧き上がった。

　大切な異花王様をこんな目に遭《あ》わせた虫の化け物め。ただで殺されてやるものか。せめて脚の一本、目玉のひとつも傷つけてやらなければ、死んでも死に切れない——!

　日奈は横っ飛びに跳んで、室の隅に置かれた漆塗《うるしぬ》りの衣架《いか》を倒した。掛かっていた異花王の衣を振り回し、虫どもを寄せつけないように逃げ回る。そうしながら、捨て身の反撃をする機会を窺《うかが》った。

だが幼い日奈の小賢《こざか》しい立ち回りは、化け物どもにまったく通用しなかった。大きな蜘蛛の化け物が、糸を吐きながら襲いかかってくる。

「むぐぁっ」

振り回す衣ごと蜘蛛の化け物に伸し掛かられ、日奈は潰《つぶ》れた蛙《かえる》のような声を上げた。蜘蛛の大きな脚が衣をまさぐり、その下にいる日奈を引っ張り出そうとする。

――いや、食べられたくない。異花王様の仇《かたき》を討ちたい！

衣の下でもがく日奈の腕に、毛だらけの蜘蛛の脚が触れた。

食べられる！　虫に食べられてしまう――！

全身を言いようのない恐怖が走り、固く閉じた瞼《まぶた》の向こうにちかちかと星が光った。

それと同時に、身体がかーっと熱くなる。

目の前に瞬《また》く光が大きく膨《ふく》らみ、ついには音もなく爆発したと思うと、伸し掛かっている化け物の重さを感じなくなった。

――？

自分はもう食べられてしまったのだろうか？　死ぬ瞬間など、こんな簡単なものなのか。

少し拍子抜けした時、どこからか声が飛んできた。

「目をよく開いて！」

　え？

「力を当てたい場所《ところ》に、神経《こころ》を集中《あわせ》るのです！」

　手真木の声だった。自分は死んでしまったのに、どうして彼の声が聞こえるのだろう？　言っていることもよくわからない。

　日奈は訝《いぶか》しみつつも目を開けた。そうして宮殿の天井が見えることに首を傾《かし》げた。

　ここは、人が死んだあとに行くという《底《そこ》つ根《ね》の国《くに》》ではない……？

　首を横に巡らすと、身体と脚がばらばらになった蜘蛛の化け物が散らばり、他の虫どもが群がってそれを喰っている。

「……!?」

　自分はあの蜘蛛の化け物に喰われたのではなかったのか？　なぜあの蜘蛛の方が喰われているのか？　あいつをばらばらにしたのは一体──。

「日奈！　ぼんやりしている場合《とき》ではありません。今のあなたなら、あの虫どもを屠《ほふ》ることが出来ます！」

　寝所の戸口から手真木が叫ぶ。

　──これは現実《うつつ》？　わたしは死んでないの？

　まだ呆然としながら、日奈は起き上がった。

「日奈、霊力《みちから》をあの虫どもに向けて放つのです」

「みちから……？」

手真木の言っていることがまったくわからない。寝ぼけているような調子の日奈に、手真木が辛抱《しんぼう》強く教える。

「あの虫どもを倒したい、追い払いたい、と強く願うのです。そうすれば、大御神《おおみかみ》の天《あま》つ霊力が助けてくださいます。早く、あいつらの餌《えさ》がなくなる前に！」

共喰いが終われば、またあの虫どもの標的は自分と異花王に移る——そのことだけは日奈にもわかった。

「で、でも、願うって——？」

「あなたはもう、一度《ひとたび》やってのけたでしょう。霊力を放って蜘蛛の化け物を倒した。それと同じことをすればいいのです」

「えっ」

あの蜘蛛をばらばらにしたのは自分だというのか？　どうやって？

日奈は眸《め》を見開いて己の両手を見つめ、そろそろ共喰いが終わりそうな焦《あせ》りもあればこそ、必死にあの時の恐怖と闘争心を思い出した。

——異花王様を喰い殺した虫どもを許せない。

あんな奴らは、身体と脚をばらばらに引き千切って、鳥の餌にでもしてやる——！

強い怒りと共に、目の前がちかちかと光った。身体がかーっと熱くなる。この感じは、さっきも経験した。

これでいいの？　と思いながら、目の前に散らばる光を集め、膨らませて、虫どもに投げつける。

「これでも喰らえ――――！」

カッ――

室内に眩《まばゆ》い光が炸裂し、光を放った日奈自身も目を眩《くら》まされて壁に手をついた。

しばらくして、やっとのことで視界を取り戻すと、虫の化け物どもはばらばらになって焼け焦げていた。

「よくやりましたね、日奈」

歩み寄ってきた手真木が褒《ほ》めてくれたが、日奈は俯《うつむ》いて頭《かぶり》を振った。

何もよくやってなどいない。自分は異花王を守れなかった。異花王は虫に喰い殺されてしまった。異花王の亡骸と虫の死骸とを見比べながら、日奈はぽろぽろ涙をこぼした。

「異花王様、死んじゃった……」

しゃくり上げて泣く日奈に、今度は手真木が頭を振った。

「異花王は大丈夫《たしか》です」

「大丈夫……!?　どこが!?」

血も肉も虫に貪られて、今の異花王はほぼ骨しか残っていない状態だ。それのどこが大丈夫だというのか。埒《らち》もない気休めを言うな、と日奈は泣き顔で手真木を睨《にら》んだ。

しかし手真木は苦笑しながらもう一度言う。

「本当《まこと》に異花王は大丈夫なのです。その証明《あかし》を見せられるまで、あなたにはこの宇天那の経緯《いきさつ》をお話しすることにしましょう」

「証明……？　宇天那の、経緯……？」

目障《めざわ》りな虫の死骸を片づけ、異花王の無残な身体には衣を掛けた。そうして日奈が腕に負った傷を手当てしてから、手真木は次のように語った。

この宇天那は、天上の神庭《かむにわ》から降りた花の裔《すえ》が暮らす郷だが、大御神から与えられた霊力を持つ者は数少なくなっていた。

そんな中、異花王は異形《いぎょう》の容姿を持ち、生まれた時から花の香気を漂わせる特別な赤子だった。

異花王が五歳になる年、夜陰に紛《まぎ》れて虫の化け物が郷を襲った。異花王の他、何人もの民が襲われ、喰われた。

宇天那の近くには、虫の性《さが》を持つ神庭の裔の郷がある。化け物の正体は彼らだった。大《おお》八洲《やしま》全体から天つ霊力を持つ者が減った上、虫には花を蝕む習性がある。彼らは虫に化生《けしょう》して花の民を喰らい、己の霊力を保とうとしているのだ。だが美しく咲くだけの花には、虫に対抗する手段がない。——ただひとり、異花王を除いては。

虫に喰らわれた翌朝、幼い異花王の身体は何事もなかったかのように再生した。異花王は、花の郷に生まれた異形の花。虫に喰らわれるために生まれた花。虫は異花王の香りと強い霊力に惹《ひ》き寄せられてやって来る。

気がつけば、宇天那王宮の地下には大きな空洞が穿《うが》たれ、無数の虫が集まっていた。異花王が生まれて以来、その香りに惹かれた虫たちはずっと、宇天那を目指して地下を掘り進んでいたのだ。

不死身の強い霊力を持つ異花王以外、虫に対抗出来る者はいない。宇天那王は、地下空洞を宮殿に設え、異花王をそこに幽閉した。地下からやって来る虫たちは、異花王を喰うことで満足し、地上へは出てこない。それで郷の民は守られるのだ——。


手真木の話を聞いても、幼い日奈には理解出来ないことが多かった。神庭の裔だとか、花の性だとか虫の性だとか、大御神からいただいた霊力だとか、そういうことはよくわからない。

だが日奈が知りたかった最低限必要なことはわかったと思った。

つまり、夜になると虫の化け物が異花王を喰いにやって来ること。化け物を惹きつけて他へやらないために、異花王はここに閉じ込められているのだということ。

そして、異花王は虫に身体を喰われても朝には蘇《よみがえ》るのだということ――?

日奈は衣が掛けられた異花王を見遣《みや》った。

「本当《まこと》に……?　あの骨だけの身体が――?」

「そろそろ夜が明けます。異花王が目を覚ます時刻《とき》です」

手真木の言うとおり、ややして褥《しとね》の上の衣が人の厚みほどに膨らんだと思うと、透き通る長い髪を滑らせながら異花王が起き上がった。

その姿は、日奈が昨夜、眠る前に挨拶をした異花王と寸分の違いもなかった。

「異花王様――!」

日奈は感極まって異花王に飛びついた。力一杯抱きつき、その身体が幻ではないことを確かめる。

「日奈、痛いよ。そんなにしがみつかないでおくれ」

苦笑いをして言う異花王に、日奈はぶんぶん首を振った。

痛いなんて――異花王は昨夜、もっと痛い思いをしたはずだ。それに比べれば、自分のような子供がちょっと腕を強く摑んだくらい、なんでもないはずだ。

傷ひとつない、美しく蘇った異花王の貌《かお》を見つめると、昨夜の惨劇が思い起こされて、自然に涙がこぼれた。

——みんな、ひどい。

郷の皆は、異花王が夜毎どんな目に遭っているのかを知っていて、知らないふりをしているということなのか。毎日やって来る侍婢や雑役の男たちも。自分たちが帰ったあとに何が起きるのかを知っていて、異花王をこの地下宮殿に置き去りにしているのか。

どうして異花王だけがこんなに苦しまなければならない？　異花王なら死なないからいいとでも？

そんなわけはない。異花王は毎夜殺されている。

普通の人間なら、死ぬ苦しみを味わうのは一生に一度で済むはずなのに、異花王はそれを何度も繰り返している。その辛さは、日奈には想像もつかないほどのものだろう。どうして異花王だけがこんな惨《むご》い目に遭わなければならないのだ。

地上と繋がる出入り口の扉に、閂《かんぬき》など掛かっていないことを日奈は知っている。地上に住む人々は、異花王を救《たす》けに来ようと思えば来られるのに。虫に喰われる異花王を誰も救けに来なかった。

辛《かろ》うじて、手真木だけは自分に霊力の使い方を教えに来てくれたが——と思った時、疑問が湧いた。

どうして手真木は、昨夜に限って地下に降りてきたのだろう？　自分があんな力を使えることに驚きもせず、導いてくれたのだろう？　そもそも、どうして昨夜に限って、自分はあんな夢を見たのだろう。今までは何も気づかず眠っていたのに。

日奈の視線から疑問を読み取ったのか、手真木が口を開いた。

「日奈。あなたは鳥の性《さが》を持つ者なのです。そのことは、あなたを見つけた時からわかっていました」

「鳥の、性……？」

「虫は花を蝕みますが、鳥は虫を啄《ついば》みます。あなたなら、あの虫どもを退けられると思っていました」

「でも、ここに来てから今日まで、異花王様があんなことになってるなんて、気がつかなかった……」

「それは、あなたがまだ、霊力を目覚めさせていなかったからです。異花王の傍で暮らすようになって、昨夜《ゆうべ》、やっと眠っていた力が目を覚ましたのです。その兆しを察したゆえ、私はここへ降りてきたのです」

「……」

わたしは鳥？　わたしには元々、あんな力があったということ？

自分がどこからやって来たのかわからない日奈には、自分のことが何もわからない。他人の手真木の方が、よほど自分のことを知っているようだ。それが覡《かんなぎ》というものなのだろうか。

いずれにせよ、異花王を救う力を自分が持っているというのは、素晴らしいことだと思った。これからは、また虫どもがやって来ても、霊力をぶつけて追い払ってやれる。もちろん、本当は、異花王をここから逃がすことが出来れば、それが最善なのだが――。

「異花王様は、どうして逃げないのですか？　地上《ちのうえ》へ繋がる戸に、門はないのに」

日奈がそう訊ねると、異花王はやわらかく微笑んだ。

「これが私の役目《つとめ》だからだよ。宇天那の王の子として、花の民を守る者として、私に出来ることがあるなら、それを果たすだけだ」

「異花王様――」

日奈の目から再び涙がこぼれ出した。

この方は、なんと慈愛《うつくしび》に満ちた人なのだろう。

逃げようと思えば逃げられるのに。けれど異花王がいなくなれば、虫の化け物が地上を襲う。それを止めるために、己を犠牲にしているのだ。

生きながら身体を虫に喰われるなんて、きっとものすごく痛いのに。絶対、厭で厭でたまらないはずなのに。自分なら、他人《ひと》のことなど考えられず、とっくに逃げ出しているに違いない。それなのに――。

「異花王様、わたしに、何か出来ることは――」

泣きながら訊ねる日奈の頬を撫で、異花王は二度《ふたたび》微笑《わら》った。

「――そうだな、まずはそんなに泣かないこと。それから、ずっと私の傍にいてくれること、かな」

「もう泣きません！　わたしはずっと異花王様のお傍にいます！」


そう宣言して以来、日奈は手真木に師事して霊力の訓練をしてもらうようになった。

目覚めたばかりの力は、まだ日奈の思うようには使いこなせなかった。虫が襲ってきても、うまく力を当てられないこともある。そんな時は、目の前で異花王が虫に喰われてしまう。

自分の失敗が、異花王を苦しませる。そんなことがあってはならなかった。日奈は必死に霊力の制御を学んだ。

それでも初めのうちは、とにかく体当たり。己の肉を切らせても相手の骨を断てればいいという思いで虫どもと戦い、全身に傷が絶えなかった。

化け虫に付けられた傷は、青黒い厭な色になって肌に残る。だが霊力の発現は日奈に癒《いや》しの力をも授けた。異花王に心配をかけぬため、衣服の外に見える傷だけは手早く癒し、何事もなかったように振る舞う癖《くせ》が付いた。

さらに実地訓練を積むうち、日奈は先見《さきみ》の力を目覚めさせた。数瞬から数刻後の光景を見ることが出来るので、化け虫の動きを見切り、以前よりは傷を負わずに戦えるようになった。

そうして異花王を狙って毎夜のように現れる虫どもを退治し、追い払いながら、三年の月日が流れた。十歳の日奈は、そんじょそこいらの化け虫には負けない霊力を身に付けていた。

ある夜、異花王の寝所に一際《ひときわ》大きな虫の化け物が現れた。

それは、化け物と呼ぶには異様に美しかった。透き通った翅《はね》が七色の光を放ち、ふわふわ揺らめく様は天女の衣のよう。そう、それは鷲《わし》より何倍も大きな蝶だった。

蝶の化け物は、室内全体を埋め尽くすほどに大きく翅を広げ、褥に横たわる異花王の身体の上に舞い降りた。その様子はまるで、大輪の花に留まり、蜜を吸おうとする美しい蝶の図にも見え、現実《うつつ》を忘れさせる煌々《きらきら》しい光景に、一瞬息を呑んでから日奈は声を上げた。

「異花王様！」

きらきらと舞い踊る七色の鱗粉《りんぷん》に目潰《めつぶ》しを喰らい、異花王の傍へ近寄らせてもらえない日奈に、駆けつけてきた手真木がささやいた。

「あれはきっと――夏虫王《なつむしおう》です」

「夏虫王？」

「虫の郷の王です。当代《いま》の虫の王は、華やかな蝶のような男だと聞いています」

「虫の王――」

つまり、異花王を苦しめる虫どもの親玉ということか。日奈は、憎しみを籠《こ》めた眸で蝶の化け物を睨《にら》んだ。

「夏虫王自身《そのひと》が現れるとは――なるほど……そういうことでしたか――」

ひとりで何やら得心したように頷いている手真木に、日奈は説明を求める。

「何がわかったのですか？　どうすればあの化け物を倒せるのですか。早く教えてくださ い、異花王様が食べられてしまいます……！」

異花王を大きな翅で包み込んだ夏虫王は、お気に入りの人形でも可愛がるようにうっとりとした風情に見える。ともすれば害意などないように見えるのだが、日奈が攻撃を仕掛けると、眩しい鱗粉を散らして反撃してくる。

美しい風情に騙《だま》されては駄目だ。あの蝶は、美味《おい》しい餌をじっくり眺めたあと、大きな口を開けてがぶりと喰らいつくつもりに違いない――！

焦《あせ》る日奈に手真木は言う。

「今まで現れていた虫どもは、異花王を喰らって得た霊力《みちから》を夏虫王に運んでいたのでしょう。そう、まるで巣へ蜜を運ぶ蜂のように。けれどあなたが霊力の使いようを覚え、虫どもを退けてしまうようになり、霊力の供給《そなえ》が途絶えた。それで夏虫王自ら、虫と化生《な》って異花王の霊力を吸いにやって来たのでしょう」

「では、あれを倒せば、異花王様を狙うものはなくなるのですか？」

日奈は拳にぐっと力を籠めた。

無尽蔵に湧いてくる虫との攻防が、いつまで続くのか不安だった。いつになったら異花王をこんな場所から出してやれるのか、先の見えない戦いの日々がもどかしかった。だが、目の前に元凶が出てきてくれたというなら、することはただひとつだ。

「わたしがあの化け物を倒してみせます――！」

意気込みだけは勇ましかったが、妖《あや》しく美しい蝶に、日奈の力は敵《かな》わなかった。

いくら渾身《こんしん》の霊力を放っても、ゆらゆらした翅の羽ばたきで簡単にいなされてしまう。相手の動きを先見しようにも、室《へや》一杯に広がる蝶の身体に、隙《すき》など見つからない。

傍に寄ることもさせてもらえないまま、異花王の身体が喰われてゆくのを見せつけられるだけの日々が続いた。

「相手は神庭の虫の王、已《や》むを得ません。一息に倒そうと考えるのではなく、少しずつ力を削ってゆくのです」

手真木にはそう励まされ、異花王自身にも、そうするしかないと諭《さと》された。だが夏虫王の退治が延びるほどに辛い思いをするのは異花王だ。日奈は、一日でも一刻でも早く、異花王をあの苦しみから解放してやりたかった。

強く望んだからといって、その場でそれが叶《かな》うとは限らないのが世の中というもの。己の力不足を呪いつつ、夏虫王との持久戦に手応えを感じ始めたのは、三月が過ぎた頃だった。夏虫王の、天女の羽衣を思わせるような美しく透き通った翅が、濁りを見せるようになり、やがてはかさかさと乾いてきた。

「さすがに霊力が底を突いてきたのでしょう。異花王の霊力を吸っているとはいえ、郷を治めるのに霊力を使い、あの姿に化生《な》るのにも、あなたの攻撃を躱《かわ》すのにも力を使っている。通算《とおし》ては出てゆく霊力の方が多いはずです」

手真木の言うとおり、以前は当たらなかった日奈の攻撃も、今では大きな翅の一部に穴を開けることが出来るようになってきた。気がつけば、初めはきらきら輝いていた夏虫王の姿が、今は黒ずんでかさつき、随分みすぼらしくなっていた。

綺麗な蝶に喰われるならいいというものでもないが、醜《みにく》い虫に異花王が喰われる様子を見るのは、日奈により一層の切なさと屈辱感を与えた。夏虫という名のとおり、かつての煌々しさが消えて夏の灯火に群がる厭らしい蛾《が》のような姿になった夏虫王に、日奈は容赦なく霊力をぶつけた。

――燃えろ、燃えてしまえ！

生きながら喰われる苦しみを耐え続けてきた異花王への報いか、心の中で涙を流しながらそれを見つめ続けてきた日奈への褒美《ほうび》か、その時、日奈の願いが叶った。

日奈が放った霊力が、夏虫王のかさついた翅を折り、火花が散った。そうして散った火花が夏虫王の全身にめらめらと広がってゆく。

大きな翅を燃え上がらせながら、夏虫王が身をくねらせる。悲鳴の代わりに夏虫王は毒液を吐き出した。

「っ」

厭な色の毒液が降りかかり、日奈の顔や腕をじゅっと焼いた。だが痛いなどと言っていられなかった。夏虫王に止《とど》めを刺す好機は、今を措《お》いてない。

日奈は火の粉と毒液の雨を掻い潜り、夏虫王の懐《ふところ》へ飛び込んだ。紫色のぶよぶよとした胴体に取り付き、己も道連れになる覚悟で霊力を爆発させた。

「飛んで火に入る夏の虫の出来上がりだ――！」

ふたり、陽《ひ》の下《もと》へ

夏虫王《なつむしおう》の身体はばらばらになって焼け落ちた。

死んだのではなく、化生《けしょう》した身体が滅んだだけだと手真木《たまき》は言った。今までに日奈《ひな》が退治してきた虫たちもすべてそうだと。彼らの本性は虫の郷《さと》で人として生きており、ただ霊力を使い切って、もう化生する力も宇天那《うてな》へやって来る力もないだろう――と。

夏虫王を撃退したことで、宇天那への虫の侵食は終わったのだ。

日奈も全身に大きな怪我《けが》をしたが、生命《いのち》は失わずに済んだ。日奈が動けるようになるのを待って、異花王《ことはなおう》は地下宮殿を出た。

その時、日奈は十歳。異花王は十九歳だった。

壮絶な日々が日奈を急速に成長させたのか、宇天那王宮の人々は揃《そろ》って日奈を「十歳《とお》には見えない」と言った。

異花王に拾われてから三年の間に背も伸び、確かに他の同じ年頃の女の子と比べれば、日奈は長身で顔立ちも大人びていた。そして何より、異花王を襲う虫の化け物をすべてひとりで撃退したという事実が、とても子供の働きとは思われなかったらしい。

地下にいた時のまま、異花王に仕える侍婢《まかたち》見習いの身分をもらった日奈は、王宮の中で好奇の目にさらされることとなった。それは居心地の良いものではなかったが、自分のことはどうでもいい。日奈が気懸《きが》かりなのは、異花王のことだった。

幽閉を解かれ、陽《ひ》の光が射す世界へ上がれれば、異花王は幸せな生活を送れる——。そう思っていたのに、事はそう単純ではないようだった。

異花王の両親、宇天那王とその妃《みめ》は、長く地下へ閉じ込めていた息子に対して、遠慮があるのか罪悪感なのか、ひどくよそよそしい。異花王の妹、日奈より一歳《ひとつ》上の萌葱媛《もえぎひめ》はといえば、兄に似た美貌の持ち主だったが、お人形のように動かず、ものも言わない少女だった。

日奈自身、家族というものを覚えていなくて知らないが、これは普通の家族とは違うだろうと思った。

決定的に、これは求めていた暮らしと違う――とわかったのは、異花王の食事に毒が盛られた時だった。

日奈が先見《さきみ》をして、配膳の侍婢が食事に毒草を混ぜるのを見たおかげで事は未然に防がれたが、捕まえた侍婢を問い詰めても、要領の得ないことを口走るばかりで目的がわからない。

その後も、異花王の褥《しとね》に毒虫が仕込まれたり、室《へや》に矢を射込まれたりと、異花王の生命《いのち》が狙われる事件が相次いだ。

――どうして？　虫は追い払ったのに、どうしてまた異花王様が狙われるの？

理由がわからなかった。しかも、今度は人間が犯人である。霊力を吸い取ろうと襲うのではなく、生命を奪おうとしている。

あの地下宮殿を出たら、穏やかな暮らしが出来ると思ったのに、日奈は変わらず身体を張って異花王を守っていた。

「これは、何が起きているのですか――」

日奈の問いに、異花王と手真木は慎重な態度を崩さず、なかなか思うところを口にしようとしなかった。だがいよいよ、日奈は決定的な先見をした。

宇天那王と郷の長老たちが、異花王暗殺の相談をしている光景を見てしまったのだ。

「どうして――どうして宇天那王様が異花王様を!?」

室へ駆け込んできた日奈に、異花王と手真木は顔を見合わせたあと、先に手真木が口を開いた。

「……やはり、あなたもそれを見ましたか」

「も、とは？」

「私は神言《かむごと》〔託宣〕で知りました。異花王は――神夢《かむゆめ》を見られましたか？」

異花王が頷いて言う。

「日奈。今、この宇天那の郷では民が厳しい役調《えつき》〔税〕を取り立てられて苦しんでいる。殊更《ことさら》要る量《かず》でない調《みつき》を取って王宮の蔵に貯め込み、それでもまだ足りないと民からすべてを搾《しぼ》り取ろうとしているのはなぜかと、私は父に訊ねた」

「……は、あ……？」

王宮の中、異花王から離れずに暮らしている日奈は、民の生活の様子を知らなかった。役調がどうのと言われても、そういう分野のことはまったくわからない。この三年、ただただ霊力を磨くことばかりを考えて生きてきたのである。

難しい話になって、自分には理解出来なかったらどうしようと不安になりながら、日奈は異花王の前で畏《かしこ》まった。それを見て異花王が浅く笑う。

「そんなに難しい話ではないよ。私を殺そうとしているのは、そなたが先見したとおり、父や長老《おきな》たちだ」

あっさりと言う異花王に一瞬絶句してから、「どうしてですか！」と日奈は声を上げた。実の親が、これまでずっと郷のために犠牲になってくれていた息子を、なぜ殺そうとするのか。日奈にはわからなかった。

「これは、私の手落ちです。地下《ちのした》で起こっていることばかりに気を向けて、地上《ちのうえ》で起きていることに気づくのが遅れた――」

苦い顔でそう言ったのは手真木だった。

「……？　どういうことですか？」

「虫は、地上にも湧いていたのだよ、日奈。それは霊力を喰うという形で襲いかかるのではなく、人の心を喰っていた」

「心を、喰う……？」

異花王は美しい面《おもて》の表情を変えずに言う。

「父上たちは、虫に心を喰われた」

「え……!?」

「夏虫王は、私から霊力を吸い取るのとは他に、宇天那の王を傀儡《くぐつ》にしてこの郷を手に入れようとしていたのだ。多すぎる調について父を問い詰めてからすぐ、生命《いのち》を狙われ始めた。虫の郷へ回す分の調も搾り取っていたのだろう。夏虫王にとって、喰えるでもない私は煙たい存在《もの》。殺してしまうに限ると考えたのだろうね」

「心を虫に喰われる……？　それは、虫に心を操られる——ということですか？　宇天那王様や長老たちは、虫の言いなりになっているのだと？」

「そう。父も母も長老たちも、私の膳《かしわで》に毒を盛った侍婢も、心を虫に喰われている。もっとも、だから萌葱媛は救《たす》かったとも言えるけれどね。元から心を持たないような子だったから、喰われるものがない」

「……」

萌葱媛は救かった、と言われても、よかったですねとは答えられなかった。両親は虫に心を喰われ、妹媛は元から心がない。そんなことをこんなに平然と言える異花王が悲しかった。

「どうすれば——喰われた心を元に戻せるのですか？　わたしがお力になれるなら」

身を乗り出す日奈に、異花王は頭《かぶり》を振った。

「喰われて穴の穿《あ》いた心は、元には戻らない。花の民に生まれた者でも、心を長く虫に喰われ続ければ、花の心が虫の心に変わり、やがて虫そのものになってしまうだろう」

「そんな——!?　じゃあ、どうすれば……」

異花王は静かに答えた。

「虫喰いは、喰われた部分《ところ》を千切って捨てるしかない」

「千切って捨てる……!?」

穴の穿いた心をどうやって千切るというのか——。

日奈の疑問は、ごく単純な方法で解答が示された。

手真木に下りた託宣により、心を虫に喰われた者の名がすべて判明すると、それらの者を捕らえ、王への大逆《たいぎゃく》の罪で処刑したのである。

王と王妃には、異花王自身が毒を服《の》ませた。

「心のすべてが虫になってからでは遅い。まだ花の性《さが》を残しているうちに、殺すしかない。そうすればいずれ皆、再び花の民としてこの郷に生まれ変わってくる——」

両親を殺したあと、血の気の失せた貌《かお》でそうつぶやいた異花王の横顔を、日奈は一生忘れないだろうと思った。

誰が喜んで、実の親を、郷の民を、殺したいわけがあるだろう。けれどこの宇天那を守るために、郷を蝕《むしば》む虫を取り除かなければならなかった。だから異花王は、両親をも千切って捨てたのだ。

——どうしていつも、異花王様ばかりこんなに辛《つら》い思いをしなきゃならないの……!?

身体を痛めつけられ、心を痛めつけられ、それでも異花王は前を向いて立っていた。父王がいなくなった今、宇天那を継ぐのは異花王なのだ。

　その後、日奈は、新しい宇天那《うてな》の王となった異花王に仕える傧従《しとりべ》の任を頂戴した。侍婢《まかたち》など柄ではない、それよりも「大君様」と呼ぶ方の傍《そば》にいつも控える護衛役を務めたいと志願したのだ。

　地上の虫喰い部分をすべて取り除き、今度《いま》こそ虫の侵食から逃れた宇天那だったが、虫喰いの先王が郷に敷いた暴政の混乱は未だ色濃く残っていた。その後始末をするのにまた三年ほどかかり、ようやく民が元の穏やかな暮らしを取り戻せるまでの仕事を終えた時、異花王は日奈を連れ、郷全体を見晴るかす丘へ登った。

「見なさい、日奈。花を支えてくれる郷だ。宇天那は美しいだろう」

「はい、大君様」

　花の郷、宇天那の名は、花の萼《うてな》に由来しているのだという。なるほど、丘の上から見渡した宇天那は、四方を丸く山に囲まれた緑豊かな郷で、花びらを支える萼そのものに見えた。

「私はこの郷を守らなければならない。地上《ちのうえ》の神庭《かむにわ》を――」

　異花王は日奈に、改めて神庭の裔《すえ》について語ってくれた。

　天上の大御神《おおみかみ》が大八洲《おおやしま》を創ったこと。大八洲の自然の中から生まれた国つ神が、人間たちを苦しめたこと。荒ぶる国つ神を征伐するため、大御神は天上の神庭に住む生きものを地上へと降《くだ》したこと。

「神庭に咲く花、その周りを飛ぶ虫、駆け回る獣、池に泳ぐ魚──それらは天降って人の姿を取り、大御神から与えられた霊力《みちから》で国つ神を追い払った。そうして、まだ稚《いとけな》い中つ人《なかびと》を導き、治めた」

「では、花や虫の郷の他に、獣や魚の郷もあるのですね」

「そう。かつては大八洲中の各地《いたるところ》に、神庭の裔の住む郷があった」

「今は……？」

「今は、花の郷はこの宇天那しか残っていない」

異花王は寂《さび》しそうに遠くを見遣《みや》って続けた。

「神庭の裔は、血によって繋がれるものではない」

「え？」

「親が神庭の裔だから子もそうなのではない。神庭の裔は、生まれ変わることで魂を繋ぐのだ」

「生まれ、変わる？」

それは、異花王が両親を殺した時にも言っていたことだった。

「死んでも、その性《もちまえ》を抱《いだ》いて再び同じ郷へと生まれてくるのだ。神庭の郷は、神庭の裔のみが住む場所《ところ》。花の性《さが》を持つ者はまた花の民に生まれ、虫の性を持つ者はまた虫の民に生まれる。──それがいつの頃からか、霊力を持つ生まれ変わりが減り始めた」

「昔は、民の全員《すべて》が霊力を持っていたのですか？」

「そうだ。しかし今では、霊力を持っている者の方が少ない」

「どうしてそんなことに？」

「黒金《くろがね》の大王家のせいだ」

「黒金の、大王」

日奈には初めて聞く言葉だった。宇天那の中で異花王を守ることしか考えてこなかった日奈は、外の世界を何も知らないのだ。

「中つ人の豪族のひとつ《おびと》が、山の産物《みのり》を得ることを教えた神庭の獣の裔を滅ぼし、山から鉄《くろがね》の材料《たね》を掘って鍛える術《すべ》を独り占めした。そうして黒金の大王を名乗り、鉄の力で他の豪族を従えると、大八洲のすべてを手に入れるために、神庭の郷をも取り込もうと兵《いくさ》を差し向けるようになった」

「鉄……青銅《あおがね》とは違うのですか」

宇天那に鉄はない。日奈はそれを見たことがない。

「鉄とは、青銅よりもっと硬く丈夫《たしか》なものだ。これで鋤鍬《すきくわ》や武器《つわもの》を作れば、青銅の道具《もの》には太刀打《たちう》ち出来ない。だが神庭の裔は、鉄のような強い金気《かなけ》に弱い。触ることが出来ぬどころか、鉄を振り翳《かざ》されると、金気に中《あた》って霊力を使えなくなってしまう」

「え……！」

霊力を武器にして生きてきた日奈には、聞き捨てならない話だった。

「だから……鉄を使う大王家に攻められて、神庭の郷が滅んでいったのですか？」

異花王は頷いた。

「霊力を持つ生まれ変わりが減り始めたのも、その頃からだ。大八洲中が金気に覆《おお》われ、神庭の裔の霊力が抑え込まれてしまっているのだろう。生まれ変わる者の数自体《そのもの》も減り、花の郷だけではなく、虫の郷も魚の郷も、今はそれぞれひとつしか残っていない」

結果《それゆえ》、神庭の裔の中で、残り少なくなった霊力の奪い合いが始まっているのだ――と異花王は言った。

「では――すべての元凶《もと》は大王家なのですか」

異花王の悲劇は、そこから始まっているのか。大王家が鉄を振り翳すせいで大八洲が金気に覆われた。そのせいで神庭の裔が減り、霊力を持つ者も減った。そのせいで虫たちが異花王の霊力を狙い、宇天那王たちの心《もと》を喰った。

――大君様が辛い思いをしたのは、本を正せばすべて大王家のせい！

事の根源を知り、日奈は大王を憎んだ。そして、これ以上、大王家に異花王を苦しめさせてはならない、と強く思った。

「大王家は、残りひとつの花の郷も攻め落とすつもりなのですか？　――大君様、宇天那を守るために、わたしに出来ることがあれば何なりとお申し付けください。鉄の武器が相手だろうと何だろうと、わたしは戦います」

眸《ひとみ》を燃え上がらせる日奈を宥《なだ》めるように異花王は頭《かぶり》を振った。

「いや、ここへは攻めて来ないだろう。大王家も、神庭の郷をひとつ残らず滅ぼす気はないらしい。それよりも、残った神庭の裔を恭順《したがわ》せることで、人々に大王家の権威を示したいのだ」

「権威……」

「実際《まさ》に、宇天那は大王家へ調《みつき》〔特産物で払う税〕を送っている。今の神庭の裔は、そうすることで生き延びているようなものだ」

「そんな……」

日奈は悔しさにくちびるを噛んだ。天上から遣《つか》わされた神庭の裔が、どうして中つ人にそのような扱いをされなければならないのか。

「鉄の力に、敵わないからですか……。どんなに霊力を磨いても及ばないのですか？　わたしは鳥の性を持っているから、虫との戦いに分があるのでしょう。だったら、金気に強い性の者はいないのですか」

「鉄は、大御神から与えられた天《あま》つ力とはまったく反対《さかしま》の性質《たち》のもの。穢《けが》れが強く、どのような性を持つ者でも金気に中ってしまう」

「神庭の郷がみんなで手を組んで大王家に立ち向かっても、ですか……？」

しょんぼり問いながら、日奈はふと疑問に思った。

――大君様のお話には、『鳥の郷』が出てこなかったような……？

いつも異花王の傍にいることしか考えていなかったせいで、自分にも故郷《ふるさと》があるはずだという当たり前のことに思いが到るのが遅れた。

「あの……そういえば、鳥の郷はどこにあるのですか？　わたしはそこから来たのでしょうか。そこも、他の神庭の裔や大王家に苦しめられているのでしょうか」

異花王はまた頭を振った。

「鳥の郷はない」

「ない？　滅ぼされてしまったのですか？」

「元からないのだよ。神庭から降された時、そのまま地に落ちるしかなかった者たちと違い、羽のある鳥は自由《すき》に飛んで行ってしまった。そうして、中つ人たちを導く役目《つとめ》を放り出して、めいめいが好きな場所《ところ》で暮らした。だから鳥の郷はないのだ」

「そうなんですか……」

自分の郷に帰りたいと思っていたわけではないが、ないと言われてしまうとなんだか寂しい気持ちになる日奈だった。

「鳥の性は、我がまま気ままで縛られるのを厭《きら》う。ゆえに別名を《我鳥《わどり》》という。大御神の命《めい》に背《そむ》いた報いとして、彼らは霊力を失った」

「え……？　でも——」

自分は霊力を持っている。それに、特別我がままな性分でもないと思う、と日奈は怪訝《けげん》顔で異花王の顔を見た。

「鳥は鳥でも、そなたは奇《めずら》かな鳥なのだ」

異花王は日奈の顔を真っすぐに見つめ返して言った。

「自由《きまま》を好む我がままな鳥ではなく、主のために身を賭《と》して働く性質《たち》を持つ鳥——《汝《な》鳥《どり》》。そなたは汝鳥なのだ」

「汝鳥……」

初めて耳にする言葉を日奈は反芻《はんすう》した。

——汝鳥。わたしは汝鳥……？

「鳥の性のほとんどは我鳥だが、ごく稀《まれ》に、大御神の命を忘れずに生まれる者もいる。それが汝鳥だ。ゆえに賜物《たまもの》として霊力を授かっている」

異花王は日奈の眸を覗《のぞ》き込む。

「そなたは奇かな鳥。私のために現れた鳥だ」

「大君様のために……？」

異花王は頷いた。

「もう幾年《いくとせ》も前に、手真木が神言《かむごと》を得たのだ。私の宿願《ねがい》は、汝鳥によって叶えられるだろう——と。その後、私はあの地下宮殿《ちのしたのあらか》で、巣から落ちた雛《ひな》のようなそなたを見つけた」

「……！」

日奈は息を呑んだ。異花王が自分を拾って育ててくれたのは、その託宣があったからなのか。

「そなたは私を虫から救い、地下《ちのした》に閉じ込められる生活《くらし》を終わらせてくれた。そなたが現れるまでは、こんな日が来るなどと夢に見ることも出来なかった」

日奈も同じだった。明るい陽《ひ》の下《もと》で、こうしてふたりで語らう日が来るなんて、毎日虫と戦っていた頃には夢にも思えなかったことだった。

「それからも、そなたはずっと私のために働いてくれた。そなたは私のための鳥。そなたが傍にいてくれれば、私の宿願もいずれ叶うだろう」

「大君様の宿願とは……？」

日奈の問いに、異花王はやわらかく微笑むだけだった。

その反応に、自分が愚かな問いをしたのだ、と日奈は反省した。今までの話の流れから、簡単にわかることではないか。

異花王の宿願とは、黒金の大王家から神庭の裔を守ること。そして、この大八洲から金気の穢れを払い、再び神庭の裔が治める地に戻すことだ。

自分はそんな大仕事を手伝わせてもらえるのか——そう思うと、武者震いがした。

具体的に何をすればいいのかわからないが、必要な時、必要なことを、異花王が指示してくれるだろう。地上へ出てから、虫の侵食に混乱した郷の状況を収める時も、日奈はただ異花王の命に従って動いていた。それで郷は今こうやって、平穏を取り戻したのだ。

だから、異花王に従っていればいい。

——わたしは大君様のための鳥なのだから。

日奈にとって、それが何よりの誇りだった。

お役目を果たした時、「よくやった」と異花王に褒《ほ》めてもらえるのが嬉しかった。時には頭を撫でてもらえることもあった。そんな時、異花王が動かす袖《そで》から、ふわりと花の芳香が漂う。この香りを味わわせてもらえるのが一番の褒美だった。もっと褒めて欲しくて、頑張ってしまう。

親は誰だとか、どこで生まれたのかだとか、どうやって地下宮殿に転げ落ちたのかだとか、自分自身のことでわからないことや気になることはあるけれど、異花王と出逢い、彼に育ててもらえたことは幸せだった。

手真木からは、天つ霊力は人のために使いなさい、自分のために使ってはいけない、と教えられた。もちろんだ。自分の霊力は異花王のためのもの。自分は異花王のために生きるように生まれついているのだ。

虫と戦った時の傷は、まだ衣服の下に残っていた。けれどそれを消す気になれなかった。傷の数だけ、異花王のために戦ったのだと思うと、その証《あかし》を消してしまうのがもったいなかった。人の目に付く場所の傷だけは治したが、衣を脱がなければ見えないような場所の傷は、日奈だけの宝物だった。

――わたしには大君様さえいればいい。

わたしはここで、大君様のために生きてゆくのだから――。

鳥を船に乗せて

気を失った日奈《ひな》は、断続的に目を覚ましては異花王《ことはなおう》とのことを語った。朱鷺王《ときおう》に主を詰《なじ》られたのがよほど悔しかったらしい。ほとんど意識もないのに口を尖《とが》らせて反論する様子が、朱鷺王にとっては可愛らしくすら感じられた。

ともあれ、日奈の特殊な生い立ちはわかった。異花王の壮絶な過去も、日奈が彼に心酔する理由も。そして異花王が目指す世界の形も。

だがやはり朱鷺王には、異花王の料簡《りょうけん》が納得出来なかった。

大王の子だから言うわけではないが、世界に鉄の時代が来るのはもう止められない。大《おお》八洲《やしま》だけの問題ではなく、これが世の自然な流れであって、神庭《かむにわ》の裔《すえ》こそが時代遅れの遺物なのだ。

大体、昔に戻って何が楽しいのかと思う。一度通った道を再び辿《たど》るなんて面白くないだろう。

自分は未来へ進みたい。この先、世界はどうなってゆくのか。見当もつかないのが面白い。どうせ生きるなら、見たことがないものを見て楽しみたいではないか。

そもそも、仮に大王の暗殺が成功したとして、日奈が疑いの目を逃れ、異花王の許《もと》へ無事復命出来たとしても、大王ひとりを殺したところで世の流れは変わらない。

大王家の混乱を衝《つ》いてと言うが、うっかり父が死ねば、自分が後釜《あとがま》に据えられて働かされるだけだ。そしてそれが面白くない豪族連中が騒ぎ出す。それを混乱と呼ぶとしても、その権力争いに神庭の裔の出番はないだろう。中つ人同士が鉄の武器で戦って、勝ち負けを決めるだけだ。

それがわからないような男に、日奈がすべてを捧げ、利用されていると思うと、切なくなってくる。

すべてを――

「いや、このおぼこさは、身も捧げてしまっているわけではなさそうか……」

日奈の寝顔を見つめ、朱鷺王はつぶやく。

実のところ、日奈の昔語りを聞いて一番驚いたのは、彼女の年齢だった。

顔立ちや身体つきからして、二十歳《はたち》くらいだと思っていたのだ。だが、七歳の時に異花王に拾われ、地下宮殿で三年過ごし、地上へ出てから郷の混乱を収めるのに三年、それからも細々とした時間経過があり、導き出された日奈の齢《とし》は、今年で十六。

――予想外に若かったなあ……！

しかも大王家をひどく憎んでいる。自分が大王の子だと知ったら、口をきいてもらえなくなるかもしれない。それは困る。

迂闊《うかつ》に手を出しにくくなったぞ――というのはさておき、外見が大人びているだけで、まだ十六だというなら、世間知らずも仕方がないのかもしれなかった。

日奈は、普通の十六の娘らしからぬ物騒な経験だけは積んでいても、神庭の郷の外や、ごく普通の娘らしい生活を何も知らないのだ。

この娘に、もっと世の中を見せてやって、視野を広げてやりたい――。

◇――＊◆＊――◇

日奈が目を覚ますと、船の上だった。

「!?」

初めは、自分のいる薄暗い場所がどこなのかわからず、起き上がって周囲を観察し、船倉らしいとわかった。

――なぜ、わたしが船に？

船には、宇天那《うてな》のある幸瑞葉洲《さきみずはのしま》から都のある大御鏡洲《おおみかがみのしま》へ渡る時に一度乗ったことがあるきりだが、あの時と似たような大きな帆を持つ船である。川を渡っているのではなく、海を渡っているのだとわかった。

それはわかったが、なぜ自分が海を渡っているのかがわからない。大王暗殺を企《たくら》んだ咎《とが》人《にん》として流罪《るざい》にでもなったのか？　それにしては、他に乗っている者たちはほとんどが商人のようで、船倉には荷物がたくさん積んである。こんな船で大罪人を流すだろうか？

訳がわからずに混乱していると、ひょっこり川彦《かわひこ》が現れた。

「ああ、目を覚ましたのか。歩いて大丈夫なのか？」

川彦の顔を見て、思い出す。

そうだ。流罪も何も、捕まった覚えがない。自分はこの男に、後宮から攫《さら》われたのだ。

それとも、気を失っている間にこの男が自分を官人《つかさ》〔役人〕に突き出したのだろうか？

そういえば着ているものも簡素な衣に変わっている。自分はいつ着替えたのだろう？

「どうしておまえがいる？　ここはどこだ？　なぜわたしは船に乗っている？　わたしを着替えさせたのは誰だ」

矢継ぎ早に訊《たず》ねる日奈に、川彦はあっけらかんと答える。

「一緒に旅をしようと思ってさ」

日奈は絶句した。流罪を疑っていたところに、『旅』という言葉は想像の外だった。

「旅？　何をふざけたことを――」

「ふざけてなんかいないさ。あんたには旅が必要なんだよ。綺麗な衣装は目の保養だけど、都を出るには目立つし、旅にも不向きだから動きやすいものに替えさせてもらった」

「断りもなく人を着替えさせるな。わたしは、旅などするために宇天那を出たんじゃない。大王を――」

「ああ、そんなことを大声で言うもんじゃない」

川彦の手に口を塞《ふさ》がれ、日奈はもがく。そうして少し暴れただけで、息が切れて立っていられなくなった。

「あーほらほら、無理をするから。まだ休んでいた方がいい」

日奈を簡単に抱き上げた川彦は、寝床に日奈を寝かせて水を持ってきた。妙に甲斐甲斐しいが、こんな得体の知れない男と旅をする気などない。まだ自分の正体が露見していないなら、早く都へ戻って、お役目を果たさなければならないのに。

いや、あれからどれだけ経《た》っているのだろう？　自分が突然姿を消して、後宮では騒ぎになっているのでは？

日奈の懸念《けねん》を読んだように川彦が言う。

「王宮は、花の媛《ひめ》が賊《ぞく》に攫《さら》われたって大騒ぎだよ。ひとりでのこのこ戻ったら、自力で逃げ出すなんて本当に媛君かって疑われるだけじゃないかなあ」

「何を他人事《ひとごと》みたいに――賊《あた》はおまえだろう。わたしを都へ戻せ！」

興奮すると、頭がくらくらした。今の川彦は鉄剣を帯びてはいないが、まだ身体は金気《かなけ》に中《あた》ったままらしい。その上、船の揺れから来る気分の悪さもあった。

身体が利《き》かなければ、川彦に抵抗のしようもない。そもそもが船の上では、逃げようもない。そのまま日奈は、見知らぬ洲《しま》へと運ばれていったのだった。

第三章　黒金《くろがね》の洲《しま》

異花王《ことはなおう》

異花王《ことはなおう》にとって、妹の萌葱媛《もえぎひめ》と共に過ごす時間は必要不可欠なものだった。

宇天那《うてな》王宮の奥深く、その日に摘《つ》んだ花を溢《あふ》れるほどに飾った室《へや》で、萌葱媛は自身も花と化したような佇《たたず》まいで兄を出迎えた。

「今日はとてもいい日和《ひより》だよ、萌葱媛」

話しかけても、萌葱媛は返事をしない。真っすぐに前を向いた視線が異花王の視線と交わることもない。何も知らない者が室を覗《のぞ》けば、向かい合って座りながら目も合わさず会話もせず、おかしな兄妹だと思うことだろう。だがこうして妹と過ごすのが、異花王の日課《ならい》だった。

異花王が地下へ幽閉されたあとに生まれた萌葱媛は、強い霊力を持っていた。それと引き換えに、人としての感情を与えられなかった。萌葱媛が虫に心を喰われなかったのは、その霊力の強さと、心と呼べるものがなかったせいだ。

地上へ出て妹と初めて対面した異花王は、身体に流れ込む霊力を感じて驚いた。萌葱媛は意思を持って霊力を使うことは出来ないが、その力を兄に分けることが出来るのだ。互いの身に触れる必要はない。ただ、ごく近くにいるだけで、身体に霊力が漲《みなぎ》ってくる。食事を摂《と》ることより、萌葱媛と過ごす時間の方が異花王には大切だった。

幽閉時代は、虫に喰われた己の身体を再生させることだけに霊力を使っていればよかったが、今は郷《さと》を治め、守るために常に霊力を使っていなければならない。その消耗を萌葱媛が癒《いや》してくれる。

おそらく、自分と萌葱媛はふたりでひとりなのだ——と異花王は思っていた。表に出ることはない萌葱媛だが、彼女がいなければ、自分は宇天那の王を務めていられない。

だから萌葱媛を傍《そば》から離すわけにはいかない。

だが、だから代わりに日奈《ひな》を大王に差し出した、というわけではない。

手真木《たまき》が託宣を得たのだ。

曰《いわ》く、日奈は汝鳥《などり》だが、今のままでは完全《まったし》ではない。完全となるには、試練《くるしみ》を潜《くぐ》り、成長《そだた》ねばならない。試練は東にある——。

どういうことかと考えているうち、大王が萌葱媛を妃《みめ》に求めてきた。

日奈に、東で大きな仕事をしてもらう時が来たのだ。日奈を萌葱媛の替え玉にして後宮へ送り込めば、大王家を倒すための狼煙《のろし》を上げる大仕事をやってのけるかもしれない。

決して勝算の高い賭けではない。むしろ分の悪い、危険な賭けだ。だが日奈には不思議な力がある。一生出られないかもしれないと諦《あきら》めかけていた地下宮殿から出られたのも、日奈のおかげだ。

汝鳥が宿願《ねがい》を叶《かな》えてくれるという前《さき》の託宣は、試練を乗り越えて成長した日奈の働きを指すのだろう。今の日奈は成長途中で、これからまだまだ力を増すということだ。

そう、日奈を信じて、手元から離したのだ。

本当は、宇天那しか知らない日奈を郷の外へ出すのはたまらなく心配だ。金気《かなけ》の穢《けが》れに中《あた》るのも初めてだろう。思うように身体や霊力を使えなくなるかもしれない。日奈にとってそれは、とても心細いことだろう。

――日奈。都での暮らしはどうだ？　身体は辛《つら》くないか？

萌葱媛と共にいても、考えるのはいつも日奈のことだった。それを責めるでもなく、萌葱媛は美しい人形のように座っていた。

妹の室《へや》を出て、自分の室へ戻ったあとのこと――。都からの使人《つかい》が、後宮に入った花の媛《ひめ》が賊に攫《さら》われたとの報《しら》せをもたらした。

日奈が攫われた――？

後宮入りした媛の正体や、大王暗殺計画は露見していないようだった。大王家からの書状には、ただ後宮警備の不手際《ふてぎわ》を謝罪する言葉と、媛の行方を鋭意捜索中との現状報告が綴《つづ》られていた。

憮然とする異花王の許《もと》へ、白い衣《ころも》の裾《すそ》を引いて手真木がやって来た。

「新たな神言《かむごと》が下《くだ》りました」

「……何の神言だ？　宇天那についてか、私についてか」

「日奈についてです」

「……」

手真木はそう答えてから厳《おごそ》かに言った。

「我鳥《わどり》が汝鳥《などり》を惑《まど》わす——」

「……なに？」

異花王は紅《あか》い眸《ひとみ》を瞠《みは》る。

それが日奈の試練ということなのか。

都からもたらされた報せを告げると、手真木も頷いた。

「日奈の試練《くるしみ》が始まったようです」

「……」

日奈を手元から離すといっても、居場所を把握していることが前提だった。日奈は黒金《くろがね》の都、大王の宮殿にいる。そして、身を守るのに役立つ毒を持たせてある。眠り薬にもなるあの毒を使えば、大王に無体を働かれることもないだろう。日奈の身の安全を図った上で、いざという時は救いの手を伸ばそうと思っていた。まさか、そこから攫われるなどとは思ってもみなかったのだ。

日奈を攫った賊とは何者か？　目的はなんだ？　そして、託宣の意味は？

我鳥が汝鳥を惑わす――。

もしや賊は我鳥なのか？　それとも、攫われた先で我鳥の者と関わることになるのか。大御神《おおみかみ》に背いた我がまま勝手な鳥が、自分の大切な鳥に何をするというのか。

異花王は、窓の外に暮れてゆく空を見遣《みや》った。夕陽を映した朱《あか》い雲の下を、鳥の群れが飛んでいる。

――日奈。

私の誓約《うけい》の鳥は、どこへ飛んでゆく――？

足日洲《たるひのしま》

日奈《ひな》が船に乗っていた時間は、さほど長くはなかった。

ふざけたことしか言わない川彦《かわひこ》とのやりとりで無駄に体力を使い、それが回復しないうちに船はどこかの港に着いた。

川彦に支えられながら船を降りた日奈は、辺りを見回しながら訊《たず》ねる。

「ここは、どこだ？」

船から降りる者や荷を降ろす者たちで賑《にぎ》わっている港は、都と変わらないほどに金気《かなけ》の穢《けが》れを感じる場所だった。

「足日洲《たるひのしま》だよ」

川彦は軽く答える。

「足日洲」

日奈は鸚鵡返《おうむがえ》しに言って、異花王《ことはなおう》に見せてもらった大八洲《おおやしま》の絵図を思い出した。

その名のとおり、たくさんの洲《しま》が連なって構成される大八洲。宇天那《うてな》のある幸瑞葉洲《さきみずはのしま》から東へ海を渡れば大御鏡洲《おおみかがみのしま》。そこからまた海を越えて東へ行けば、足日洲だ。つまり、都からさらに東へ来てしまったということだ。

「幸瑞葉から大御鏡へ渡るには、船で半日強はかかるだろう？　だが大御鏡と足日はもっと近い。すぐ着いただろ」

「すぐ着くとか、そういう問題《こと》じゃない」

どうして宇天那とは正反対の方向へ連れて来られなければならないのだ。いや、仮に西へ連れて来られたとしても、お役目を果たすまで宇天那へ帰るわけにはいかないのだが。

日奈に睨《にら》まれた川彦は、不服そうに口を尖《とが》らせる。

「そんな顔するなよー。あんたの調子が悪そうだから、あんまり長い時間船に揺られたらかわいそうだと思って、近いところにしたんじゃないか」

「気を遣《つか》う神経《こころ》があるなら、初めから人を攫《さら》うな！」

「だってこうでもしなけりゃ、あんたと旅なんか出来ないだろう」

「男が『だって』とか言うな。おまえと旅をする気なんかないと言っただろう」

「でも、実際もう旅に出ちまってるし」

「『でも』も言うな！」

「日奈が言うなと言うなら言わないけどさ」

川彦は肩を竦《すく》め、人の悪い顔になる。

「ただ、言っとくけど——俺から逃げたところで、文無しの上、金気に中《あた》ってるそんな状態じゃ、とてもひとりで都にも宇天那にも帰れないだろうなあ。それに、俺がその辺の官《かん》衙《が》に飛び込んで、あんたの正体と目的を訴えたら、どうなるか——」

「……っ」

どうしてこの男はこう、息を吸うように人を脅《おど》すのだろう。

宇天那による大王暗殺計画が露見すれば、日奈のお役目が失敗し、異花王の期待を裏切るだけでなく、何より都に残る随行たちの身が危ない。しかし事が露見さえしなければ、逆に随行たちは大王家に対し、賊の侵入を許した後宮警備の杜撰《ずさん》さを責める立場でいられるのだ。彼らの身の安全を考えるなら、川彦の脅しに屈するしかない。

人の弱みを握って、なんて性格の悪い男――！

日奈は怒りに顔を赤くし、興奮したせいでまた眩暈《めまい》に襲われた。それを川彦がひょいと抱き留め、「まあそんなわけで、行こうか」と言った。

「……どこへ」

「知り合いのところ。もう日も暮れる。今夜の宿が必要だろ」


川彦の知り合いというのは、土地の物持ちらしかった。大きな館の一室を与えられた日奈は、ふらふらと庭へ降り、天《あま》つ種を蒔《ま》いた。

毒は川彦に取り上げられてしまったが、同じく懐《ふところ》に入れていた天つ種の入った袋は無事だった。日奈を着替えさせる時に川彦はこの袋にも気づいて中を覗《のぞ》いたらしいが、毒というより薬のように見えたので、ひとまず捨てずにおいてくれたらしい。それだけは不幸中の幸いだった。そのとおり、薬だと答えて天つ種は手元に残すことが出来たのだった。

目の前で瞬《またた》く間に生った実をひとつ捥《も》いで食べると、人心地ついた。

しかし川彦への怒りや不審は増すばかりで、あの男のことを考えるとそれだけで体力が消耗する。

もうひとつ実を食べる。食べてもすぐ腹が立つので、また食べる。

むかむかしながら庭で天つ実《このみ》を貪《むさぼ》っていると、当の川彦がやって来た。

「何を食ってるんだ？　こりゃあ、見たことがない木だな」

館の庇《ひさし》ほどの高さまで生長した天つ樹《あまたつき》を川彦が物珍しそうに見上げる。

「わたしの食糧《かて》だ。宇天那の外では、わたしはこれを食べないと力を得られない」

「えっ、そうなのか!?　他のものは食えないのか？」

なぜか派手に驚く川彦に、説明を付け加える。

「断りもなく庭に種を蒔いてしまって悪かったが、一日《ひとひ》で枯れて朽《く》ちるから片づけは易《やさ》しいと、この家の主に言っておいてくれ」

生った実から種を採《と》り、それをまた蒔くという繰り返しで、ひとまず食費に関しては川彦に恩を着せられる羽目にはならなさそうだった。

「そうなのか……日奈は普通の食事はしないのか……」

川彦はひどく残念そうに肩を落とし、日奈と天つ実とを見比べる。日奈は居心地が悪くなって訊ねた。

「……なんだ、その顔は……？」

「俺の手料理を振る舞おうと思ったんだよ。せっかく厨《くりや》に海の幸と山の幸を揃《そろ》えさせたのになあ！」

「——おまえの作った怪《あや》しげな料理《もの》なんか食べられるか！」

日奈はそう言い捨てて室《へや》へ駆け込んだ。

◇——*◆*——◇

そうして、旅は強制的に始まった。

日奈に体力がないので徒歩《かち》は極力避け、川を利用しての船旅が主だった。川彦曰《いわ》く、

「海沿いの旅は前にしたから、今度は川釣りを楽しみながら内陸を旅したいんだ」

川彦は自分勝手な男だった。明日には発《た》つと言っていたのに、その日になったら気が変わって滞在を続けたり、しばらくは滞在して疲れを取ると言っていたのに、突然出立すると言い出したり、途中で行き先を変えるのも日常茶飯事、予定と違う行動を平気で取る。

「日奈のための旅だ」と訳のわからないことを言いながら、市《いち》が立っている、祭りをやっている、それらを見たがるのは川彦で、日奈は金気に中ったふらふらの身体で連れ回されるだけだった。

遊び好きな川彦は、その性分に相応《ふさわ》しく妙に金回りのいい男で、しかも様々な土地に知り合いがいる。その知り合いからまた次の土地の知人を紹介してもらうという形で、どこへ行っても寝泊まりする場所には困らない。当て所《ど》ない旅の中でも、日奈はいつもちゃん

とした寝床を与えられていた。

――この男は何者なんだ？

どこで稼いでいるようにも見えないのに銭を持っていたり、さほど大荷物を担《かつ》いでいるわけでもないのに、市で必要品と交換するための上質な布や玉をどこからか取り出してみせる。

おまえは何者だ、と訊ねても「川彦だよ」か「旅人だよ」という答えしか返ってこない。名前は明らかに偽名だし（初めに逢ったのが海であれば、「海彦」と名乗っていたに違いない）、『旅人』などという身分や職業があってたまるものか。

けれど、阿呆《あほう》かと思うような無邪気さ、屈託のなさがある半面、平気で人を脅したり、人を振り回す我がままさ、傲慢《ごうまん》さは、徒人《ただびと》ではないと感じる。

人に仕える側の立場で生きてきた日奈から見れば、川彦は絶対に自分とは種類が違う人間としか思えなかった。

様々な土地で人の親切に触れても、それを当たり前のように受け取って礼も言わない。困っている人を見かけても、自分がしてもらったような親切を返すこともない。いつでも自分が最優先の傍若無人《ぼうじゃくぶじん》さは、人の下に随《つ》いて生きている人間ではあり得ない。

さらに言うなら、川彦の言葉遣いだ。彼は、大八洲《おおやしま》で古くから使われている言葉〔倭語《やまとことば》〕より、大陸から渡ってきた言葉〔漢語〕を織り交ぜて話すことが多い。口調こそぞんざいだが、そのような新しい知識を当たり前に持っているのは、それなりの身分に育ったことを表している。

放蕩《ほうとう》が過ぎて勘当された、何処《どこ》かの豪族の道楽《どら》息子——そんなところだろうか。

きっと悪い友人がたくさんいて、その影響で王宮に忍び込むような芸当をやってのけたり、簡単に女を脅すような悪癖《あくへき》を身に付けてしまったのだ。

川彦の素性をそう推理してみた日奈だったが、ひとつだけ確信出来ることがあった。

——あの男は、我鳥《わどり》だ。

自由で勝手で気紛《きまぐ》れで、人を振り回して悪怯《わるび》れもしない。話に聞いていた我鳥の性分そのものではないか。

もしかして、同じ鳥の性《さが》を察して、自分に興味を持ったのだろうか？

だが鳥は鳥でも、自分は我鳥なんかとは違う。仲間だと思われるのは心外だ——。

雨の一日、日奈がそんなことを考えながら過ごしていると、どこかへ出かけていた川彦が帰ってきた。

「日奈、いいものを手に入れてきたぞ！」

笑顔で川彦が広げてみせたのは、織りの美しい浅葱《あさぎ》色の衣《ころも》だった。

「あんたにはこういう涼しげな色が似合うよな。櫛《くし》や首飾りもあるぞ、派手に着飾って見せてくれよ。ほら、後宮で化けてたみたいにさ」

「……あれは、お役目《つとめ》だから着飾っただけのこと。わたしは本来《もともと》、着飾ることも化粧《つくり》をすることもしない」

日奈が素っ気なく答えると、川彦は大げさに嘆《なげ》いてみせる。

「若い女の子が着飾ることに興味ないなんて、嘘だろー！ せっかく素材がいいのに、そんなもったいないこと言うなよー！」

「嘘じゃない。真実《まこと》にそんなことはどうでもいい」

煌《きら》びやかな宇天那《うてな》王宮に暮らしていても、自分の身を飾りたいと思ったことなどない。いつもその身に花を飾っている異花王《ことはなおう》を見るだけでいい。

着飾らせたいのは異花王。花そのものの明彩《うるわ》しい主。美しく飾った異花王を見ているだけで日奈の心は満ち足りるのだ。

——そう、わたしは花に宿る鳥。花は大君様。

それに——。

日奈は川彦が差し出す衣から目を背《そむ》け、忘れていたかったことを思い出した。

地下宮殿で暮らしていた頃から日奈は背が伸びるのが速かったが、地上へ出てからは身体つきも丸みを帯び、どんどん女らしくなってきた。そうして去年の春先、異花王の側《そば》習《づかえ》たちが、異花王が気に入っている日奈を側女《そばめ》として仕えさせようかと話しているのを偶然聞いてしまったのだ。

幼い頃、異花王の佳《よ》い香りのするあの腕の中にずっと包まれていたいとは願っていたけれど、それは甘い菓子をもっともっとと求める子供の欲。今の自分は分別が付いている。自分はそんな意味で異花王の傍《そば》に居たいのではない。そんな風に扱われたくはない。

元々着飾ることに興味はなかったが、より意識的に女性らしさを消すようになった。髪は適当な長さで雑に切り、普段は男の儐従《しとりべ》たちと同じような言葉遣いをして、がさつに振る舞った。

それが功を奏したのかどうか、例の話が正式に日奈の許へ舞い込むことはなかった。ほっと安心した。

これでいいのだ。自分の身体は、異花王の楯《たて》となるためにあるのだから。

「――おい、日奈？」

突然物思いに沈んでしまった日奈の肩を川彦が揺すった。

「そんなに厭《いや》なら無理強《じ》いはしないけどさ……。この衣があんたに似合うと思ったのは本当だぜ。あんただって、これを着て鏡に映った自分を見たら、もっと自分を見直すと思うけどなあ」

日奈は小さく頭《かぶり》を振って答えた。

「……そもそも、わたしはみだりに鏡を見ることを止《と》められている」

「へ？　なぜ」

「わたしは先見《さきみ》の力を持っているからだ」

「先見——将来を見る力か？」

「わたしの力では、将来というほど遠くのことは見えない。せいぜい一月《ひとつき》先のことまでだが——先見の力を持つ傔従《くるかた》には止められていることがある。鏡に映った己の先を見ること。つまり、己の未来《ゆくすえ》を見ること」

「なぜ見ちゃいけないんだ？」

「もしも、己が主を庇《かば》って死ぬ先を見てしまったら——逃げ出したくなるかもしれない。怖気《おじけ》つかないためだろう」

川彦は呆れ顔で大きく肩を竦めた。

「逃げればいいじゃないか。他人の生命《いのち》より自分の生命だろ。他人を守って死ぬなんて馬鹿げてる」

その言葉に、日奈は瞬間的にかっとして川彦を睨んだ。

「馬鹿げてなどいない！　守るべきものを守って生きるのはわたしの誇りだ。大君様のために、弱い人々のためになら、わたしは死んでもかまわない。だから、わたしを放せ！わたしにはお役目《つとめ》があるのだ。大王を殺さなければ、大王家を倒さなければ、大八洲に禍《わざわい》が——」

「ああ、わかったわかった、そう興奮するとまた倒れるぞ」

川彦はそう言って日奈の肩を押し留めるが、そのうんざりした表情がまた癇《かん》に障《さわ》る。

「なんだその態度《さま》は！　人の話をちゃんと聞け！　ものをしっかり考えろ！　おまえは何にしても不真面目《ふまじめ》過ぎるんだ――！」


「どういうんだろうなあ、ああいうのは……」

日奈を落ち着かせるために室《へや》を出て、朱鷺王《ときおう》はため息をついた。

生きるか死ぬか、生かすか滅ぼすか、日奈は考えが極端だ。

大げさな理想を掲げ、それが叶わないと見ると、簡単に絶望してすべてを壊そうとするのは、視野の狭いお子様の料簡だ。世の中は白と黒の二色で出来ているのではない。世界はもっと彩り豊かなものだ。だから日奈には、「あんたは世間が狭過ぎるんだよ」と言って、あちこち連れ回したくなった。

だが、日奈はただの世間知らずとしても、彼女に極端な命令をする異花王《ことはなおう》という人物はどうなのか。

世間知らずゆえに白か黒かの極端な思考に走る場合と、すべてを知り、すべてに疲れ切って極論を選ぶ場合とがある。後者の方が、今さら考え方を変えさせるのは難しいという意味で面倒だ。もし異花王がその面倒型の人間なら、そんな厄介事とは関わり合いになりたくない。しかし、日奈を放ってもおけない。

日奈は、凄絶な異花王の不幸を目の当《ま》たりにし、それでも民のために耐えた異花王に心酔し、彼のすることはすべて世のため民のためで正しいことだ、と思い込んでいる。だがそこで思考を放棄しないで、日奈自身が見たものを日奈自身が考えて欲しいのだ。

――ものをしっかり考えろ、という台詞《せりふ》はこっちこそ日奈に言いたいんだがな。

市《いち》へ連れて行っても祭りを見ても、日奈は心ここにあらずといった体《てい》で、少しも楽しんでいなかった。美味しいものや珍しい見世物もあったのに、日奈の記憶にはそのどれも残っていないだろう。

日奈の目がものを見ようとしなければ、何も見えないというのに。まだ起きてもいないことを見る先見《さきみ》の力を気にするより、目の前にあるものをもっとしっかり見るべきだ。それを異花王は教えてくれなかったのか。

加えて日奈は、休んだり遊んだりといったことを罪悪のように感じている節がある。異花王の許で暮らした日々が、彼女をそんな風にしてしまったのか。日奈の主は、どれほど禁欲的な男なのか。

――俺には、異花王のような生き方は到底出来ないな。

世のため民のためなんて、考えられない。自分の人生は自分のためのものだ。

大体、人のためだなんて綺麗事を言っても、それも突き詰めれば、自分のためではないのか？　自分の求める世界、自分の求める民の姿、それを実現するために異花王は日奈を利用しているだけではないのか。

どうにも、日奈の語る異花王というのはお綺麗過ぎて胡散臭《うさんくさ》い。どういう男なのか、実際にこの目で見てみたいものだが――。

◇――＊◆＊――◇

日奈が自分の役目をどれだけ訴えても、川彦は「あんたは世間が狭過ぎるんだよ」と言って、日奈を解放してくれなかった。

――世間が狭いとはどういう意味だ？

自分は、大八洲全体のことを考えている異花王の命に従い、働いているのだ。遊ぶことしか考えていない川彦より、よほど広い世界を見ているというのに。

釈然としないまま、日奈は川彦の我がままに付き合わされて、とある邑《むら》を訪れた。川の傍の大きな邑で、たくさんの田畑に囲まれた立派な館がいくつもあり、なかなか豊かな土地のようだった。

「噂で聞いたんだ。この邑の山には、どんな魚でも喰いつかずにいられない、お魚まっしぐらの虫がいるらしい」

川彦は釣り好きで、しかもそれが恐ろしいほどの下手《へた》の横好きだった。釣れないのをいつも餌《えさ》のせいにして、喰いつきの良い餌を求めさ迷っているのだ。日奈としては、魚が釣れない原因は、餌のせいではなくて川彦に落ち着きと堪《こら》え性《しよう》がないせいではないかと思っているのだが。

「虫捕りは得意なんだ。子供の頃、こーんな大きい鍬形虫《くわがたむし》を捕まえたこともあるんだぞ」

少年のように眸《ひとみ》をきらきらさせて、虫がいるという山へ向かう川彦に、日奈も仕方なく随《したが》う。

子供の頃の経験を言うなら、日奈としては虫など大嫌いである。特に大きい虫は真っ平御免だ。そういうことに気を遣わないのが、この川彦という男なのだ――。

ため息をつきながら歩く途中、顔や身体に刺青《いれずみ》のある粗末な身なりをした人々が官人《つかさ》に引き立てられてゆくのを見かけた。

「あれは、なんだ……?」

「夜都古《やつこ》だよ」

川彦はさらりと答えたが、日奈にとっては初めて聞く言葉だった。きょとんとする日奈に、川彦は詳しく説明した。

「夜都古というのは、その土地で最下層の奴隷身分の者たちのことだ。罪を犯した者や、戦《いくさ》の俘虜《ふりよ》、調《ちよう》〔税〕を払わずに故郷を逃げた浮浪者などが、ああやって夜都古の証《あかし》である刺青を入れられて、重労働に就《つ》かされる」

「……宇天那《うてな》には、そんな風に働かされる者はいない」

「仕方ないさ、この辺は土地の豪族と大王家の両方に調を納めなきゃならないからな。心おきなくこき使える労働力が必要なんだよ」

「どうして、調《みつき》を重ねて？」

「ここは、大王家の支配下にある豪族の土地だ。豪族にしてみたら、昔は自分たちが全部受け取っていた調を、粗方《あらかた》大王家に渡さなければならない。それじゃあ、あんまりにも旨《うま》みがないだろ。だから、大王家へ差し出す分とは別に、自分たちの懐《ふところ》へ入れる分も取り立てるわけだ。結果、民が払う調は二倍になるってことだな」

「そんな――」

日奈は納得出来ない気持ちで夜都古たちの列を見た。

「……あの人たちは、どこへ連れて行かれて働かされるんだ？」

「この辺なら、山で鉱石を掘り出す仕事かな。足日洲《ここ》も、大御《おおみ》鏡洲《かがみのしま》並みにたくさん採れるらしいからなー。まあ、大陸からわざわざ練鉄《ねりがね》を輸入するより、自前で作れた方が安上がりだしな。この辺の邑は、調を鉱石で払ってるんだと思うよ」

「鉄《くろがね》を作るために、人が奴隷《しもべ》にされているのか？」

大君様が仰《おつしや》っていたとおりだ――と日奈は息を呑んだ。

大王家は、鉄を作るために山を崩し、人を奴隷として使う。そんな非道を続けるせいで、大八洲に禍が降りかかる――。

「別に、夜都古は鉱山労働専門の奴隷じゃないよ。稲や麦を作ったり、布を織ったり、海に潜って白珠《しらたま》〔真珠〕や海藻を採ったり、土木工事や物持ちの家の下働きや、とにかくなんでもやらされる。人というより物として売り買いされるからな」

「ますます悪いじゃないか……！　すべて大王家のせいだろう？　大王家が他の豪族《おびと》を取り込んで大八洲を治めようなどと考えなければ、民は重ねて調を払わされることもなかったのに――」

「建前上は、豪族《ごうぞく》の取り分は減ってることになってるんだよ。大王家からもそういう命令が出てるしな。ただ、馬鹿正直にそれに従う豪族はまずいない、ってだけだ」

「――大王家は何ひとつ、大八洲のために良いことをしない……！　金気の穢れを作り出したり、民を奴隷にして苦しめたり……。昔のように、神庭《かむにわ》の裔《すえ》や豪族たちがそれぞれの土地《ところ》を治めていた方がいいんだ……！」

日奈が怒りに震える声で言うと、川彦が存外真面目な顔で頭《かぶり》を振った。

「それはそれで、豪族同士の小競り合いが絶えなくて、大勢の民が私兵として駆り出されるよ。しかも、そんな風に小国が諍《いさか》い合っている状態では、大陸なんかの進んだ国からは蛮族丸出しに見えて、侵略の隙《すき》を作っているようなものだ。異国から大八洲を守るために、中央に権力を集中させた大きな国が必要だという考え方自体は、間違ってないと思うね。

——まあ、今の大王家が正しい存在かどうかはまた別の話だけどな」

「……」

川彦の言っていることが、日奈にはよくわからなかった。

宇天那の外にすら出たことがなかった日奈には、大陸や異国など、想像もつかないほど遠い存在である。そんなところとの関係で大王家のやり方を正当化されても、到底納得出来ない。

日奈にわかる範囲で考えるなら、神庭の裔は民から法外な調を取るようなことはしないし、やはり神庭の裔が大八洲を治める方がいいのだとしか思えない。

たとえば宇天那も、農産物や薬草などを調として大王家へ納めているが、それは民に過酷な労働を強《し》いて用意するのではない。王の霊力で植物の生長を助け、収穫量を増やしている。民が苦労するのではなく、霊力を持つ者がそれを振り絞って働く。苦労するのは上に立つ者の義務であって、下の者は労《いたわ》るべし、というのが神庭の裔の考え方だ。

虫の侵食に遭《あ》っていた頃は、宇天那も調の多重払いに民が苦しんでいたが、異花王がそれを正してくれた。そもそも、金気の穢れが消えて神庭の郷に霊力が満ちれば、虫の民だって他の郷にちょっかいを出すこともなくなるだろう。だが逆に、これ以上大八洲に金気の穢れが増えて、神庭の郷から霊力を持つ者がひとりもいなくなるようなことになれば、為《な》す術《すべ》もなくすべてを大王家に奪われてしまうかもしれない。

――元凶《おおもと》は大王家。大王家さえいなくなれば――。

そう思いながら日奈は、引き立てられてゆく夜都古たちの背を見送った。

彼らを救《たす》けてやりたいのは山々だが、今の日奈は金気に中って、真っすぐ歩くだけで精一杯。何も出来ないのが申し訳なかった。

悔しさにくちびるを嚙む日奈の一方で、川彦がぽんと手を打った。

「そんなことより、市《いち》に行こう。今日は市が立つ日だったんだな。ほら、向こうに幟《のぼり》が見える」

「は？　山へ虫を捕りに行くんじゃなかったのか」

「気が変わった。虫はいつでも捕れるけど、市が立つのは毎日じゃないからな」

「どうしておまえはそう気紛れなんだ――」

文句を言いつつ日奈が引きずって行かれたのは、大きな社《やしろ》の前に立つ市だった。

大八洲の各地にある社は、荒ぶる国つ神を祭ったものである。かつて神庭の生きものが封じた悪しき神たちが、再び暴れ出さぬよう祭り上げているのだ。そしてそういった社の前では、市が立つことが多い。大勢の商人が布や櫛や日用品など様々な品物を並べ、旅の芸人《わざおぎ》が鳴物《なりもの》や玉乗りを披露《ひろう》している一角もあった。

「あ、見世物をやってるぞ。見て行こう」

と芸人たちを見遣った川彦が、「あ」と口を開ける。それと同時に、芸人たちの方も川彦を見て、「おう！」と声を上げた。

「茸彦《たけひこ》じゃないか!? こりゃあ、背が伸びて大きくなったじゃないか、おい」

壮年の男から妙齢の娘までいる芸人の一団が、日奈と川彦を取り囲む。

「——茸彦？」

日奈が川彦の顔を見ると、悪怯れない答えが返ってきた。

「昔、俺が茸《きのこ》狩りに凝《こ》ってる時に知り合った連中なんだ」

「……」

やはりこの男の偽名はそういう法則になっているのか、と日奈は無言で納得した。

「あらあら、いい男になったわね。あれから茸は見分けられるようになった？」

「ちゃんと薬草《くすり》を持って山に入るようにしてるかい？」

「あの時は大変だったからなあ、まったく」

芸人たちから頻《しき》りにからかわれ、突《つつ》かれながらも、川彦はさらりと言う。

「今は茸狩りじゃなくて釣りが趣味なんだ」

「釣り？ そのついでに女の子まで釣り上げちまったのかい？」

「それがまだ、釣り上げてはいないんだ。これからじっくり釣ろうとしてるところでね」

「あはは、口説いてる最中《ところ》だったのかい！ そりゃあ声をかけたりして悪かったね」

勝手な軽口が進行しているが、どうせ川彦は適当なことを言っているだけだと思い、口説く云々《うんぬん》を日奈は聞き流すことにした。ここで下手に自分が口を挟むと、余計に話を盛り上げてしまいそうな気もしたからだ。

「じゃあまたどこかで逢おうぜ、茸彦。元気でな！」

芸人たちと別れ、あれはどういう知り合いかと訊ねると、川彦は事も無げに答えた。

「昔、山の中でうっかり毒茸に中って死にかけてたところを救《たす》けてくれた芸人一座だ」

「毒茸で死にかけた？　毒と薬を見分ける術は、神庭の花の裔が中つ人に教えたはずなのに――ああ、そうか。神庭の郷が減って、それを伝える者も減ったのか……。おまえが死にかけたのは大王家のせいだな」

なんでも大王家のせいにする日奈に、返ってきたのは皮肉げな笑みだった。

「だが、ああいう我鳥《わどり》の芸人《げいにん》が諸国を移動することを許しているのも大王家だ。俺は大王家のせいで毒茸を喰らって、大王家のおかげで生命《いのち》を救われたことになるな」

「我鳥……？」

「あの連中はみんな、鳥の性《しょう》を持っている。一つ所で暮らせず、自由に生きることしか出来ない。無理に定住させようとしても問題を起こすばかりだから、芸人となった我鳥は化《け》外《がい》の民として放浪が許されている。その代わり、化外――大王家の保護の外にある者だから、何があっても上《うえ》つ方《かた》に頼れないし、助けてももらえないがな」

芸人たちの方を見ながら話す川彦は、どこか羨《うらや》ましげな顔をしていた。

この男は、自分が我鳥であることを自覚しているのか――？

郷を作らず、霊力もない鳥の裔――てんでんばらばらに生まれ変わる我鳥の者は、どうやって自分が我鳥であることを知るのか、あるいはそれに気づかず生きているものなのかと少し疑問に思っていた日奈だが、案外こうやって、本人は人と違う自分をちゃんと自覚していたり、旅芸人の一座に誘ってくれる同類に教えられたりで、己の何たるかを知ってゆくのだろうか、と腑に落ちた気がした。

「だったら、おまえも芸人《わざおぎ》になればよかったんじゃないか？」

日奈がそう言ってみると、

「ああ、なれればよかったんだがな」

そう答える川彦の顔は、今度は寂《さび》しげだった。

やはり、どこかの有力豪族の息子だから、芸人に身を落とすことも出来なかったのか――？　と、これもなんとなく納得して、ならば、と思う。

「おまえにはおまえにしか出来ないことがあるんじゃないのか？」

「あ？　どういう意味だ？」

「おまえは豪族《おびと》か何か、裕福《ゆたか》な家の出だろう？　隠したってわかる。そんな身の上で、目下の者が好きなように生きることを寛《ゆる》せるなら、さっきみたいな夜都古を解放《はな》してやるとか、そういうことに力を注げばいいじゃないか。人を攫ってふらふら旅をするより、よっぽどいい生き方だろう」

飽くまで真面目な日奈の提案に、川彦はあっさりそっぽを向く。

「俺は生まれてこの方、人の役に立ちたいなんて考えたことは一度もないね」

「――」

威張って言うことか。

絶句した後《のち》に軽蔑の視線を向ける日奈に川彦は心外そうな顔をする。

「なんだよ。人の役に立ちたいと思わないことと、人に迷惑をかけることをしてやりたい、というのは別だぜ。俺は誰にも悪意なんかない」

「……では、わたしのことに立ち入ってくるのはなぜだ。わたしはとても迷惑している」

「あんたのことは気に入っているからさ。俺は、気に入った人間にしか関わらない。気に入らない奴には関わらない。大切な自分の時間を、興味のない人間、況《ま》してや嫌いな人間のために使ってやる筋合いはないからな」

とんでもない自分勝手な料簡《りょうけん》に呆れ、返す言葉を探していると、川彦は空を見上げながら言った。

「俺は翔《と》びたいんだ」

「え？」

聞き返す日奈の顔を見つめて川彦は続ける。

「あんたも、鳥の性の人間なんだろ？　だったら翔びたい気持ちはわかるはずだ。羽があるんだから、自分の意思で翔んでいいんだ」

「……」

「俺は俺の好きなように翔ぶ。鳥は翔んでこその鳥だ」

「……わたしだって、好きなように翔んでいる」

日奈は顎《あご》を上げて言い返した。

「いや――翔んでいた。それを捕まえて、脅して縛りつけて、翔べないようにしたのはおまえじゃないか」

自分の意思も何も、自分の羽――汝鳥《などり》の霊力は、異花王のためにあると思っている。自分自身のために使おうとは思わないし、自分のために何かしたいことがあるわけでもない。

「わたしはおまえのような我鳥と違って、汝鳥だ。主に仕えて働くのが何よりの幸せ。それが自分の意思だ」

異花王に拾われ、教育を施《ほどこ》された。異花王に報《むく》いることだけを考えてきた。異花王を守る。異花王のために生きることだけを考えていた。

異花王の命じることなら、なんであっても従う。異花王に死ねと言われたなら、その場で死んでみせる。

そんな風に主に仕えられるのは、汝鳥の性質ゆえなのか？　だが、努力をして、自分に無理矢理言い聞かせて、そのように生きているのではない。自分にとっては、これが当たり前なのだ。

　己の自由を縛られているつもりはない。自分は異花王の僕従《このしごと》を、したくてしているのだ。そのことに異を唱える川彦の言い分がわからない。

　なぜこの男は、自分を哀れなもののように、物を知らない子供を見るような目で見る？自分は不幸ではない。異花王を守って生きる毎日は、やり甲斐に満ちているのに。誰の役にも立たず、自分勝手に翔び回る人間より、よほど豊かに生きているのに。

「——おまえは、自分《おのれ》がなぜ生まれたのか、その意味《いわれ》を考えてみたことはないのか？　この世で自分だけに与えられた役目《つとめ》があるとは思わないのか」

　日奈の問いに、またしても川彦はあっさりと答えた。

「人が生まれることに、意味なんかないさ」

「なんだ、そのやることに、そのやる気のない生き方は……！」

　憤慨する日奈を宥《なだ》め、川彦は頭《かぶり》を振る。

「俺は無気力でも後ろ向きでもないよ。大体、その『生まれた意味』ってのは誰が決めた『意味』だ？　天上の大御神《おおみかみ》か？　神だろうと何だろうと、自分以外の誰かが決めた意味だの使命だののために生きる気はない、と言っているだけだ」

「なに……？」

「自分がここにこうして生きていることに、誰かが決めた意味なんてない。意味は自分が作る。自分で作ればいいんだ」

「……」

自分が生まれた意味を、自分で作る？

日奈はぽかんと口を開けた。川彦は繰り返して言う。

「人が生まれることに意味なんてない。誰かが決めた運命なんてない。あんただって誰かのために生まれたわけじゃない。自分で自分の道を選んで生きればいいんだ。意味もなく生まれてくるって素晴らしいことじゃないか？　自由だということなんだからな！」

大概訳のわからない男だが、笑顔で言っていることの意味が本当にわからない。

――意味がないことが素晴らしい？

日奈にはわからなかった。

誰かのために生まれたのではない自分。何の意味もなく、何の役目も負わない自分。

――それを想像したら、背筋がぞっとした。そんな人生はあり得ない。

異花王のために生きることが嬉しいから。異花王のために生まれた汝鳥であることに誇りを持っている。この男は、それが違うと言うのか？　自分が異花王のために生まれたのではないと言っているのか？

——違う。この男の言うことこそ間違っている！

「……おまえは、どうかしている。おまえのおかしな考えをわたしに押しつけるな……！」

頭の中が混乱して、日奈は川彦の前から駆け出した。

しかし市の中を少しも走らぬうちに、眩暈を起こして足をもつれさせる。そこを追いかけてきた川彦に抱き留められ、抵抗も出来ずにその日の宿へ運び込まれてしまったのだった。


朱鷺王《ときおう》が気になるのは、日奈の表情だった。

日奈の笑顔を見たことがない。普段はほぼ無表情で、朱鷺王が何か言うと、呆れたり怒ったりする。そうやって突《つつ》いてやることで、一応、感情が動くのだということはわかるが、こんなに笑わない娘は初めてだった。本来なら、箸《はし》が転げても可笑《おか》しい年頃だろうに。

異花王のために生きるのが嬉しいと言いながら、日奈に笑顔はない。表情はまったく嬉しそうではない。それどころか、何かを思いつめているような顔に見える。思えば、宇天《うて》那《な》の清流で初めて逢った時も、悲壮極まる表情で禊《みそぎ》をしていたのだ。

日奈自身は、それに気づいていないのか。鏡をほとんど見ないと言っていたから、本当に気づいていないのかもしれない。あんな表情をした人間が、「嬉しい」「やり甲斐がある」と言っても信じられない。

もちろん、あれだけの心酔ぶりで、日奈が無理矢理異花王に仕えさせられているとは思わない。しかしそれは、選択の余地がなかっただけではないのか。日奈は、自分の道を自分で選ぶ前に、道を決められてしまったのだ。そしてその道だけを見つめて脇目も振らずに生きてきた。そうではなくて、もっと周りの他のものを見るということを知って欲しいのだ。

別に、自分が異花王に取って代わりたいわけではない。日奈に「大君様」と呼ばれたいわけでもない。

ただ日奈の笑顔が見てみたい。

どうして自分がこんなにあの娘に執着するのかと考えてみると、結局はそういうことなのだと思う。

本来、朱鷺王は、他人の生き方にあれこれ口を出すような性格ではない。自分に干渉されたくないから、他人の自由も尊重する。そうやって生きてきたが、日奈のことだけは放っておけない。そんな自分に戸惑《とまど》いつつも、日奈への態度を改める気はなかった。

日奈が笑わないのが異花王に仕えるお役目のせいなら、そんなものから解き放ってやりたい。

道はもっとたくさんあって、空はもっと広い。

日奈が異花王以外のものを見て、比較して考えて、それでも異花王を選ぶなら、それを日奈の意思として尊重する。だが異花王しか知らないのに、それ以外をすべて無用のものとして切り捨てるような生き方は認められない。認めたくない。

——それじゃあ、俺の方を見てもらえないからな。

日奈の視界に、自分も入れて欲しいのだ。日奈の選択肢の中に、無理矢理にでも自分を追加させたい。今のままでは、日奈にとって自分はまったく眼中にないのだから、悲しくなる。

主として敬われ、悲壮な表情で仕えられたいのではない。ただ、日奈と面白可笑しく過ごしてみたいのだ。役目だから傍に控えるのではなく、自分に愛情を持って、傍にいて欲しいのだ。

——泣きたくなるほど純情なことを考えているな、この俺が！

思わず苦笑して我に返り、朱鷺王は日奈の室《へや》を覗いた。

市で眩暈を起こして倒れた日奈は寝台に横になっていたが、朱鷺王の顔を見るなり、表情を険しくする。こういう顔ばかり見せられている身としては、何が何でも笑顔を見てやりたいと意地にもなるというものだった。

「日奈、大丈夫か？　なかなか金気に慣れないな。神庭の裔も、時間をかければ金気に慣れるって聞いたんだけどなあ」

明るく話しかけると、日奈は素っ気なく答える。

「おまえのふざけた毒気《あしきいき》にも中っているんだろう、きっと」

「それもそのうち慣れるよ」

「慣れるほどおまえと一緒《とも》にいたくない……！」

「俺は日奈とずっと一緒にいたいけどな」

日奈は顔に『迷惑』と大きく書いて朱鷺王を睨んだ。

差支波《さしは》

差支波《さしは》は朱鷺王《ときおう》の傧従《しとりべ》である。齢《とし》は朱鷺王の二歳上《ふたつ》。元の身分は、夜都古《やつこ》の母親を持つ生まれながらの夜都古で、物心付く前から顔に刺青《いれずみ》を入れられていた。

子供の頃に黒金《くろがね》の王宮へ買われて下働きをしていたところ、朱鷺王に気に入られて傍《そば》に仕えるようになった。

朱鷺王は、大王の子とは思えぬほどざっくばらんな人柄で、夜都古の差支波にも心安く接してくれた。差支波としては好んで朱鷺王に仕えているのだが、彼はいささか扱いが難しい主でもあった。

道楽好きの朱鷺王は、彫刻に凝《こ》ったり染物《そめもの》に凝ったり鳴物《なりもの》に凝ったり、何日も室《へや》に閉じ籠《こも》って熱心に何か作っていたかと思えば、気がつくと宮殿を抜け出して、放浪の旅へ出発していたりする。

気の向くまま大八洲《おおやしま》中を移動する朱鷺王を追いかけ、必要物資を差し入れたり、身の回りの世話をするのが差支波の仕事だった。

最近の朱鷺王は釣りに凝っているようだが、ちゃんと魚が釣れたところを見たことがない。なんでもそつなくこなす王子様だと思っていたが、釣りだけは向いていないのかもしれなかった。

ちなみに一番神経を使ったのは、朱鷺王が茸《きのこ》狩りに凝っていた時期である。うっかり毒のある茸を食べてしまわないかと、気が気でなかった。こちらをそれだけ心配させながら、朱鷺王は差支波を撒《ま》いてあちらこちらと珍しい茸を探して歩き、ある日とうとう、間違えて毒茸を食べてばったり倒れた。偶然芸人の一行に救けられなかったらどうなっていたことかと、思い出す度に肝《きも》が冷える一件だった。

そして今、あの頃以来に差支波の神経をちくちくと苛《さいな》む事件が起きていた。

朱鷺王が大王の後宮から花の媛《ひめ》を攫《さら》って逃げたのだ。

命じられるまま、足日洲《たるひのしま》へ渡る船に乗る段取りを付けたものの、主が何を考えているのかわからない。路銀や差し入れの品を渡しつつ、父親の妃《みめ》を奪ってどうするつもりかと訊《たず》ねれば、「あれは花の媛ではない。贋者《にせもの》だ」と言い、「都には報告するな」と厳しく口止めされるばかり。

まったく、やることが自由過ぎる主で困ったものだ――。

差支波はため息をつきつつ、日奈《ひな》という花の媛の贋者が朱鷺王の傍《そば》にいない時を狙って、こっそり主の前に顔を出す日々を送っていた。

今日はといえば、ふたりは山に登っており、日奈が川へ水浴びに行っている間に、朱鷺王は少し離れた場所で火を熾《おこ》していた。

「朱鷺王。また少し路銀を調達してきましたよ。宮殿へ帰れば上げ膳据え膳の暮らしが出来るというのに、いつまでこんな旅を続けるつもりですか」

「日奈を釣り上げるまでだ」

「魚も釣れないのに、女を釣ろうなんて高望みが過ぎますよ」

「魚は釣れなくても、女は釣れるかもしれないじゃないか！　実際、昨日はちょっといい線行ったんだ」

朱鷺王は火を突《つつ》きながら胸を張る。

「日奈がいつも食べている天《あま》つ実《このみ》をな、ひとつくすねて川で冷やしておいて、甘葛《あまづら》をかけて出してやったんだがな」

「甘葛！　そんな高価なものを求めるのに銭を遣《つか》ったのですか」

「俺は女に遣う銭を惜しむ男ではない」

「自分で稼いでいるわけでもないくせに」

「そんなことはどうでもいい。ともかくな、日奈も初めは文句を言っていたんだが、そこをなんとか宥《なだ》めてすかして食べさせたら、『美味《おい》しい』と言ったんだ。小さな声だったが、確かに言った。……いやあ、日頃情《こわ》の強い娘が稀《まれ》に素直になるのはたまらんな。もう、可愛くて可愛くてどうしてくれようかと思ったぞ。あれを日奈が笑顔で言うようになったら、俺は心の臓を撃ち抜かれて死ぬかもしれん。恐ろしい娘だ」

その場面を反芻《はんすう》し、胸を押さえて身悶《みもだ》える主を差支波はがっかりと見つめた。

どうやら日奈という娘は、朱鷺王が宇天那《うてな》の川で逢った娘らしい。物陰から観察したところ、色気も何もないのっぽなだけの娘なのに、どこを気に入ったのやら、すっかり惚《ほ》れ込んでめろめろである。

「……一体、どこまであの娘を連れてゆくつもりですか」

「俺の旅に終着点などない。人生、それは旅だ！」

「大王の長子ともあろう方が、寝ぼけたことを言わないでください」

少し厳しく窘《たしな》めると、朱鷺王がはっとして差支波を見た。

「あ、おまえ、くれぐれも日奈の前に姿を見せるなよ？　俺の本当の名も教えるなよ。俺が大王の息子だなんて知ったら、口をきいてもらえなくなるかもしれないからな。そんなことになったら、俺の人生お先真っ暗だ！」

「……」

差支波は腹の底から大きなため息をついた。

こう見えて朱鷺王は、大陸からの渡来人を傅育役《ふいくやく》に持つ、先進的な学問を修めた王子である。それに加えて、身分の貴賤を問わず誰とでも親しむ人柄。学問の難しいことは差支波にはわからないが、彼が大王になれば、世の中はもっと良くなって、身分の低い者も暮らしやすくなるのではないか――そんな期待を抱かせる人なのだ。

それなのに、どうして朱鷺王本人はこんなにも己の立場に無頓着なのだろうか――。

美珠守洲《みたまもりのしま》

川彦《かわひこ》に足日洲《たるひのしま》を連れ回された日奈《ひな》は、また船に乗せられ、さらに東の美珠守洲《みたまもりのしま》へ連れて来られた。

金気《かなけ》の穢《けが》れは相変わらずで、加えて、一度癒《いや》したはずの古傷が再び肌に現れ始めた。傷を負った時にすぐ治さず、長く抱え込み過ぎたのが悪かったのかもしれない。一度の禊《みそぎ》では完全に消し切れなかったようだ。繰り返しの禊が必要かと、清流を見つければ通ってみるのだが、霊力を使えない今の日奈には傷を癒すことは出来なかった。

宇天那《うてな》へ戻れば、すぐ癒せるのに——。

戻るどころか、どんどん宇天那から離れてゆく。自分は一体、どこへ連れて行かれるのかと不安は増すばかりだが、旅の主導権を握っている川彦は「風の向くまま、気の向くまま」を宣言して、まったく肚《はら》が読めなかった。

川彦とはすでに二月《ふたつき》近くを共に過ごしているが、理解の出来なさ加減は変わることがない。

大きな郷《さと》、小さな邑《むら》、様々な土地を訪れながら、川彦はその土地の者とは違う恰好をしたがる。どこから調達してくるものやら、手結《たゆい》や足結《あゆい》をした随分古い時代の服装をしてみたかと思えば、異国風の襟《えり》の高い袍《ほう》を着てみたり、髪型にしても大雑把に結わえているだけの時もあれば、気取った下げ角髪《みずら》にしたり、頭の天辺に見たこともない形の髷《まげ》を結ってみたりする。

「おまえはなぜ、そんなに目立とうとするんだ」

余所者《よそもの》丸出しの恰好で小さな邑を闊歩《かっぽ》する川彦に、うんざりと訊《き》いてみたこともあった。するとおおらかな声で返事があった。

「別に目立ちたいわけじゃないよ。俺は、皆と同じ恰好をするのが嫌いなだけだ」

「それを目立ちたがりと言うんだろう。困った性分《たち》だ……」

主の陰に控える役目を務めていた日奈にしてみれば、目立たないように振る舞うのが習慣だった。大王の暗殺計画が露見して追っ手が掛けられている気配はないが、それでもわざわざ目立つ恰好をして出歩こうとは思わない。川彦からお揃《そろ》いの恰好を求められても、頑《かたく》なに断っている。

「そもそも、それは着方が間違っているんじゃないか？　襟の袷《あわせ》が逆さだぞ」

大八洲では、襟の袷は左衽《ひだりまえ》と決まっている。それなのに垂領《たりくび》の衣を右衽《みぎまえ》に着ているのを指摘すると、川彦は「これでいいんだ」と笑って頭《かぶり》を振った。

「大陸では右衽が普通なんだよ。左衽なんて、蛮族の風習と馬鹿にされる」

「ここは大陸じゃない」

「いずれこの大八洲も、襟の袷は右衽になる。そう遠い先のことじゃない。俺は時代の最先端を行ってるだけさ」

以前にそんなやりとりをしたことを思い出しながら、今日も右衽に衣を着ている川彦を横目に見る。その腰には鉄剣が提《さ》げられていた。

「……その剣《つるぎ》は、いつまでも金気に慣れないわたしへの嫌がらせか」

足日洲では、川彦が剣を帯びることはほとんどなかった。柄の悪い連中に絡《から》まれても、拳で解決していた。それが美珠守洲へ降り立つなり、どこからか鉄剣を取り出して装備したのである。

「嫌がらせ？　違うよ。この辺ではこれが必要になるかもしれないからさ」

川彦の言葉の意味がわかったのは、それから数日後のことだった。

いつものように川彦に付き合わされて、市《いち》を覗《のぞ》いていた時である。不意に人々が悲鳴を上げて逃げ惑《まど》い始め、何事かと訝《いぶか》る日奈の眸《ひとみ》に映ったのは、土を捏《こ》ねて作ったような人形《ひとがた》の化け物だった。

「!?」

虫の化け物ならば見飽きるほど見たが、人の形をした化け物を見るのは初めてだった。人といっても、身体は熊ほどの大きさがあり、土を丸めたような顔は目鼻の判別が付かず、口もあるのかないのか、しかし地の底から湧き上がるような不気味な唸《うな》り声はこの化け物が発しているとしか思えなかった。

化け物は大木の幹のような太い腕を振り回し、人も狗《いぬ》も市に並べられた品物も区別せずに薙《な》ぎ倒して、臼《うす》のように大きな足で踏みつける。逃げる人々の首根っこを軽々と捕まえては、畑から抜いた野菜のように放り投げる。地面に叩きつけられた人々の上に、また新たに放り投げられた人間が積み重ねられてゆく。

「なんてことを――!」

日奈は反射的に化け物へ向けて霊力を放とうと身構えたが、まるで力の湧いてこない己の身体に絶望した。ふらつく日奈の身体を支えた川彦に問う。

「あれはなんだ……!?　なんとか出来ないのか」

身体が勝手に化け物の方へ挑みかかろうとする日奈を引き留めながら、川彦は答える。

「あれは悪鬼《あしきもの》だよ」

「あしきもの？」

「底《そこ》つ根《ね》の国《くに》から湧き出してくる化け物だ。北の方ではこいつらの数が増えていて、それがどんどん南下してきている。この辺にも現れ始めたって聞いたから、重くて面倒臭いこいつを一応準備してたのさ――」

川彦はそこまで言って、唸りながらこちらへ迫ってくる悪鬼に飛びかかった。その反動で日奈は尻餅《しりもち》をついてしまったが、鉄の剣を抜いた川彦が悪鬼の胴に重い一撃を与え、続けざまに素早い打ち込みを加えて仰向けに倒すのを見た。

どうっという地響きが座り込んでいる日奈の身体にも伝わってきた。倒れた悪鬼はぼろぼろの土くれになり、ぴくりとも動かない。

やった、と思った時、新たな悪鬼が現れ、また人々が悲鳴を上げる。木製の農具や青銅《あおがね》の武器で悪鬼に立ち向かう者たちもいたが、それはまったく効果を表さず、悪鬼は事も無げに人々を薙ぎ倒す。

そこへ、鉄の鎧《よろい》を纏《まと》う兵士たちが駆けつけてきた。兵士たちは揃って鉄剣を振り上げ、悪鬼へ斬りかかる。四方から鉄の剣で攻撃された悪鬼は、簡単に倒れて土くれになってしまった。

「あれは――……？」

眸《め》を瞠《みは》っている日奈を助け起こしながら川彦が言った。

「大王家の兵だよ。悪鬼は鉄に弱いんだ。鉄の剣でぶっ叩けば、ああやって土くれになる。この辺から先は、鉄剣が必需品になるな」

「……」

ぼろぼろの土になった悪鬼を鉄の鍬《くわ》で片づける兵士たちを見ながら、日奈はたまらなく心細く、不安な気持ちに襲われた。

――鉄《くろがね》は大八洲を滅ぼすものだと聞いていたのに。

鉄の剣を持つ大王家の兵は、悪鬼たちから人々を守る役に立っている――？

それに引き換え、自分は何も出来なかった。宇天那から遠く離れた場所で、あんな化け物が暴れているなんて知りもしなかった。

宿に帰った日奈は、天《あま》つ種を蒔《ま》いて生った実を食べられるだけ食べた。

異花王《ことはなおう》の話では、本来ならこれを食べれば霊力が回復するはずなのに、一度も回復したことがない。おそらく金気の穢れのせいだろう。食べる傍《そば》から金気に中《あた》って、天つ実《このみ》の霊力が蒸発するのだ。焼け石に水とはまさにこのことだった。しかも、今日はたくさんの鉄剣を持つ人々の傍にいたせいで、霊力どころか体力の回復すら難しいほどだった。

日奈は泣きたくなるのを必死に堪《こら》えた。

す。わたしは何の役にも立ちません。ここで人の役に立つのは、鉄の武器《つわもの》なので
――大君様。どうしたらいいのですか。
ここでは、わたしは何の役にも立ちません。ここで人の役に立つのは、鉄の武器《つわもの》なので

す。わたしに与えられた大御神《おおみかみ》の霊力《みちから》は、どこへ行ってしまったのですか――。

心の中で異花王に訊《たず》ねても、宇天那は遠い。どこからも返事はなかった。


この辺りの土地は大変な状況だとわかっていながら、川彦は飽くまで気紛《きまぐ》れだった。

悪鬼《あしきもの》が現れて人々が困っていても、気が向けば自分で鉄剣を抜いて退治するが、気が向かなかったり遊びに行く途中だったりすれば、近くの者に鉄剣を貸してやって「これで退治しろ」と言い置き、先を急ぐ。近くに大王家の兵がいたり、鉄《くろがね》の武器や農具を持っている人々がいれば、「俺が働くこともないだろ」と言って放っておく。

日奈には理解出来ない神経だった。

川彦には剣《つるぎ》を振るう技術があるのだから、救《たす》けてやればいいではないか。農具しか扱ったことがない人々より、彼が出張った方が早く片が付く。

それなのに川彦は、「人に頼ることばっかり覚えるのはよくないからな」などと尤《もっと》もらしいことを言って、働きたがらない。それでいて、魚が釣れなくてむしゃくしゃしている時は、頼まれなくても嬉々として斬りかかるのだ。

確かに、こんな気紛れな男に頼るのは面白くないことだった。自分に鉄の武器が使えるなら、川彦なんて放っておいて人を救けるのに。だが日奈が鉄の剣を持とうとしても、手が痺《しび》れてしまって握れないのだ。こんなにも神庭《かむにわ》の裔《すえ》と鉄は相性が悪いものなのかと、融《ゆう》通《ずう》の利《き》かない己の身体がつくづく厭《いや》になる。

——とりあえず、あの男が魚を釣れないままでいてくれれば、悪鬼への腹いせという形で、人の役に立ってくれるだろうか。

今日も釣果《ちょうか》が上がらず渋面《じゅうめん》をしている川彦の様子を川のほとりで眺めながら、日奈はそんなことを考えた。

すると、不意に川彦が振り返って言った。

「わかったぞ。あんたのせいで魚が釣れないんだ」

「——なぜ、わたしのせいなんだ」

日奈はむっとして訊ねる。

「あんたにどんなことをしてやったら喜ぶか、あんなことか、こんなことか、いつもそんなことばかり考えているから、集中出来なくて魚が釣れないんだ」

「なんだそれは……。それをわたしのせいと言うのか」

妙な言いがかりを付けるな、という顔をする日奈に川彦は真顔で続ける。

「あんたのことが好きで、あんたに好きになってもらえる方法ばかり考えて気もそぞろになっているのが魚にばれて、喰いついた餌《えさ》だけ取って逃げられるなら、魚が釣れないのは完全にあんたのせいだ」

　日奈は目をぱちくりとさせた。

「おまえは何を言っている……？　わたしを――好き？」

「ああ、好きだよ」

　素直に頷く川彦に日奈は戸惑った。

「……どうして」

「好きに理由なんてないよ。初めて逢った時から、あんたのことが忘れられなかった。きっと一目惚《ぼ》れだな」

「――……」

　意味がわからない、と思った。

たとえば、自分が異花王を慕《した》うようになった経緯《いきさつ》。自分を拾ってくれて、育ててくれた異花王。居場所と役目をくれた異花王。そんな相手に好意を抱くのは当然だと思う。だが自分は、川彦に何もしてやっていない。彼が自分を好きになった経緯がわからない。

　一目惚れも何も、あの時、川彦は自分の身体にひどい傷があるのを見たはずだ。一度は消したが、またぶり返しているのも知っている（眩暈《めまい》を起こして倒れた時などに、介抱しながら気がついたはずだ）。こんな身体の娘を好きになる男がいるはずがないだろう。

足日洲《たるひのしま》で、我鳥《わどり》の芸人《わざおぎ》たちと自分のことを釣り上げるだの口説くだのと軽口を叩き合っているのを聞いた時も、適当なことを言っているだけだと無視していた。この男の発言をいちいち真面目《まじめ》に捉《とら》えていたら神経が持たないからだ。

眉根を寄せながらそんなことを考えて、日奈は内心《おもい》でぽんと手を打った。

——そうか。じゃあ今の言葉も、きっと大して深い意味はないんだ。

つい真面目に受け取った自分を恥じ、頭をぶるぶる振る。

この男は、魚が釣れないのを人のせいにしたいだけなのだ。好きに言わせておけばいい。取り合わないのが一番だ。

「あれ、日奈？　その沈黙は何かな？」

すっと無表情になった日奈の顔を川彦が覗き込んでくる。

「おまえのふざけた話を聞いていたら、頭が痛くなった」

「それは大変だ。今日はもう引き揚げよう。明日こそ、でっかい魚を釣ってやるからな——！」

ほら、今はもうこんなにあっけらかんとした態度を取っている。

やはり、あれは真面目な愛の告白などではなかったのだ。真に受けて、うっかり赤面したりした日には大恥をかくところだった。

——まったく、疲れる男だ……。

しかし、川彦はふざけた男ではあるが、妙に強運で、彼の気紛れのせいで悪鬼《あしきもの》の襲撃を免《まぬか》れたことは一度や二度ではなかった。

ゆっくりするつもりの場所で予定より早く出立したおかげで、その後に悪鬼が現れたり、南へ行くつもりが突然北へ進路変更したら、南の方で悪鬼が現れたと聞いたり。この変な運の強さのせいで、川彦の調子に乗った性格が出来上がったに違いないと日奈は確信した。

ゆえに、

「日頃の行いがいいせいだな！」

明るく笑う川彦を見ると、

「人攫《ひとさら》いをするような奴のどこに行いの良さがあるんだ！」

悪態を吐《つ》かずにいられない日奈なのだった。

狭真魚《さまな》

美珠守洲《みたまもりのしま》の内陸にある邑《むら》で育った少年、狭真魚《さまな》は、海を知らない。

狭真魚の邑は、神庭《かむにわ》の魚の裔《すえ》の邑である。

かつては海の傍《そば》に郷《さと》を持ち、人々に製塩技術を教えた魚の民だが、黒金《くろがね》の大王家によって土地を追われたのだという。

古来より製塩を司《つかさど》るのは魚の民であったはずが、その役を大王家が奪い、魚の民を海辺から追い払ったのだ。

海の傍を離れた魚の民は霊力を失う者が増え、郷ではそんな霊力のない者たちを養うことが出来なくなった。結果、霊力のない者は郷を出て、小さな邑を作って暮らすようになった。

狭真魚はそんな、霊力のない魚の民の裔だった。大王家の仕打ちと邑の成り立ちについては、十二歳になる今まで年寄りたちから耳に胼胝《たこ》が出来るほど聞かされて育った。

祖父は言った。狭真魚の名は、海で獲《と》れる魚の名前から取ったのだと。

だが狭真魚はその魚を見たことがない。邑のほとんどの者は、海を見たことすらないのだ。

いつか、海を見たい、自分と同じ名前の魚を見たい——狭真魚はそう願っていた。

その日も狭真魚は、こっそり邑を抜け出し、手製の木船で川を下って海を目指そうとした。いつも途中で船がひっくり返り、びしょ濡れになって帰ることになるのだが、いつかは海へ辿《たど》り着けるかもしれないという夢が捨てられなかった。

今日こそはいい感じで川を下っているぞ——と調子に乗った時、大きな岩にぶつかって船がひっくり返った。

「あ~あ、また船の造り直しだよ……」

全身から水をぽたぽた垂らしながら邑へ帰ると、そこは狭真魚が知る邑ではなくなっていた。

家や畑はぐちゃぐちゃに荒らされ、身体のあちこちを潰《つぶ》されて血を流した邑人や家畜が折り重なって倒れている。悪鬼《あしきもの》に襲われたのだ。

「父さん、母さん、じいちゃん——!?」

家に飛び込むと、狭真魚の家族も皆無残に殺されていた。

旨くない道連れ

今日も今日とて、川彦《かわひこ》の気紛《きまぐ》れで寄り道をしてから、宿を取る予定の郷《さと》へ行く途中。

日奈たちは、悪鬼《あしきもの》に襲われて惨《むご》い有様となった小さな邑《むら》を通り掛かった。

「これは、ひどい……」

思わず目を覆《おお》う日奈《ひな》に、川彦も苦笑いをした。

「全滅だなあ、こりゃ……。真っすぐ来てたら、ちょうど襲撃に鉢合《はちあ》わせたかもしれないな。祭りを覗《のぞ》いてから来て正解だった」

「何が正解《あたり》だ、その場に居合わせれば救《たす》けられたかもしれないのに！」

日奈に責められた川彦が再度苦笑する。

「無茶言うなよ。この様子からすると、結構な軍団で来てる。いくら俺でも、ひとりで相手に出来る数じゃない」

「……大王家の兵《いくさ》も、こんな小さな邑までは見回っていないのか——」

日奈がそう口にした時だった。

「大王家の兵になんか救けてもらいたくないね！」

嚙みつくような声と共に、すべてが死に絶えたかに見えた邑の中からひとりの少年が現れた。少年の身体からぽたぽた落ちる雫《しずく》に日奈はぎくりとしたが、それは血ではなく水のようだった。小柄な少年はずぶ濡れだった。

「おまえは——この邑の子供か？　怪我《きず》は？　なぜ濡れている——」

日奈の問いに、少年は悄然《しょうぜん》と邑を見渡した。

「おれが邑を抜け出してる間に、みんな殺されちまった……」

「……おまえだけ生き残ったのか」

日奈は痛ましい気持ちで少年を見た。しかし少年はどこか感情を麻痺《まひ》させたような無表情で、日奈と川彦とを見比べる。

「あんたたち——どこの人だ？　その恰好《すがた》、旅でもしてるのか」

旅の荷物を背負った川彦が、威張るように「ああ、そうだ」と頷く。

「じゃあ、おれも一緒《とも》に連れてってくれないか!?」

「あ?」

川彦は迷惑そうに少年を見下ろす。

「おれ、海が見てみたいんだ。邑がこんなことになって——身寄りもなくなっちまったし、どこか他の土地《ところ》へ行くしかないなら、海の近くに住みたいんだ……。あんた、釣竿担《かつ》いでるじゃないか。釣りをするなら、海の方へも行くだろう?」

「生憎《あいにく》、俺は今、川釣りに凝《こ》ってるんだ。海へ行く予定はない」

「そんな……。おれみたいな子供ひとりじゃ、関所《せき》を越えられないし……」

見るからにしょんぼりと俯《うつむ》いてしまった少年を、日奈は肩を抱いて慰《なぐさ》める。

「おまえは、どうしてそんなに海へ行きたいんだ?」

日奈が優しく訊《たず》ねると、少年はぼそりと名乗った。

「おれの名前……狭真魚《さまな》っていうんだけど」

「狭真魚?」

今まで無関心そうだった川彦が、少し興味を持ったように少年を見る。

「それはまた、旨《うま》そうな名前だな」

「あんた、狭真魚を知ってるのか!?」

俯いていた狭真魚が勢い良く顔を上げる。

「ああ、食ったこともある。塩焼きにすると旨いな」

「ほんとか⁉　食ったら旨いのか！　大きいのか？　小さい魚か？　おれはずっとこの邑に育って、海を見たことがない。自分と同じ名前の魚を見てみたいんだよ。狭真魚は海の魚なんだろ、だったら海に行くしかないいんだ」

熱心に言い募る狭真魚に、日奈は味方してやりたくなった。

「いいじゃないか、川彦。どうせこの洲《しま》を横切って、また他の洲へ渡るつもりなんだろう。船に乗るなら、港は海だ。そこまで一緒《とも》に連れて行ってやれば」

日奈の言葉を受け、狭真魚も勢い込んで川彦に縋《すが》る。

「うん、港まででいい！　そこまで連れてってくれればいいから！　おれ、荷担ぎだって食糧《たべもの》探しだってなんでもするからさ！」

「魚の狭真魚ならともかく、食っても旨くなさそうな子供を連れ歩く趣味はない」

つんと横を向く川彦を、日奈は厳しく睨《にら》む。

「金気《かなけ》に中《あた》って足手纏《あしでまと》いもいいところのわたしを連れ歩いておきながら、こんなにぴんぴんしてる子供を連れて行けないとは言わせない」

「……」

しばらく口を捻《ね》じ曲げて沈黙していた川彦は、やがて降参したようにため息をついた。

「……あんたが俺に初めておねだりしたものが、こんな子供だとはな……！」

邑《むら》の惨状に気づいて大王家の兵がやって来たのは、それからしばらく後《のち》だった。殺された人々はまとめて葬られ、家族に最後の別れをした狭真魚を連れて、日奈たちはその先にある郷へ向かった。

道すがら、狭真魚は自分の育った邑の由来を語った。

あの邑は神庭《かむにわ》の裔《すえ》の邑であったゆえに、鉄器を好まず、襲ってきた悪鬼《あしきもの》に抵抗らしい抵抗が出来なかったのだとわかった。そして、魚の郷が味わった悲劇を知った日奈は、異花《ことはな》王《おう》から聞いた獣の郷のことを思い出した。

神庭の獣の裔は、山から玉《ぎょく》を掘り出す術《すべ》に長《た》けており、それを中つ人に教えた。しかしその技術で人は鉄鉱《あらがね》を掘り出すことを覚え、それを製錬して鉄《くろがね》を作るようになった。さらにその力で、恩人でもある獣の民を滅ぼし、周囲の豪族たちをも平らげたのが、黒金《くろがね》の大王家だ。

魚の郷は滅ぶところまではいかなかったが、やはり人に教えた製塩技術を奪われ、土地を追われたのか——。

狭真魚が海に焦がれるのは、自分の名前からの興味だけではなく、魚の裔としての本能なのだろうと日奈は得心した。

花の裔は植物を育てながら暮らすのを好み、農耕技術を人に教えた。虫の裔もまた緑多い土地に住むのを好み、養蚕技術を人に教えた。神庭の裔にはそれぞれ、暮らしやすい場所があり、人に教えるべき知識と技術があるのだ。

けれど異花王は、天つ御業《みわざ》を無制限に人に与えるべきではない、とも言っていた。過ぎた道具は、目先の便利さから欲に踊らされることに繋がり、将来的にこの大八洲《おおやしま》を破壊しかねないからだ。日奈はそんな異花王の見識を尊敬していた。遥《はる》か未来まで考えることの出来る賢明さに憧《あこが》れていた。

ところが、それまで黙って狭真魚の話を聞いていた川彦が不意に口を開いた。

「この大八洲は、中つ人に与えられた場所だろう。土地の恵みを人が工夫しながら使って暮らす――結構なことじゃないか。いつまでも神庭の裔に頼っていたら、親の脛《すね》を齧《かじ》るだけの子供と同じだ」

「だからって、神庭の郷を滅ぼしたり、土地《ところ》を追ったりしなくてもいいだろ。神庭の裔も、中つ人も、みんな仲良く暮らせばいいじゃないか」

反論する狭真魚を、川彦は「それこそおままごとだな」と鼻であしらった。

日奈も、以前ならば狭真魚と一緒に猛然と川彦に噛みついていただろうと思う。だが今は、反射的に言い返す前に、考えてしまう。

鉄を振り翳《かざ》す黒金の大王家は、神庭の裔への恩を仇《あだ》で返す存在。けれど、悪鬼を倒すには鉄の武器が必要で、鉄を使えない神庭の裔は役に立てない。それは穢《けが》れだからと言って一方的に人々から鉄を取り上げてしまえば、中つ人は悪鬼に対抗する術を失ってしまう。

霊力を持つ者にとって金気は大敵だが、霊力のない人々にとって鉄は大切なものだ。悪鬼に対抗するだけでなく、土木工事や農作業も圧倒的に楽になる。

宇天那《うてな》では、人の手でやれば手間のかかることは霊力で助けてやるが、神庭の郷の外では、霊力の代わりに鉄の道具が人の生活を楽にしている。鉄は、まるで霊力でも使ったかのように守る力は強く、切る力や打つ力も強い。その力が人々の暮らしを助けている。

大王家は、鉄のために民を苦しめる存在であり、鉄を以《もっ》て民を守る存在でもある。

異花王はこの状況を、悪鬼の出現を知っているのだろうか？　宇天那を出る時、そんな話はしていなかったが――。

怪訝《けげん》に思ってから、ぶるんと首を振る。

いや、神夢《かむゆめ》を見る異花王がこれを知らないはずはない。都で大王を殺せばいいだけの自分には、きっと余計なことを気にさせたくなくて言わなかっただけなのだ。

だが思いがけず自分は都から攫《さら》われ、悪鬼の脅威を知ってしまった。自分が見たものを異花王に報告したい。異花王の考えを聞きたい。

けれど川彦は日奈を解放してくれない。遠い目をしながら、何やらうっとりと未来を語っている。

「人は、もっといろいろなものを創り出せる。霊力《れいりょく》なんかなくても、人の知恵と、この大八洲の恵みを利用して、なんでも出来る。今は出来ないことでも、知識と経験は蓄積される。いつかは可能になる。何百年、何千年先の人間が何を創り出すのか、想像もつかなくてわくわくしないか？　もしかしたら、人が生身のままで空を翔《と》べる時代だって来るかもしれないぞ。あー、そんな時代に生まれたかったなあ！」

「……」

いい齢《とし》をしながら夢見がちな発言をする男を、狭真魚は少し鼻白んだ様子で見ている。変な男にくっついてきちまったかな、という顔である。

一緒に旅をするなら、川彦が変わり者であることは早いうちに知っておいた方がいいと思い、日奈はそんな狭真魚を黙って見守った。何より日奈自身、川彦の言うことはほとんど訳がわからないのだ。

川彦が語る未来は、異花王が語る未来とはまったく違う。異花王はこの大八洲が金気に破壊されてしまうと言うのに、川彦の語る未来は希望に満ちていて楽しげだ。

川彦にとって、人生とは楽しむものらしい。それが日奈にはよくわからない。日奈は、楽しみたいとは特に思わない。楽しみ、というものがよくわからない。ただただ異花王のために働きたいと思うだけだ。それが自分の喜び。

幼い頃の日奈は、異花王の境遇があんまり気の毒で、救《たす》けたい、力になりたい、そう思うばかりで動いていた。異花王のために何かしたい、というのが自分の意思だった。

けれど成長し、いろいろなことを異花王や手真木《たまき》から教わり、彼らに従うのが正しいことだと考えるようになった。自分は世の中のことも学問も何も知らない。賢く優れた異花王の意思に従っていればいいのだ、と。それが今の自分の意思だ。

日奈がそう主張する度、川彦はつまらなさそうな顔になり、「あんたは世間が狭い」と言う。自分の意思を持てと言いながら、その意思を表せば、それを違うと断じるおまえは何様だ、と思う。

異花王の言うことは、時に難しくて理解出来ないが、それでもそれが正しいのだと信じることが出来る。川彦など、素性も得体も知れない男で、ちゃらんぽらんで、何ひとつ信じられるところなどない。

——それなのに、この男の言葉はどうしてこんなにもわたしの心を掻き乱すのか。

何百年、何千年先の大八洲。果たしてそこは、禍《わざわい》に見舞われて滅んだ廃墟か、見たこともない文明の利器に囲まれた新世界か——。

どちらにせよ、日奈には想像がつかない未来だった。

◇——＊◆＊——◇

金気の穢れで身体が利《き》かないのは変わらず、川彦が訳のわからない男だというのも変わらないが、狭真魚《さまな》が仲間に入ったおかげで、旅は賑《にぎ》やかになった。

狭真魚は少年らしい好奇心で日奈や川彦のことをいろいろ知りたがる。

「――それで、あんたらって、どういう関係なんだ？　初めは夫婦《めおと》連れなのかと思ったけど、なんかそういう感じじゃないみたいだし……」

「別に夫婦だと思ってくれてかまわないぞ。だから俺たちの邪魔をしないように。なんかいい雰囲気だなーと察したら、空気を読んで退場しろよ」

川彦が勝手なことを言い含めようとするのを日奈が遮《さえぎ》る。

「何がいい雰囲気だ！　人攫いを相手にどんな趣《おもむき》を醸《かも》せと言うんだ」

「人攫い!?」

眸《め》を丸くする狭真魚に日奈は真実を告げた。

「わたしは花の郷に住んでいた鳥の者。理由《わけ》あって郷を出たところを、この男に攫われて大八洲を連れ回されている」

「ひえー!?　略奪婚ってやつ!?」

「違う！　添《そ》ってはいない！」

そこは断じて否定する日奈である。

「ふーん……？　じゃあ、川彦の片想いなんだ？」

狭真魚はませた訳知り顔で日奈と川彦とを見比べる。

「で、日奈が宇天那《うてな》から来たことはわかったけど、川彦は？　あんたはどこの人？　職業《なりわい》は何？」

何せ川彦は、その日の気分で着る物も髪型も違う。出身地や職業が読めないのは当然だった。

「俺は大八洲を流離《さすら》う旅人だ。旅が俺の仕事。俺には故郷なんてないのさ」

妙に格好をつけてうそぶく川彦に、日奈と狭真魚は並んで冷めた目を向ける。

「日奈は、なんでこんなおかしな奴から逃げないんだ？」

「……逃げられるならとっくに逃げている。この身体が金気に中っていなければ」

「そうか、日奈には霊力《みちから》があるんだね。おれは、神庭《かむにわ》の裔《すえ》といっても霊力はないから、金気に中ったりはしないけど。でも鉄《くろがね》は苦手だよ。傍《そば》にあると厭《いや》な気分になるんだ」

狭真魚はそう言って川彦の腰に提《さ》がる鉄剣を見遣《みや》った。

「――おい、おまえら、俺を無視して何を仲良く喋《しゃべ》ってるんだ」

川彦が拗《す》ねたように言うのを面白がったのか、狭真魚はこれ見よがしに日奈の腕に抱きつく。

「同じ神庭の裔として、仲良くしてただけだよーだ」

「なんだと、俺を仲間外れにすると泣くぞ！　恥ずかしいくらい泣くぞ」

「形《なり》の大きな男がおかしな脅《おど》し方をするな！」

顔をしかめる日奈に川彦は至って真面目《まじめ》な顔で言う。

「俺は親父に似てな。惚《ほ》れた女に弱いんだ。好きな女に冷たくされると泣きたくなる」

川彦が家族の話をしたのは初めてだった。日奈は意外に思いながら、父親とはどういう人物かと訊ねてみた。

「妾《めかけ》をたくさん作って、その度に母に土下座で平謝りする、訳のわからん奴さ。母にはとんでもなく弱いくせに、なんでそんなことするかねえ。俺だったら、好きな女が傍にひとりいれば、それだけでいいんだけどな」

「……」

家族がいない日奈には、父や母という存在がよくわからない。だが川彦の両親というのが世間並みでないことはなんとなくわかった。

――豪族《おびと》の父親が女癖《おんなぐせ》の悪い男で、母親を泣かせる父に抗って家を飛び出したとか、そういう経緯《いきさつ》なのか……？　だとしたら、この男にしては割とまともな理由《わけ》でぐれたものだな……。

そんなことを思っている日奈の腕を、狭真魚がつんつん突《つつ》いた。

「なああ、日奈。さっきから川彦がぽろぽろあんたのこと好きだって口説いてるけど、それに対する反応《こたえ》はないわけ？」

「この男の言葉をいちいち真に受けてもしょうがない」

「うわあ、全然《まったく》響いてない。川彦かわいそー」

「てめえ、身を開いて狭真魚の干物にされたいか！」

「出来るもんならしてみろっつーの！」

取っ組み合いをしている川彦と狭真魚を眺めつつ、妙なことになったものだと日奈は苦笑した。こんなことをしている場合ではないのに、都とも宇天那とも逆の方向へ旅を続け、剰《あまつさ》え、連れが増えている。

——まったく、子供と同じように喧嘩《いさかい》をしているのだから、川彦も子供だな。

だが図体は狭真魚より川彦の方が圧倒的に大きい。適当なところで喧嘩を止めてやらねばと思っていると、狭真魚が川彦の腕からすばしっこく逃げて日奈の後ろに隠れた。

「日奈ねーちゃーん、人攫いの川彦が殴る蹴るの暴行を加えるー。たすけてー」

そんな風に頼って来られると弱い日奈である。狭真魚を腕の中に庇《かば》って川彦を睨む。

「子供相手に大人げないぞ、川彦」

「狭真魚おまえ、子供の武器を使うなんて狡いぞ！」

川彦は地団駄を踏むが、これで形勢は決まったも同然だった。以降、狭真魚は日奈を姉のように慕《した》い、傍に纏《まと》わりつくようになった。

「相手の気持ちを蔑《ないがし》ろにした略奪婚なんていけないもんな。おれが日奈を守ってやるよ」

腕っぷしでは川彦に敵《かな》わないので、弟分として常にくっついていることで川彦が日奈によからぬ行いをせぬよう牽制《けんせい》するつもりらしい。

もっとも、日奈はこの旅の中で、そういう意味で川彦から身の危険を感じたことはなかった。旅に連れ出される前こそ、川で褉中に抱きつかれたり、後宮で強引にくちびるを重ねられるという無体を働かれたが、それ以降は何もされていない。体力も霊力もない今の日奈は、力尽くでどうこうしようと思えばどうとでも出来る状態なのにも拘《かかわ》らず、だ。ゆえにこそ、好きだのなんだのと言われても、本気だとは思えないのだった。

だが、川彦の真意はともかく、狭真魚の登場で何やら面白いことになってきたのは確かなようである。

狭真魚は釣りが上手で、川へ行けば次々に大きな魚を釣り上げてみせる。「狭真魚は偉いな」と頭を撫でて褒《ほ》めてやると、釣果《ちょうか》なしの川彦が悔しがる。それが日奈の気分をすかっとさせた。いつも余裕めかして、日奈を世間知らず扱いする川彦へのちょっとした仕返しである。

「日奈ー、俺の頭も撫でてー」

「甘えるな、気持ちが悪い。どうして自分より背の高い男の頭を撫でなければならないんだ。しかも、何のいいこともしていないのに」

「頭なでなでは、いい子だけがしてもらえる褒美《ことと》なんだよーだ」

女にしては長身の日奈にとって、狭真魚の頭は撫でるのにちょうどいい位置にあるという事実はさておき、実際、狭真魚の懐き具合は日奈に新鮮な心地良さを与えていた。

ずっと日奈は、異花王《ことはなおう》に懐いて慕って生きてきた。かつては自分がこうやって異花王から頭を撫でられていたのだ。自分が誰かに慕われ、こんな風に頭を撫でてやる時が来るとは思いもしなかった。

弟がいたら、こんな風だったのかもしれないな——。

魚だけではなく、山菜もたくさん採《と》ってきた狭真魚の頭を撫でてやりながら、日奈は胸に温かいものを感じていた。

◇——＊◆＊——◇

狭真魚《さまな》にとって日奈は、不思議な存在だった。

川彦からは世慣れている雰囲気を感じるが、日奈はその反対に世間をあまり知らないようだった。だからといって、育ちの良い媛君《ひめぎみ》という風でもない。衣服に隠れた肌に、ひどい色の傷があるのもちらりと見てしまった。子供心にも、気軽に所以《ゆえん》を訊ねていい傷とは思えず、知らないふりをしている。

だが同じ神庭《かむにわ》の裔《すえ》だというだけで、親近感は大きかった。海まで連れて行って欲しいという自分の願いに味方をしてくれた恩も感じている。乱暴者の川彦からいつも庇ってくれるのも有り難い。ちょっと表情が乏《とぼ》しいところはあるが、態度から優しさは伝わってくる。日奈は優しいお姉さんだった。

鳥の裔は我鳥《わどり》と呼ばれ、我がまま勝手でどうしようもない性分だと聞いていたが、日奈は違う。日奈は主に従順な汝鳥《などり》なのだという。

川彦の方こそ我鳥だった。大御神《おおみかみ》に背《そむ》いて霊力を失った我鳥を、神庭の裔には数えない。そんな川彦は決して、日奈の主ではない。日奈の主は、花の郷、宇天那《うてな》にいるのだという。

ならば、川彦に攫われたという日奈を宇天那に帰らせてやりたかった。川彦は北東へ向かって古御太刀洲《ふるみたちのしま》へ渡るつもりでいるようだが、西へ戻っても海はあるのだから、日奈とふたりで宇天那を目指せればいいのにと思った。

宇天那のある幸瑞葉洲《さきみずはのしま》までは海をいくつも越えるし、その間には狭真魚も見られるだろう。自分と同じ名の魚を見る夢を叶えたら、同じ神庭の裔の誼《よしみ》で、日奈の故郷である宇天那に住まわせてもらえないだろうか。大王家が嫌いなのは自分も同じだし、日奈と一緒に宇天那の王に仕えてもいい。

そうするためには、川彦から逃れなければならないのだが、これが一番難しい。

日奈は金気に中って体力が極端に低下しており、無理をさせられない。狭真魚が自分よりも身体の大きな日奈を背負って川彦から逃げるのは無理だった。

そもそも川彦は、無理矢理攫ったという割に、日奈に乱暴なことはしない（狭真魚に対しては容赦ないが）。むしろ、日奈にはとても優しい。連れ回しているといっても日奈の体調を気にして頻繁《ひんぱん》に休憩を取り、なぜかどこにでもいる知り合いの家でちゃんとした寝床に日奈を寝かせてやる。

川彦と別れたら、自分があの男と同じだけのことを日奈にしてやれる自信はなかった。銭はないし、宿を提供してくれる知り合いもない。重い鉄剣を振るって悪鬼《あしきもの》を倒すことも出来ない。

そう考えると、川彦と一緒にいるのが日奈にとって一番安全だと思えてしまう。だからせめて、川彦がうっかり日奈に無体を働かぬよう、目を光らせていることくらいしか出来ないのだった。

——あーあ、おれがもっと大人だったらな。そしたら、今すぐ日奈を宇天那へ連れて帰ってやれるのに。

日奈に頭を撫でてもらって喜びつつも、内心そんなことをつぶやく狭真魚だった。

——今度は子供まで連れに加えて、どうするつもりなのやら。

朱鷺王《ときおう》の旅をこっそり追いながら、差支波《さしは》はため息をついた。朱鷺王に仕えて以来、すっかりため息癖《ぐせ》が付いてしまっていた。

売り買いされて使役《しえき》される夜都古《やっこ》として生きていた頃の方が、端《はな》から何の希望も抱いていなかった分、ため息をつくこともなかった。

朱鷺王が差支波にため息をつかせるのだ。

こんなところでこんなことをしている立場の人間ではないだろう、と思えるから。自分のためではなく、主のために差支波はため息をつく。

「あの子供を、どうなさるおつもりですか」

今日も今日とて、日奈と狭真魚《さまな》が傍にいない時を見計らい、朱鷺王に声をかけた。

「港まで連れて行ったら、そこで捨てるさ」

朱鷺王は事も無げに答えてから続ける。

「まあ、日奈との二人旅には大いなる邪魔者だが、あれはあれでまったく役に立たないわけでもないことに気がついた」

「まともに魚を釣ってくれるところですか」

「そういうことじゃない！　狭真魚がいれば、日奈は普段俺に見せない顔を見せるかもしれない、ということだ。日奈は子供の面倒見がいいみたいだからな、狭真魚の面倒を見ているうちに心がほぐれて、笑顔を見せるようになるかもしれない」

「あの娘の笑顔がそんなに見たいものですか？　笑ったとして、大して愛想《あいそう》は変わらない気がしますがね」

憎まれ口を叩く差支波を朱鷺王は横目で睨む。

「見たいと言ったら俺は見たいのだ。ただ問題は、俺には見せない日奈の顔をもし狭真魚のせいで引き出せたとしたら、それはそれで悔しい男心だ。出来るなら俺が日奈の笑顔を引き出したい。だがそれが難しいなら、狭真魚に頼るのも致し方ない。いや、そこで子供に頼るのはどうか？　俺の心は今、千々に乱れているのだ。そっとしておけ！」

「……」

そこまで馬鹿馬鹿しいことに本気で思い悩めるところが徒者《ただもの》ではないというべきか、徒ならぬ阿呆《あほう》というべきか。差支波は切ない思いで沈黙した。

そんな差支波に、朱鷺王がふと思い出したように言う。

「次は古御太刀洲《ふるみたちのしま》へ渡る。あそこは寒いから、必要な物を揃《そろ》えておけ」

「はい」

朱鷺王に命じられると、反射的に動いてしまう身体が恨めしかった。

海へ、宇天那《うてな》へ

それは、あと二日も行けば古御太刀洲《ふるみたちのしま》へ渡るための港へ着くという時だった。

海が見える場所を目前にして、狭真魚《さまな》が熱を出して寝込んでしまった。

肌寒い陽気の日に川彦《かわひこ》と川で取っ組み合いの喧嘩をしたのが原因だろう。一緒にずぶ濡れになった川彦はぴんぴんしているが、慣れない旅の疲れも出たのか、狭真魚の熱はなかなか下がらず、宿を取った郷《さと》での逗留《とうりゅう》は三日に及んでいた。

「もう少しで海なのに……今頃はもう、海を見てたはずなのに……」

狭真魚は熱で顔を真っ赤にしながら悔しがるが、こんな身体で無理をさせるわけにはいかない。日奈《ひな》は狭真魚の看病をするため宿に残り、川彦はぶつぶつ文句をこぼしつつ、釣りへ行ったり虫を捕ったり釣餌《つりえ》の研究をしたりしていた。

川彦の知人の館に居候《いそうろう》して四日目の朝、ようやく狭真魚の熱が下がり始めた。

「おれ、もう動けるよ。すぐ発《た》とう」

起き上がろうとする狭真魚の肩を日奈は押し留《とど》めた。

「いけない。もう少し具合を見て、熱がぶり返さないようだったら、だ」

「廻《まわ》り気《ぎ》だなあ、日奈は」

「道すがらで倒れられても、今のわたしはおまえを背負う力がないからな。川彦は背負ってくれるどころか、捨ててゆくぞ」

そんな話をしていると、横から川彦が口を挟んだ。

「そのとおりだ。足手《あしで》纏《まと》いになる子供なんか見捨てて、さっさと先を急ぐさ」

「こういう奴なんだ。黙ってもう少し寝ていなさい」

日奈が狭真魚を無理矢理寝かしつけると、川彦は「釣りに行ってくる」とぶっきらぼうに言って出かけて行った。

なんだかんだで川彦は、熱のある狭真魚に無理をさせてまで出発しようとはしない。喧嘩になるのも、大抵は狭真魚が生意気なことを言って絡《から》むからで、川彦の方から一方的に暴力を振るうわけではない。

川彦が子供好きでないのは見ていてわかるが、案外、狭真魚のことは気に入っているのではないか——日奈はそんな風に感じていた。

狭真魚のおかげで、川彦の憎めない一面が見え始めた。しかし、自分を攫《さら》った男に気を許してどうするのか、という思いがすぐ追いかけてくる。

日奈は複雑な気分で庭へ降り、天《あま》つ種を蒔《ま》いた。

この郷には大王家の兵が駐屯《ちゅうとん》しており、悪鬼《あしきもの》への備えで鉄《くろがね》の武器が氾濫《はんらん》している。伸し掛かるように充満する金気《かなけ》が日奈の身体を重くしていた。

——これでは、とても逃げるどころではないな……。

いずれ金気に慣れる日が来れば、川彦から逃げる機会もあるかと思ったが、この調子ではそんな日が来るかどうか怪《あや》しいものだった。川彦もそれがわかっているからこそ、こうやって平気で日奈を宿に残して外へ出かけるのだ。

だがこのまま、あの男と旅を続けて、どうなるというのだろう——。

ため息をつき、たわわに実った天つ実《このみ》をひとつ食べ終えた時。

館の外から人の悲鳴が聞こえた。かと思うと、庭の生垣の向こうに巨大な悪鬼《あしきもの》の姿が見えた。

「――!」

日奈は急いで狭真魚が寝ている室《へや》へ駆け込んだ。

ここは館の敷地内でも離れになっており、使用人は母屋《おもや》の方にしかいない。駐屯している大王家の兵がすぐにあの悪鬼を倒してくれればいいが、川彦が傍《そば》にいない今、いざとなれば日奈が狭真魚を守らなければならない。

「ん~……? どうしたんだ、日奈……?」

肩を揺すられた狭真魚が寝ぼけ眼《まなこ》で言って目を擦《こす》る。

「悪鬼だ。起きられるか」

日奈が小声で言うと、狭真魚はぱちっと目を開けて起き上がった。

「どこに!?」

「館の外だ。すぐそこにいる。川彦はまだ帰っていない。大王家の兵《いくさ》が倒してくれるとは思うが、もしもの時は――」

と日奈が言いかけた時、母屋の方から悲鳴が上がった。どすん、がたん、と建物が壊されるような音も聞こえてくる。

「あっちにもいるのか……!?」

耳を澄ませば、館の外の至るところから悲鳴や大王家の兵たちと思《おぼ》しき掛け声が聞こえる。兵も戦っているようなのに、人々の悲鳴や建物が破壊される音が止《や》まない。

「悪鬼が集まって来たんだ……。うちの邑《むら》を襲った時みたいに……！」

狭真魚が震える声で言って日奈の腕にしがみついた。

「狭真魚、動けるか？」

「う、うん。川彦が念のためにって置いてった鉄《くろがね》の剣《つるぎ》があるけど――」

「わたしは触れない。おまえが持ってくれ」

日奈は悔しい思いで答える。自分にこれが扱えれば、すぐに館の外へ躍《おど》り出て、悪鬼《あしきもの》どもを打ち倒すのに――！

そうして、鉄剣を抱えた狭真魚と共に庭から離れを出ようとした時。重い足音が近づいてきたと思うと、母屋を破壊し尽くした悪鬼がふたりの前に姿を見せた。

「！」

日奈は反射的に狭真魚を庇《かば》って一歩前へ出たが、それを庇い返すように狭真魚が日奈の背から飛び出した。

「狭真魚！」

「おれ、剣の稽古《ならい》をしたんだぜ。川彦みたいに軽々とはいかないけど、振り回すことくらいなら出来るさ。ぶっ叩けば倒せるなら、おれだって――」

しかし病《や》み上がりの狭真魚は、金気に中《あた》っている日奈と変わらないほど足元が覚束《おぼつか》ない。重い鉄剣を振り回そうとしてふらつくのを慌《あわ》てて日奈が支えた。

館の外からは、大王家の兵が悪鬼と戦っている物音がひっきりなしに聞こえてくる。悪鬼はここにもいる、早く来てくれと叫んでも、悪鬼の唸《うな》り声や乱闘の物音が激し過ぎて、日奈の声は伝わっていないようだった。

「狭真魚、強《し》いて戦わなくてもいい。逃げよう、こっちへ――」

日奈が狭真魚の腕を引っ張ったのと、悪鬼が太い腕をぶんと振り回したのは同時だった。その風圧で狭真魚は尻餅《しりもち》をつき、狭真魚の腕を摑んでいた日奈も一緒に倒れ込んだ。

慌てて身を起こした日奈より一瞬前に、狭真魚の方が立ち上がっていた。

「これでも喰らえ――っ」

鉄剣を構えた狭真魚は勢い良く叫んで悪鬼へ突進していった。

狭真魚が振り回した剣は、悪鬼の腕に当たったが、力が足りずに呆気《あっけ》なく撥《は》ね返された。

「あっ」

取り落とした剣を拾おうとした狭真魚の頭を、悪鬼の大きな手が摑む。

「うぎゃっ、何するんだよ、放せよ――」

頭を摑まれ、軽々と持ち上げられた狭真魚は、そのままぶんと振り回され、放り投げられた。

「狭真魚！」

狭真魚は、ちょうど先刻日奈が育てた天《あま》つ樹《たつき》の幹に全身を強《したた》か打ちつけられ、その根元にだらりと転がった。

「狭真魚、大丈夫《たしか》か！」

日奈は急いで狭真魚を抱き起こそうとしたが、悪鬼は今度は日奈を狙って腕を振り回してくる。

「寄るな、来るな――！」

狭真魚がぶつかった衝撃で地に落ちた天つ実《このみ》を、悪鬼に向かって闇雲に投げつける。たまたま手に触れるところにあったものを投げつけただけだったのだが、悪鬼は怯《ひる》んで動きを止めた。身体にぶつかった天つ実を払い、苦しそうに唸る。

「……!?」

悪しき存在であるものには、清らかな天つ実が毒になるのだろうか？

細かい理屈を考えている余裕はなかった。とにかくこれが武器になるなら、使うだけだ。

日奈は生っている実を片っ端から捥《も》ぎ取り、悪鬼に投げつけた。

泥を固めたような身体に天つ実が当たって潰《つぶ》れる度《たび》、悪鬼は苦しげな声を上げる。やがてその場にずしんと膝《ひざ》を着き、動かなくなってしまった。

日奈は恐る恐る悪鬼の様子を窺《うかが》った。

鉄剣で倒された時のようにぼろぼろの土くれにはなっていないから、死んだわけではないのだろうが、動きは取れない状態のようだ。逃げるなら今である。

日奈は急いで、木の根元にぐったりと横たわる狭真魚を抱き起こした。そしてぎくりとする。

その身体はあまりに冷たく力なく、顔はすっかり土気色《つちけ》だった。あちこちの骨が折れている。内臓も傷《いた》めたかもしれない。

「狭真魚、狭真魚……！　大丈夫《たしか》か」

日奈の呼び声に、狭真魚はゆっくりと瞼《まぶた》を上げた。

「日奈……悪鬼は……？」

「とりあえず足止めはした。今のうちに逃げよう」

「さすが……日奈はすげえなあ……。おれが……日奈を……守るつもりだったのになぁ……」

狭真魚はくちびるを震わせるようにして笑い、日奈の手をぎゅっと握った。

「……ああ、海を見たかった……。おれと同じ名前の魚を見たかったな……。日奈、おれの代わりに見といてくれよな――」

「狭真魚、何を言う。わたしだけが見てもしょうがない。一緒《とも》に海へ行こう」

日奈は目に盛り上がる涙を必死に堪《こら》えて狭真魚の手を握り返した。

「うん……おれ、海を見たら……日奈と一緒に――」

「なんだ？　わたしと一緒に？　何をしたい？」

訊《たず》ねても、もう狭真魚の目は何も見ておらず、口も動くことはなかった。

「狭真魚――!!」

日奈は狭真魚の身体を抱きしめて絶叫した。

狭真魚は自分を庇って死んだのだ。

――わたしに鉄《くろがね》の剣《つるぎ》が使えれば。霊力《ちから》が使えれば。こんな風に狭真魚を死なせることはなかったのに！

たまらない罪悪感と無力感に打ちのめされ、どれほどの間、狭真魚の亡骸《なきがら》を抱いて呆然としていたものか――。

気がつくと、周りを大勢の悪鬼《あしきもの》に囲まれていた。天つ実で弱っていた悪鬼もいつの間にか立ち上がっている。

「――……」

天つ実はまだ少し枝に残っていたが、今の日奈には抵抗する気力が残っていなかった。

もういい――。

このままここで自分も殺されてしまえばいい――。

投げ遣《や》りな気分で目を閉じた時、

「日奈！」

川彦の声が聞こえた。

そしてその声を追いかけるように、眩《まばゆ》い光が炸裂し、周りの悪鬼が塵《ちり》となって消えた。

「!?」

日奈は己の目と感覚を疑った。

この光、この肌に感じる懐かしい力――。

天つ霊力《みちから》だ。

川彦が腰に鉄剣を提《さ》げたまま、霊力を使って周りの悪鬼を片っ端から塵に返していた。

――あの男は霊力を持っていたのか!? 我鳥《わどり》なのに!?

大御神《おおみかみ》に背《そむ》いた罪で、我鳥は霊力を失ったのではなかったのか。

仮に何かの間違いで霊力を授かったとしても、霊力を持つ神庭《かむにわ》の裔《すえ》は鉄との相性が最悪なのではなかったのか。

どうしてあの男は、鉄剣を振るうことも出来て霊力も使えるのだ？

わたしはそのどちらも出来ないのに――！

日奈の頭はすっかり混乱していた。

狭真魚を救えなかった罪悪感と無力感。川彦に対する不審と嫉妬。大王家の存在の意味。

異花王の真意。大八洲の未来。

何もかもが頭の中でごちゃごちゃに渦巻いて、訳がわからなくなった。

「日奈、大丈夫か⁉」

悪鬼を一掃した川彦が駆け寄ってきたが、日奈は彼の手を激しく振り払った。

その、川彦の手に日奈の手が触れた一瞬のことである。日奈は全身がふわっと浮き上がる感覚を得て、次の瞬間には見知らぬ場所に立っていた。

放蕩王子の帰還

「消えた――……」

目の前で日奈《ひな》の姿が消え、朱鷺王《ときおう》は目を瞬《しばた》かせた。

傍《そば》に狭真魚《さまな》の亡骸《なきがら》を見つけると、何が起きたのかを大方悟った。感情の暴走が、ずっと金気《かなけ》に抑えられていた霊力の暴走を誘発したのか。

近くを走り回って捜してみたが、日奈は見つからなかった。

「暴走霊力《れいりょく》で移動しているとすると、一気に結構な距離を飛びそうだからな……」

まいったな――と頭を掻きながら悪鬼《あしきもの》に荒らされた郷《さと》を歩いている朱鷺王を、物陰から差支波《さしは》が呼び止めた。

「ひどい有様ですね。一応、古御太刀洲《ふるみたちのしま》へ渡る旅支度は整えましたが――」

「ああ、日奈は見失った。狭真魚は――死んだ」

「そうですか。では旅はおしまいですか？　支度は無駄になりましたね」

「なんだ、その言い方は、おまえが日奈たちを見守っていれば、こんなことにはならなかったのだぞ」

「私はあなたの命《めい》に従って、旅支度に走り回っていたんです。何より、私はあなたの傔従《しとりべ》であって、あの娘や子供を守る義理はありません」

朱鷺王と差支波がそんな言い合いをしているのを、通り掛かった大王家の兵がふと見咎《みとが》めた。

「あなた様はもしや――」

「！」

朱鷺王は厭《いや》な予感に襲われ、その場を逃げ出そうとした。しかしその前に、兵が大声で他の兵たちを呼んだ。

「朱鷺王発見、陣へお連れせよ！」

そのまま朱鷺王は黒金《くろがね》の都へと強制送還された。

地方駐屯《ちゅうとん》の兵に王子の顔を知っている者がいるとは思わなかったが、たまたま都から派遣されてきたばかりの将に見つかってしまったのが運の尽きだった。

──あれが潮時だったなんて思いたくないがな……。

日奈の行方を心配しながら王宮の自室でふてくされていると、大陸風の冠に袍《ほう》を纏《まと》った壮年の男が入ってきた。拱手《きょうしゅ》の礼も大陸風である。

「お帰りなさいませ、朱鷺王。妻求《めま》ぎの旅で花嫁は見つかりましたか」

厭味《いやみ》たらしく言うこの男の名は史廉《しれん》。大陸からの渡来人で、朱鷺王の傅育《ふいく》役である。

「ああ。せっかくいい娘を見つけたってのに、逃げられちまったよ」

「それは結構でございました。どこの馬の骨ともわからぬ娘に血道を上げるより、あなたにはなさることがあるでしょう。悪鬼《あしきもの》は数を増やしながら南下してきています。大王の跡継ぎともあろう方が、自由に遊んでいる場合ですか」

いきなり説教の態勢に入った史廉に、朱鷺王はうんざりと横を向いた。

「美珠守洲《みたまもりのしま》の兵からの報告では、あなたを見つけた郷で、塵《ちり》となって消えた悪鬼の痕跡を見たとのこと。あなたが霊力《れいりょく》で倒したのですね？　どうしてその力を父君の傍で役立てようとお思いにならないのですか」

「俺は、霊力を使うのは好まない。なんだか狡《ずる》をしているような気になるからな。あの時は、悪鬼が集団になっていたから仕方なく霊力を使っただけだ。一匹でいたら、剣《つるぎ》で倒したさ」

「あるものを使わないのはもったいない話です。せっかく恵まれた能力なら、有り難く使えばいいのです。剣で倒して土くれにするより、霊力で倒して塵にする方が、後の掃除も楽というもの」

「おまえは合理的だよ。だが俺はもっと、不合理的で感覚的な世界に揺蕩《たゆた》っていたいんだ」

肩を竦《すく》める朱鷺王に、史廉は頭《かぶり》を振る。

「それはあなたの御身分では無理なことです。合理的に考えていかなければ、国は治められません」

朱鷺王が言い返そうとした時、若い侍婢《まかたち》が先触れにやって来た。

「比羽理媛《ひばりひめ》がお越しです」

それを聞いて史廉が退室してゆき、入れ違うように、大王の嫡妻《むかいめ》〔正妃〕にして朱鷺王の母親——比羽理媛が姿を見せた。

髪に挿《さ》した銀の櫛《くし》と、腕や足に巻いた玉《ぎょく》の飾りが、比羽理媛の一歩ごとにしゃらしゃらと涼しげな音を立てる。

「おやおや、朱鷺王。久しぶりに顔を見ること。少し大人びたかしら？」

傅育役に続き、母親からも厭味たらしく言われ、朱鷺王は苦笑する。

比羽理媛は傍に控える侍婢を退がらせ、息子とふたりきりになってから続けた。

「別にいいのですよ。おまえを自由に育てたのはわたくしですからね。ただ、どこぞでふらふら遊んでいたおまえは知らないかもしれないけれど、先日、後宮へ賊が押し入って、花の媛《ひめ》が攫《さら》われましてねえ——都は大騒ぎでした。未《いま》だ、媛も賊も見つかっていないのよ。ええ、おまえは知らないことでしょうけれどね」

「……」

これはばれてるな——と朱鷺王は苦笑を深くした。昔からこの母親には、朱鷺王の悪戯《いたずら》が看破《かんぱ》され通しなのだ。

朱鷺王は開き直り、正面から母を見た。

「そうです。俺が媛を攫いました」

「やっぱりね——」

比羽理媛は、衣《ころも》の袖《そで》で口元を隠すようにして息をついた。

「ああも易々《やすやす》と後宮へ忍び込んで媛を攫い出すなんて、おまえの仕業《しわざ》ではないかと思いました。それで媛は？　攫ってどうしたのです」

「あれは本物の花の媛ではありません。替え玉です。そう気づいたので、後宮から攫い出しました」

「替え玉？　宇天那《うてな》から、真金王《まかねおう》に危害を加えるために寄越された者ですか」

真金王とは、大王の名である。比羽理媛は夫を、大王とは呼ばずにいつも名で呼ぶ。

「そのようです。酒に毒を盛ろうとしていたのを、すんでのところで止めました」

「そう……」

比羽理媛は少し目を伏せて黙ってから、改めて口を開いた。

「媛の随行の者たちが、今どうしているかご存知？」

「……皆、散ってしまったとか？」

先ほど、お喋《しゃべ》りの侍婢《まかたち》から聞き出した情報である。

「ええ。行方知れずの媛を案じて案じて、嘆《なげ》き悲しんだ末に、ひとりまたひとりと花のように散って消えてしまったのです。神庭《かむにわ》の花の民というのは、このように不思議なものなのかと感心していたのだけれど――」

媛が贋者《にせもの》だったのならば、随行たちも贋物の人間だったのかもしれない――。いざという時、跡形もなく消し去って後腐れをなくすために。

母と息子で同じことを思ったのを表すように、ふたり揃《そろ》って小さくため息をつく。不思議な術を使う宇天那の王に想いを馳せる時間は朱鷺王の方が少し長かった。比羽理媛が「ところで」と話題を変える。

「ただ父の生命《いのち》を救うためなら、攫う必要はないでしょう。その娘を気に入ったのですね。攫って連れ出して、ものにしたのですか」

あけすけに問う母に、朱鷺王は「とんでもない」と首を振る。

「手なんか出せませんよ。あれは——身体だけ立派に育った、中身は子供のような娘ですからね」

「ふうん……？　それで、その娘は？」

「まんまと逃げられました。まあ元より、おとなしく籠《かご》に飼われるような鳥に興味はありませんがね」

朱鷺王が強がり半分本音半分で言うと、比羽理媛はほほほと軽い声で笑った。

「おまえは女の趣味が父親に似ていること」

大王の嫡妻《むかいめ》、比羽理媛は、大御《おおみ》鏡洲《かがみのしま》の大豪族、御鏡《みかがみ》氏の娘にして、鳥の性《さが》を持つ我鳥《わどり》の女である。この自由過ぎる媛を手に入れるのがどれだけ大変だったか、父の苦労話を朱鷺王は耳に胼胝《たこ》が出来るほど聞かされている。

その自由な性分を持つ女から、また自由な性分を持つ息子が生まれた。

神庭の性は血によって伝わるのではなく、生まれ変わりで繋がるものだ。母親が鳥の性だったから鳥の性に生まれたわけではなく、たまたま朱鷺王も母と同じように鳥の性を持って生まれただけである。しかも朱鷺王は、我鳥でありながら霊力を持っていた。普通の神庭の裔とは違い、金気《かなけ》に中《あた》ることもなく鉄剣を振るえる。

黒金の大王家は、鉄による武力で大八洲《おおやしま》を平定したあと、律《りつ》や令《りょう》といった法律で中央に権力を集中させようとしている。朱鷺王ならば、霊力と金気の力の両方で、頭の古い神庭の裔《すえ》を抑え込みながら大八洲を治められる——父王はそう期待し、大陸からの渡来人を傅育役に付け、先進的な学問を修めさせた息子に跡を託す気でいるのだ。

けれど朱鷺王にしてみれば、そんな仕事を任されるのは、一言で言って「面倒臭い」。父王の考えていることも理解は出来るが、我鳥の性分がどうしても、王座に縛られる不自由さに耐えられない。自分が法律に縛られるのは窮屈で厭だし、窮屈な法律を振り翳《かざ》す側になるのも厭だった。

第一、霊力は出来るだけ使いたくないのだ。その力に頼りたくない。狡をしているように感じるからと史廉に言ったのも本当だが、もっと大きな理由がある。

霊力を頼るということは、大御神《おおみかみ》の力を借りるということだ。大御神に仕える者とされてしまうということだ。自分は誰にも仕えたくなどない。

だから出来るだけ霊力は使わないように暮らしていたのに、日奈が大勢の悪鬼《あしきもの》に囲まれているのを見た時、背に腹は代えられず、使ってしまった。

神庭の郷には、人の技術ではなく、霊力で作られた道具がいろいろあった。人々はそれを不思議にも思わず、当然のように使っていた。時には、王の霊力で雨を降らせたり、作物の収穫量を増やすことすらあるという。確かにそれは楽で便利かもしれないが、神庭の裔がいなくなるとか、霊力が使えなくなった時、どうするのだ?

大八洲の平定になど興味はないし、大王になりたいとも思わない。だが、神庭の郷の存在もどうかと思うのだ。神や霊力に頼り切るのは危ういことだ。

父である大王の期待に押さえつけられて生きるのも厭なら、天上の大御神に押さえつけられるのも厭。何かに支配されるのが厭でたまらない。

だからこそ、日奈という娘との出逢いがひどく心に引っかかった。

日奈を見ていると、こんな滅私奉公は自分には絶対に出来ない、理解出来ない性質だ、という呆れとも感心ともつかない思いと、自分がこういう性分であったなら王子として何も問題はなかったのだろうという思いの両方が湧き上がる。

日奈のように、役目や使命があると思うことで自分の存在理由を確認し、喜びや心の平穏を得る者もいる。だが朱鷺王にはそれがわからない。誰かから何かを期待されたいとは思わない。

人から求められることに喜びを得る者もあれば、それが煩《わずら》わしいと感じる者もいるということだ。誰もが生きる意味や役割を欲しているわけではない。

──俺は、人が望むように生きたいのではない。俺が望むように生きたいだけだ。

他者から与えられた役目や使命など、面倒な重荷でしかない。自分の生きる道は自分で決めて、いつでも身軽に広い空を翔《と》びたい。

もしも、自分がこんな性分ではなかったら。

日奈のような汝鳥《などり》の性質を持っていたなら。父のため、大王家のため、大八洲の民のために喜んで働いていただろう。

だが、そんな『もしも』を考えて、何の意味がある？　実際、自分は日奈のようには生きられないのに――。

「――……」

朱鷺王が母の前で知らず物思いに沈んでいると、不意にぱたぱたと軽い足音がいくつも聞こえ、室《へや》に子供が飛び込んできた。

「あにうえー！」

「あいうえー！」

朱鷺王の異母弟妹たちである。八歳の妹と、五歳、三歳の弟が、一斉に朱鷺王に飛びつき、腕にぶら下がる。朱鷺王自身は子供嫌いなのに、なぜかこの弟妹たちには懐《なつ》かれているのだった。

朱鷺王が幼い弟妹を腕にぶら下げて憮然としていると、子供たちの後を追いかけて、その母親や侍婢《まかたち》がばたばたとやって来た。

「まあまあ、比羽理媛様、朱鷺王様、申し訳ございませぬ」

八歳の媛の母親、大豪族の波十利《はとり》氏から取った妃《みめ》が代表して頭を下げる。その後ろからは、同じく有力豪族の八向《やむか》氏から取った妃と虫の郷から取った妃が追いついてくる。

嫡妻《むかいめ》の比羽理媛が生んだ子は朱鷺王のみ。他の妃が生んだのは、媛が三人、王子がふたり。朱鷺王にとっては妹と弟である。魚の郷から取った妃が生んだ媛は二十歳と十九歳になっており、すでに嫁《とつ》いでいる。

つまり、大王には嫡妻の比羽理媛の他に四人の妃（替え玉だった花の媛は数えないことにすれば）がおり、朱鷺王の他に五人の子がいる。

大王自身の兄弟としては、弟がふたりいたが、共に夭逝《ようせい》している。叔父《おじ》も亡くなっている。そして、朱鷺王の弟王子たちはまだ幼い。今の時点で、大王の後継者たり得る者は朱鷺王しかいないということである。

朱鷺王は、のらりくらりと逃げて、弟たちが成長するのを待っている。上の弟は今五歳。せめてあと十五年から二十年ほど父が生きてくれて、自分が逃げ切れれば。

だから父王には出来るだけ長生きして欲しいと思っているし、弟たちには立派に育って欲しいと願っている。自分に影響されて欲しくないので、あまり弟妹たちとは関わりたくないのだが、王宮へ戻ると懐かれる。

「あにうえー！　あそんでー！」

「あいうえー！　あおんえー！」

「あのなあ、俺は忙しいんだよ。侍婢に遊んでもらえ」

朱鷺王がうんざりした顔を見せても弟妹たちは堪《こた》えない。

「やだー、あにうえー、あそんでー！」

「おまえがいつも王宮にいれば、見慣れてしまって見向きもされませんよ。なかなか宮殿に居着かないものだから、たまに見かけると珍しがられて纏《まと》わりつかれるのです。珍獣と一緒ですよ」

母の言いようは容赦がない。他の妃たちは、頷くわけにもいかずに苦笑している。

「さあ、子供たちは朱鷺王に任せて、わたくしたちはあちらでお菓子でも頂きましょう」

比羽理媛と妃たちは決して不仲ではない。朱鷺王は仲良く退室してゆく女性陣を見送り、弟妹たちに戯《じゃ》れつかれながら、日奈を想った。

日奈――。

無事でいるか？

悪鬼《あしきもの》の出現を知ってから、日奈の大王家への敵意は和《やわ》らいでいっているように感じた。今の日奈が自分から逃れたなら、都へ舞い戻って大王暗殺の役目を果たそうとするより、宇天那へ帰って異花王と話すことを望むだろうと思える。

それならそれでいい。朱鷺王が心配なのは、霊力の暴走が日奈の身体に与える負担だった。無事に宇天那へ辿《たど》り着ければいいが――。

第四章　天《あま》つ種、禍《まが》つ種

雛の帰還

東の美珠守洲《みたまもりのしま》から、霊力の暴走に頼って西へ西へと空間移動を続けた日奈《ひな》は、息も絶え絶えに幸瑞葉洲《さきみずはのしま》の宇天那《うてな》へ辿《たど》り着いた。

泥のように数日間眠り込み、目を覚ますやいなや、異花王《ことはなおう》の室《へや》に駆け込んで大八洲《おおやしま》の様子を報告した。

北の方では底《そこ》つ根《ね》の国《くに》から悪鬼《あしきもの》が湧き出していること。それがどんどん南下してきていること。悪鬼には木製や青銅《あおがね》製の武器は通用せず、大王家の兵が鉄の武器を使って退治していること。

「大王家の作った鉄《くろがね》が――人を救っているのです……」

日奈は迷子のような目で異花王を見た。これがどういうことなのかを教えて欲しかった。

上座に姿勢を正して座っている異花王は、静かに頭《かぶり》を振った。

「鉄では悪鬼を完全《まこと》に倒すことは出来ない」

「え……？」

「あれらを滅ぼし、根の国へ封じ込めることが出来るのは、大御神《おおみかみ》から与えられた天《あま》つ霊《み》力《ちから》のみ。鉄の武器《つわもの》で打ち倒したところで、一時《ひととき》の凌《しの》ぎに過ぎぬ」

「一時の凌ぎ……？」

「ああ。どういうことかは、いずれわかる。それよりも――」

異花王は眉を曇らせて日奈を見た。

「そなたを攫《さら》った賊《あた》とは何者だ？　都から、着いたその日にそなたが攫われたと報《しら》せがあった時は驚いた」

「それは――わたしの手落ちでした。大王の酒に毒を盛ろうとしているところを見咎《みとが》められ、金気《かなけ》に中《あた》った身体では抗えないまま、後宮《きさきのみや》から連れ出されてしまい――」

日奈は恥じ入りながら俯《うつむ》いた。

「大王の後宮へ忍び込むような賊とは何者か？　数に恃んで襲って来たのか？　何が目的《ねらい》だったのだ」

「目的はわかりません……。賊はひとりで、まったく訳のわからない男でした。齢《とし》の頃は二十四、五、気紛《きまぐ》れで我がまま極まりない性質《たち》で――人と足並みを揃《そろ》えられるようには見えなかったので、おそらく仲間はいないと思います……」

「その訳のわからない男に、攫われて何をされた……？」

異花王の気遣《きづか》わしげな問いに、日奈は顔を跳ね上げた。

「何も――！　穢《けが》らわしい振舞《ふるまい》はされておりません。本当《まこと》におかしな男なのです。ただわたしを連れ回し、自分《おのれ》の遊びに付き合わせ、訳のわからないことばかり言いながら、一緒《とも》に旅をしただけです。金気に中って身体が利かないのと、毒の件で脅されて、逃げられなかったのです。それでいて川彦《かわひこ》は、わたしに不届きなことはしなかった――」

「川彦、というのか。その男の名は」

「……わかりません。たぶん本名《まことのな》ではありません。時や場所《ところ》によって違う名前を使っているようでした。ただひとつわかっているのは、あの男が我鳥《わどり》だということです」

「我鳥」

異花王が短く復唱した。

「それも――おかしな我鳥です。霊力を持っているのです。多くの悪鬼《あしきもの》を、霊力を使って塵《ちり》にしました。わたしはあんなものを初めて見ました――」

「霊力を持つ我鳥……」

日奈は身を乗り出し、異花王を見つめた。

「大君様、あれは何だったのですか。我鳥は大御神に背《そむ》いた罪で、霊力を失ったのではなかったのですか。川彦は、霊力を使える上に、金気にも中らずに鉄《くろがね》の剣《つるぎ》を振るえるのです。今、神庭《かむにわ》の郷《さと》の外で最も人の役に立てるのは、川彦のような者なのです。わたしは何も出来なかった——。大王家の兵《いくさ》の方がよほど人の役に立っていた——。大王家は鉄で人を苦しめ、鉄で人を救っていた——」
言い募《つの》りながらどんどん興奮し、頭に血が昇り、著《いちじる》しく体力の落ちている日奈はくらりと眩暈《めまい》を起こした。そうして異花王の腕の中へ倒れ込んだ時には、意識を失っていた。

手真木《たまき》

室《へや》の隅で、手真木《たまき》は日奈《ひな》と異花王《ことはなおう》の会話を黙って聞いていた。

異花王が気を失った日奈を侍婢《まかたち》に命じて床《とこ》へ運ばせたあと、おもむろに訊《たず》ねる。

「どうなさるおつもりですか？」

「どう、とは？」

「日奈を攫《さら》った賊《あた》について——見当《あて》が付かれたのでは？」

手真木の問いに異花王は小さく息をついた。

「大王の嫡妻《むかいめ》の子、朱鷺王《ときおう》が、霊力《みちから》を持つ我鳥《わどり》だという噂があるな……」

「朱鷺王は今年、齢《よわい》二十四と聞きます。日奈が言っていた賊の年恰好《すがた》とも合います。もしそうであれば、大王家に宇天那《うてな》の謀反《ふたごころ》を知られたことになります」

「それについては、さほどの問題《こと》ではない。都にいる随行《とも》は散らせた。その上、これから大王家は大忙しになる。宇天那を咎めている暇《ひま》などないだろうからな」

　異花王は事も無げに言い、

「我鳥が汝鳥《などり》を惑《まど》わす——」

　低い声でそうつぶやいてから続ける。

「真実《まこと》に日奈の言う『川彦』が朱鷺王なのか、だとすれば目的《ねらい》は何なのか、それがはっきりするまでは、日奈に何も教えるな。日奈にはまず、落ち着いて身体を癒《いや》させる」

「……はい」

　異花王の室《へや》を出た手真木は、胸苦しい思いで白い衣《ころも》の襟元《えりもと》を押さえた。

　——また、汝鳥と我鳥が神言《かむごと》を狂わすのか。

　手真木は幼い頃から神言を語る覡《かんなぎ》だった。光景としては目に何も見えないが、己の口を通して神が未来を語る。その託宣を必要な人物に伝えながら生きている。前の世も、その前の世も。

　何度も覡として生まれ変わりながら、様々な主に仕えてきた。世を変える人物の手助けをすること。それが自分の役目なのだと生まれながらに識《し》っていた。

　だがその役目が果たせない。

　託宣を得て、それを生かせる人物の許《もと》へ赴《おもむ》いて仕えても、いつも鳥が邪魔をする。汝鳥か我鳥が現れて、託宣を狂わせ、主の願いは叶《かな》わない。

一体いつになったら、自分の託宣が役に立つ日が来るのか。自分は本当は、誰のための覡《かんなぎ》なのか。誰のためなら、役に立てるのか。

人は、生まれ変わったとしても前世の記憶などないのが普通である。それがどうして自分はいつも、前世の無念を覚えているのか。いっそ何も覚えていなければ、楽なのに。

自分だけがどうしてこうなのか。自分が何のために存在しているのかを知りたい、確かめたい。ずっとそう願いながら生きている。

宇天那の異花王の許に、宿願を叶える汝鳥が降り立つ——。そんな託宣を得たのは、十五年ほど前のことだ。初めから汝鳥が関わる託宣だった。

宇天那へ赴き、王に取り入って、異花王の文学《ふみはかせ》の役をもらった。

異花王は、宇天那の地下宮殿で夜毎虫に喰らわれる身だった。ここに汝鳥が現れ、彼を救《たす》けるということだろうか？

十三歳の利発な少年、異花王に託宣のことを話してから三年が過ぎた頃、地下宮殿の明かり取り穴の下に、ひとりの少女が落ちているのを発見した。彼女が鳥の性《さが》を持っていることは、同じ神庭《かむにわ》の裔《すえ》である異花王が敏感に察していた。では、これが汝鳥か——。

異花王は少女を日奈と名付けた。日奈は霊力で虫の化け物を追い払うことが出来た。霊力を制御する訓練をしてやると、ついには虫の郷《さと》の王、夏虫王《なつむしおう》までをも撃退した。

期待に胸が膨《ふく》らんだ。この少女が異花王を助ければ、彼が大王家に代わってこの大八洲《おおやしま》を動かすようになるのかもしれない――。

幽閉を解かれた異花王は、心を虫に喰われた両親を殺すという試練を乗り越えた。宇天那を継ぎ、郷の混乱を収めた。日奈はよくその手助けをした。日奈は異花王のために忠実に働く鳥だった。

身代わりの輿入《こしい》れ、大王の暗殺という大任を命じられても、日奈はそれを受け入れた。しかし出立《しゆったつ》前に川へ禊《みそぎ》に出かけたかと思うと、珍しく気を乱した様子で帰ってきた。それは久しぶりに見る日奈の表情だった。

地下宮殿に暮らしていた頃、異花王を守るために霊力を振るい、化け物どもを屠《ほふ》る度《たび》に、日奈の顔から感情が失われていった。

拾ったばかりの頃の日奈は、卵から孵《かえ》ってすぐの雛《ひな》のように、異花王の後をくっついて歩く可愛らしい女の子だった。

それが、異花王を守る日々の中、どんどん感情を失い、冷たい絡繰《からくり》人形のようになっていった。その心の裡《うち》までは知るべくもないが、少なくとも表面上は、すっかり冷静な少女に成長していた。それでいいと思っていた。汝鳥は余計なことを考えず、主だけを見ていればいい。そうしてこそ、主の宿願を叶える力となれるのだ。

ところがあの日、久しく消えていた日奈の感情が、揺らいでいた。おかしな余所者《よそもの》の男に絡《から》まれたのだと言っていた。その場は、気を乱してはいけないと注意するだけで終わったが、もう少し詳しい話を聞いておくべきだったのだろうか。

あの時の日奈の顔が、今になって無性に思い出される。

都へと旅立ち、瀕死《ひんし》の状態で宇天那へ戻り、目を覚ましてからの日奈の表情。川彦という男を語る日奈の顔が、あの時の顔と重なるのだ。

もしや、あの時の『おかしな男』というのは、川彦——おそらくは朱鷺王——だったのだろうか。あの時すでに、大切な汝鳥を我鳥が惑わせていたのだろうか。

黒金《くろがね》の都のある東を見遣《みや》り、手真木は小さく小さくつぶやいた。

「……我鳥が汝鳥を惑わせる……」

これが日奈の試練なのか。我鳥に惑わされた汝鳥はどこへ飛んでゆくのか——。

黒金《くろがね》の大王

我鳥《わどり》に弱いのだ、という自覚はあった。

取玉氏《とるたまし》は、元は大御鏡洲《おおみかがみのしま》の山がちな土地に住む一豪族だった。彼らは、神庭《かむにわ》の獣の裔《すえ》から教えられた方法で玉《ぎょく》を掘り出すことに長《た》けた人々だった。

彼らはやがて、山から鉄鉱《あらがね》を採り、鉄《くろがね》を鍛えることを覚えた。けれど、どんどん鉄を作り出してゆく彼らを獣の民は窘《たしな》めた。中つ人《なかびと》の鉄の利用を制限しようとする獣の民を、取玉氏は逆に鉄の武器を使って滅ぼした。そうして氏名《うじな》を黒金《くろがね》氏と改め、周辺地域の豪族たちをも取り込んで一大勢力を作り上げ、黒金の大王を名乗るに到ったのだった。

それから時が経《た》ち、現在の大王は七世《ななせい》大王。大八洲《おおやしま》全体の平定は未《いま》だ叶《かな》わずにいる。

大王家とて、大八洲を創った天上の大御神《おおみかみ》を敬っている。だがこの大地から採れるものを使って物を作り出すことが神に背《そむ》く行為だとは思っていない。

この大地自体が、神からの授かりものだからだ。そこに住む者がそれを利用することは神も承知のことだろう。自ら働かず、ただ神に頼るだけでいるのは、脛齧《すねかじ》りの子供と同じだ。その方がよほど罪深い生き方ではないのか。

神庭の裔に対しては、中つ人に様々な知識を授けてくれたことに感謝はしているが、人が何をするのにも口を出し、上から制限をかけてくるところが気に入らない。自分たちは人の姿をしてはいても地上に生まれた人間とは違う、大御神の御意思を伝えている、畏《かしこ》まって従え、という態度が気に入らない。

もう、神庭の裔は用済みなのだ、と考えている。あとは人に任せて欲しい。いつまでも偉そうに頭を押さえつけないで欲しい。そんなに自分たちが元々は天上の生きものであったことが誇りなら、天上へ還《かえ》ってもらってかまわない、と思っている。

鉄の武器で神庭の郷をひとつ残らず滅ぼすのは簡単だが、大御神への義理と、神庭の裔を神聖視する素朴な人々の感情に配慮して、残してやっているだけである。かといって彼らを野放しにしておいてもうるさいので、各郷から妃《みめ》を取って黙らせるのが大王家の慣例となっていた。

だが大王の妃は他の要因からも求められる。

この大御鏡洲で最古の氏族、御鏡氏《みかがみし》は、現在のところ大王家に恭順してはいるが、未だ他の豪族への影響が強く、油断のならない存在だった。出来る限り繋がりを強化しておきたい。そんな打算で、七世大王がまだ王子の身で真金王《まかねおう》と呼ばれていた頃、御鏡氏の娘を貰《もら》いに御鏡の郷へ赴《おもむ》いた。

妻問いする相手は、御鏡氏の末娘、比羽理媛《ひばりひめ》。

ところが御鏡氏の御館《みたち》へ辿《たど》り着く前に、ひとりのお転婆邑娘《むらむすめ》と遭遇した。この娘に付き合わされ、振り回されて郷を連れ回されるうち、怒りを通り越してなんだか面白くなり、ようやく御館へ着いた頃にはすっかり媛君《ひめぎみ》に求婚する気が失せてしまっていた。

あれを、我鳥の性を持つ人間というのだろうと、教えられるでもなく悟った。妻にするなら絶対にあの娘がいい。ああいう面白い娘と生涯を共にしたい。

どうやって媛君との縁談を白紙に戻そうかと御鏡氏を前に真金王が悩んでいると、侍婢《まかたち》に付き添われた比羽理媛が現れた。

媛の顔を見て驚いた。それは、つい先刻まで一緒にいた邑娘の着飾った姿だった。深窓《しんそう》の媛が御館の外へ忍び出て、遊んでいたのである。

嘘のような本当の話だが、大変なのはここからだった。

比羽理媛は自由気ままな性分で、親の言うことなど聞きはしない。妻にしたいなら、本人を直接攻略してくれと御鏡氏に言われてしまった。

鳥籠《とりかご》におとなしく納まってはいない雲雀《ひばり》を手に入れたい――。

そう望んだ真金王は、気紛《きまぐ》れな媛の許《もと》へひたすら妻問いに通い、通い、通いに通い通して、ようやく本人の了承を得た。

大王位を継いだのはそれからすぐだった。そうして息子が生まれた時、大王家の慣例に則《のっと》って真金王の名を継がせようとすると、自分の周りにそんな硬い名前の男はひとりで十分だと比羽理媛に反対され、勝手に朱鷺王《ときおう》と名付けられてしまった。

なんとなく字面《じづら》が素敵じゃない？　というのが比羽理媛の弁。

そういう問題ではない。黒金の大王家では代々、真金王の名が継がれているのだ。息子が生まれれば、父は大真金王《おおまかねおう》、長子は稚真金王《わかまかねおう》となる（実際は、大王は大王としか呼ばれなくなるので、息子の方も『稚』を省略して単に真金王と呼ばれるのだが）。

しかし、比羽理媛が反対するなら仕方ないか――朱鷺王というのも確かにいい感じの名前かもしれない――比羽理媛とお揃《そろ》いで鳥の名前だし――と言い包《くる》められてしまうのが惚《ほ》れた弱みである。

その後、他の有力豪族や神庭の裔からも妃を取ることになったが、本当に欲しくて得た妃は比羽理媛だけだった。

自分は我鳥に弱いのだ。もう十分に自覚していた。

どうした偶然か、朱鷺王は母親と同じ我鳥の性《さが》を持ち、自由闊達《かったつ》に育った。やんちゃで手に負えないが、母とそっくりなところが愛《いと》おしい。

しかも朱鷺王は、我鳥でありながら霊力を持っていた。この息子なら、金気の力と霊力との両方を備えた大王になれると期待した。

大王の仕事は山とある。神庭の裔を抑え、諸豪族たちとの繋がりを強め、北と南のまつろわぬ民を征して大八洲を平定する。もちろん大陸との外交にも気が抜けない。

今の大八洲に必要なのは中央集権体制だ。朱鷺王には、大陸からの渡来人を傅育《ふいく》役に付け、大陸の進んだ学問を学ばせた。聡《さと》い朱鷺王は、律《りつ》と令《りょう》の必要性を理解しているはずだ。

だがそれを自分がやろうという気がない。大王位を継ぐ気がまったくない。

大王家の後を託すため、この道楽息子をなんとかしなければならないと思う大王としての責任感と、母譲りの自由な性分を愛する父としての心もあり、どうしても朱鷺王に厳しくし切れない面がある。それも自覚していた。

自由を求める比羽理媛を妻にするため、手元に引き留めるため、大王の嫡妻《むかいめ》としては異例とも言える様々な自由を約束した。そうまでしなければ比羽理媛は手に入らなかった。

朱鷺王はそんな比羽理媛と同じ性を持つ息子である。厳しくし過ぎれば、自由を求めて遠く飛び立ち、永久に自分の手から離れてしまうかもしれない。

朱鷺王が王子の身分に何ら執着していないことを知っているからこそ、そんな不安が消えないのだった。

大王親征

王宮へ連れ戻された朱鷺王《ときおう》は、一通りの説教と弟妹たちからの熱い歓迎を受けたあと、ぐったりと自室の榻《しじ》に寝そべっていた。

そこへ、軍の閲兵《えっぺい》と調練に出かけていた父王が宮殿へ帰ったとの報《しら》せがあり、私室へ呼びつけられた。

「妻《め》求《ま》ぎの旅で、花嫁は見つかったか？」

史廉《しれん》と同じことを訊く父に、朱鷺王はむっつりと答えた。

「見つかりましたが逃げられました。ちなみに父上の後宮から攫《さら》った娘です」

「なに？」

大王は驚いたように眸《め》を瞠《みは》った。その反応に朱鷺王の方も驚いた。

「あれ、母上から事情を聞いていませんか」

「比羽理媛《ひばりひめ》は、どこかへ遊びに出かけてしまったらしく、私が帰った時には姿が見当たらなかった。まあ出迎えてもらえないのはいつものことだ」

「すっかり母上に調練されていますね、父上は」

けろりとした顔で言う父に朱鷺王は肩を竦《すく》め、花の媛君《ひめぎみ》誘拐事件の真相について母に説明したのと同じことを話した。

「――要するに、私の生命《いのち》を救うためにしたことだと？」

「それはもう、父上に何かあっては困りますからね。この世で最も父上の健康と長寿を願っているのは俺だという自信はありますよ」

「そう言われて、まったく喜べないのはなぜだろうな」

大王が小さく苦笑する。

王位の継承を先延ばしにしたいから父の長寿を望んでいる――その魂胆はしっかり見通されているようだった。朱鷺王は二度《ふたたび》肩を竦めて見せ、話を変えた。

「それはさておき、異花王《ことはなおう》の謀反《むほん》の企《たくら》みをどうするつもりですか。今回は未遂に終わりましたが、大王暗殺は大逆罪です」

「どうもしないさ、今のところはな」

「どういうことです」

「宇天那《うてな》を潰《つぶ》すことなどいつでも出来る。今はそれより、悪鬼《あしきもの》の討伐が先だ。最近は都の近くにも出没するようになった。東の足日洲《たるひのしま》では大軍団に襲われた郷《さと》もあるというし、西の幸瑞葉洲《さきみずはのしま》にも現れるようになったと聞く」

「西にも――」

「ああ。西はまだ数が少ないからいいが、北と東から下ってくる数はもう捨て置けるものではない。この都にまで押し寄せられる前に打って出て、あの土人形どもをすべて土に還《かえ》してやらねばならぬ。今日も、そのための閲兵に出かけていたのだ」

「――まさか、親征ですか。父上ご自身が討伐軍を？」

大王は大きく頷き、朱鷺王を見た。

「おまえも行くか？　鉄の鎧《よろい》と武器で固めた大軍団を編制する。長い東征にはなるが、勝ちは見えた戦《いくさ》だ。おまえは後方でふんぞり返っているだけでいいぞ」

朱鷺王は大きく頭《かぶり》を振った。

「俺は戦なんて真っ平ですよ。勝ちが見えているなら、父上だけでどうぞ。ただし、父上こそ後方でふんぞり返っていてくださいよ。うっかり前線で張り切って、無駄な傷を貰わないように。だんだん夜が冷えるようになりますから、身体にも気をつけて」

「冷たいのか優しいのかわからん物言いの息子だな。そんなに心配なら、一緒に来ればいいだろう」

「それは面倒臭いから厭《いや》です」

「相変わらずはっきりものを言う奴だ」

苦笑いしながら、今度は大王の方が話を変えた。

「ところで、おまえが惚《ほ》れたというその花の媛の替え玉は、どんな娘だ？」

「どんなって――……生真面目《きまじめ》で、頑《かたく》なで、世間知らずで、異花王一筋で、ちっとも俺の言うことを聞かない、難しい娘ですよ。どうやったら手に入るのか、見当もつかない」

朱鷺王が少しむくれて答えると、大王は声を上げて笑った。

「おまえは、気ままなところが母に似ているかと思えば、女の好みは私に似たな！」

「母上にも同じことを言われましたよ」

容姿は父親似だが、性格は母親似であることは自他共に認めるところである。けれど女の趣味に関してだけは父に似たという自覚もあった。とにかく惚《ほ》れた女に弱いのだ。

母のことを父はいつも、「まったく言うことを聞かん。だがそこがたまらんのだ」とにやけ顔で言っている。自分もそうなのだ。日奈《ひな》は世間知らずで頑固で、まったくこちらの思うとおりにならない。だがそこがたまらないのだ。追いかけたくてたまらなくなる。

嬉しいわけでもない父との共通点に憮然としていると、明るい声で父が言う。

「おまえがその娘を欲しいというなら、この東征を済ませたあと、宇天那を滅ぼして攫ってきてやろうか。どうせ今頃、異花王の許《もと》へ復命に戻っているだろう？　異花王と宇天那には大逆罪を贖《あがな》ってもらうが、娘ひとりを目こぼしするくらい、どうということもない。その娘《みめ》を妃に迎えさせてやれば、おまえがおとなしく私の跡を継ぐ気になるなら、安い話だ」

　名案を語る顔の父に朱鷺王は「やめてください」と答えた。

「そんなことをしても、あの娘は俺のものにはなりませんよ。それどころか、俺が大王の長子だなんて知った日には、口をきいてくれなくなるかもしれない。そんなことになったら、この世の終わりだ。お願いですから、日奈に俺の身分をばらすようなことは絶っっ対やめてください」

　本気で懇願する息子に、大王は大きなため息をついた。

「……惚れた女にはとことん弱い。本当に、余計なところだけ私にそっくりだな、おまえは……」

「どうやら、両親のどうしようもない部分だけを取り出して出来上がったのが俺、ということみたいですね。弟たちに期待した方がよさそうですよ」

　おどけて言ってみせる朱鷺王を大王が睨《にら》む。

「無能を装うな。いずれおまえも、面倒臭がってはいられぬ時がやって来る。私が留守をする間、王宮を頼むぞ」

　それからしばらくして、大王が率いる悪鬼《あしきもの》討伐軍が都を発《た》った。

　鉄の武器で悪鬼を蹴散らしながら進む大王軍の、景気の良い戦況報告を受け取りながら、朱鷺王は日奈《ひな》の行方に想いを馳せていた。

日奈——。

今、おまえはどうしている？

宇天那にいるのか？　無事に辿《たど》り着いたか？

任務に失敗して、罰を受けたりしていないだろうな？

出来ることなら宇天那へ飛んで行きたいが、大王東征中の今、朱鷺王にまで都を空けられてはならぬとばかり、監視の目が厳しくなっている。

これは当分、王宮を抜け出すのは難しそうだった。

宇天那《うてな》まほろば

宇天那《うてな》へ戻って数日は半病人のようだった日奈《ひな》だが、一度普通に動けるようになってからはぐんぐん体力と霊力が回復し、半月も経《た》たないうちに元通りの身体になった。

足の一蹴りで簡単に高い木の枝へ跳び上がれるし、明日の天気を先見《さきみ》の力で当てることも出来る。畑の種蒔《ま》きも収穫も、そこを荒らす獣を追い散らすことだって霊力で手伝ってやれた。もちろん再び肌に浮かんだ傷を癒《いや》すことも出来た。宇天那の外で失っていた能力をすべて取り戻した。

その上、事情も知らせぬまま都に残してきてしまったと案じていた随行たちは、皆何事もなかったかのように宇天那王宮で働いていた。都へ随《つ》いてきたのは異花王《ことはなおう》の霊力が作り出した彼らの分身《わかれみ》であり、実体はずっと宇天那にいたのだという。今頃、都の分身は花のように散り消えているから心配はないと異花王に教えられた。

異花王の力はそのようなことも出来るのかと感心し、安心もしたが、しかし日奈を取り巻くすべてが元に戻ったわけではなかった。

日奈は夜毎《よごと》、川彦《かわひこ》との旅で経験したことを夢に見た。とりわけ、狭真魚《さまな》が死んだ光景の繰り返しが日奈の心を苛《さいな》んだ。

結局狭真魚は、日奈を庇《かば》い、海を見ることなく死んだ。

日奈は狭真魚に海を見せてやりたかった。海に焦がれる魚の裔に、魚の名を持つ少年に、彼自身と同じ名前の魚を見せてやりたかったのだ。

――それが叶《かな》わなかったのは、わたしに力がなかったせいだ。

大御神《おおみかみ》から与えられた霊力で、なんでも出来る気になっていた。なんでも守れると思っていた。けれど自分は何も出来なかった。

宇天那にいれば、なんでも出来るのに。霊力で人を助けられるのに。宇天那の外へ出ると、自分は何の役にも立てない。ただの非力な娘だ。

自分がそれほどに無力なのだと、考えたこともなかった。異花王を助けるという立派な役目をいただき、それを誇りに意気揚々と暮らしていたのに。

本領を発揮出来なかったのが悔しいのか。人の役に立てなかったのが悔しいのか。感謝してもらえなかったのが悔しいのか。褒《ほ》めてもらえなかったのが悔しいのか。

自分が悔しがっている理由は何なのか。人を助けられなかったからか。ありがとうと言ってもらえなかったからか。自分は何のために人の役に立ちたかったのか。自分は何のために生きていたのか——。

宇天那に帰って以来、そんな問いが頭の中で渦を巻いている。

宇天那《ここ》にいれば、自分はこの霊力で人の役に立てる。難儀している人を前に、何も出来ない無力感を味わわずに済む。何のために、なんて余計なことは考えなくていい。ただ身体を動かし、霊力を放てばいい。

だったらずっと宇天那にいればいい。大八洲《おおやしま》中を神庭《かむにわ》の裔《すえ》が治める場所にしてしまえばいい。それが大君様の目指す世界なのだから。

この大八洲を覆《おお》う金気《かなけ》が消えれば、神庭の裔は昔のように生まれ変わり、数を増やしてゆく。そうすることによって、根《ね》の国《くに》の悪鬼《あしきもの》たちもずっと地下に封じ込められる。

それが正しい世界の形——そうは考えられなくなっている自分に、日奈は戸惑《とまど》っていた。

川彦との旅で、何かを変えられてしまった。

宇天那の外で、霊力を持たない人々が、金気の力を利用しながら生きている姿を見た。今、この大八洲に必要とされているのは、本当に神庭の裔なのだろうか？　宇天那で、この狭い世界で霊力に頼って生きることは、己の無力さから目を背《そむ》け、逃げているだけのように思えてしまうのだ。

そんなある夜、日奈は恐ろしい夢を見た。

大八洲の各地で、一度倒されて土くれとなった悪鬼が蘇《よみがえ》り、再び暴れているのだ。蘇っても完全な人形《ひとがた》になり切れないその姿は醜悪さを増し、容赦なく人々の生命《いのち》を奪う行動は凶暴さを増していた。

驚いて飛び起き、翌朝、そのことを異花王に話すと、それは神夢《かむゆめ》——神が見せ給《たも》うた現実の光景だとの答えがあった。

「あれが、現実《うつつ》とは——どういうことなのですか」

「鉄《くろがね》の武器《つわもの》で悪鬼《あしきもの》を倒しても、一時《ひととき》の凌《しの》ぎだと言っただろう」

異花王は語った。

「確かに悪鬼は鉄に弱い。だが鉄で打たれて土くれになっても、完全《まこと》に滅んだわけではない。霊力《みちから》をぶつけて塵《ちり》にするか、あるいは霊力で縛って根の国へ封じ込めるか、そうしない限りは、時が経てばまた蘇るのだ」

「蘇る……」

日奈は夢の中で見た恐ろしい光景を思い出し、身を震わせた。

「あれは……悪鬼というのは、そもそも何なのですか？　どうしてあんなものが根の国にいるのですか？　根の国とは死人《しびと》の国なのでは？　あれは死人なのですか？」

「悪鬼の正体《まことのすがた》は、荒ぶる国つ神だ」

さらりと言った異花王に、日奈は驚いて眸《め》を見開いた。

「あれが――国つ神……!?」

あんな醜《みにく》いものが、神の姿だというのか？

「太古《ふるいむかし》、神庭の生きものが彼《あれ》らを根の国へ追い遣《や》ったことで、大八洲は稚《いとけな》い中つ人たちが平らかに暮らせる地となった。だが国つ神は、中つ人のせいで己らが地上《ちのうえ》を追い払われたのだと逆恨みした。そんな国つ神の恨みが固まった姿が、あの悪鬼だ。己らを根の国へ閉じ込めて、のうのうと地上で暮らしている生きものが許せぬのだ。だから地底《ちぞこ》から這い出た悪鬼は、人も獣も、目に付く地上の生きものを殺し尽くそうとする」

「そういう、ことだったのですか……」

心も何もない土の塊のようなあれは、中つ人への恨みが固まったものだったのか。だからあのような酷いことが出来るのか――。日奈はようやく得心して頷いた。

「だがな――日奈。考えてもみなさい。我ら神庭の裔が守ってきてやった中つ人が、あろうことか、今度は我らを大八洲から追い遣ろうとする。まことと、恩を仇《あだ》で返すとはこのことではないか？　思い上がった大王家に、国つ神を返してやろう――そうは思わぬか、日奈」

「え……？」

日奈はぱちくりと瞬きをした。異花王の言っていることの意味が摑めなかった。

「気づいておらぬのか。そなたはすでに、その手伝いをしているというのに」

「手伝い？　何の――」

戸惑う日奈に異花王は告げた。

「そなたが蒔いた天つ種。あれが根の国の悪鬼《あしきもの》を呼び起こしているのだ」

「!?」

日奈は言葉を失ったまま、異花王の計画を聞いた。

宇天那を出立する際、異花王から渡された天つ種。蒔けばあっという間に育ち、実を付ければ一日で枯れるが、地中に残った根は地底深くまで伸び、根の国の悪鬼を呼び起こし続けるのだと。

「私としては、宇天那から都までの道筋で、そなたが種を蒔いてくれればそれでよかったのだ。その範囲《なか》で悪鬼が暴れるだけでも、効き目はあった。だが思いがけずそなたは、賊《あた》に攫《さら》われていくつもの洲《しま》を連れ回され、多くの地で種を蒔いてくれた。そのおかげで、当初《さき》の計算《よみ》を超える悪鬼が呼び起こされ、大八洲を乱れさせているというわけだ」

「わたしのせいで、悪鬼が……!?」

「元々まだ悪鬼の動きがなかったこの幸瑞葉洲《さきみずはのしま》や大御鏡洲《おおみかがみのしま》では、根を伸ばして呼んでも、ちらほらとしか起きてこなかったようだがな。都に悪鬼を溢れさせて大騒ぎを起こせなかったのは計算違《よみ》いだったものの、元々動きが激しかった東の地では、そなたが蒔いた種が多くの悪鬼を呼び起こしてくれた。仲間の動きに誘われて暴れ出した者も多いだろう。奴らが地上《ちのうえ》へ湧き出すこの連鎖《ながれ》はもう止められない」

「そんな――」

日奈は顔色を失い、がたがたと震えた。

そうとは知らず、少しでも霊力を取り戻せないものかと、あちこちで天つ種を蒔いてしまった。木はすぐに枯れ落ちるから人の迷惑にはならないだろうと思っていたのに、地下でそのような恐ろしいことを引き起こしていたとは――。

「事ここに到れば、我らが手を下さずとも、悪鬼が大王家を滅ぼしてくれる。鉄の武器を持っただけで勝った気になるなど、中つ人らしい浅はかさ。いくら鉄の武器で叩いてやっても、すぐにまた頭を出す土竜《もぐら》叩きだ。先に息切《いくたび》れを起こすのは人の側だろう。天つ霊力でなければ、悪鬼を封じることは出来ない。幾度でも蘇る土の人形《ひとがた》に踏み潰《つぶ》され、神庭の裔との力の違いを思い知ればよいのだ」

呆然としたままの日奈に、異花王は少し遠い目をして続ける。

「そもそも、国つ神を根の国へ追い払ったのが間違いだった。そのせいで足元に火種を抱えることになった。追い遣るのではなく、滅ぼしてしまえばよかったのだ。この折に、後《こう》顧《こ》の憂《うれ》い――仇《あだ》し種《ぐさ》を断つ」

「後顧の憂い……」

「そうだ。生者《こちら》からは根の国へ行けぬ以上、国つ神を根の国から地上へ誘《おび》き出し、それらをすべて打ち滅ぼすのだ。大王家は悪鬼に倒され、悪鬼は我ら神庭の裔が滅ぼす。膿《うみ》を出し切って、大八洲の大掃除《さらい》をする。そうしてから新しく創る大八洲は、足元に何の禍《わざわい》もない国となる――」

「……で、でも……」

日奈はふと気になったことをおずおずと訊《たず》ねた。

「国つ神は、根の国へ追い払われ、打ち滅ぼされなければならないような、どんな悪いことをしたのですか？　そもそも、この大八洲に初めにいたのは国つ神で、中つ人も神庭の生きものも、彼らの後に生まれ、やって来たのでしょう……？」

昔話では、「荒ぶる国つ神」と一言で語られ、それだけで邪悪な存在と皆が納得するが、具体的な国つ神の罪を日奈は知らなかった。

日奈の問いに、異花王は意外な質問をされたというような表情で答えた。

「国つ神は、天下《あめのした》のあらゆるものから生まれる神。この大八洲が生まれた時、自ずと生まれ出た神だ。国つ神は、稚《いとけな》い中つ人たちに、捧げものを求めた。それを寄越さなければ、暴れ、災害《わざわい》を起こした。そのために多くの人が死んだ。国つ神の振舞《ふるまい》を見かね、大御神は神庭の生きものを大八洲に遣《つか》わしたのだ。神庭の生きものは天つ霊力を以《もっ》て、国つ神を根の国へ追い払った。――国つ神には驕《おご》りの罪があった。追い遣られて然るべきなのだ」

「――……」

日奈は俯《うつむ》き、混乱した頭で必死に考えた。

――大君様のお言葉はいつも正しい。

そう信じてきた。今もそう信じている。国つ神は人々に害を与える悪しき神だった。ならば、追い払ったのは正しいことだと思う。

けれど、その悪しき神々を再び地上へ引っ張り出し、人々を襲わせることが正しいことだとは思えなかった。いくら大八洲の未来を考えてのことだったとしても、もっと他にやりようはなかったのだろうかと思う。

――少なくとも、わたしはやりたくなかった。天つ種をばら撒く役目《つとめ》なんて。

いや、わたしが蒔いたのは天つ種じゃない。人々に禍を呼ぶ、禍《まが》つ種だ。

心の中でそうつぶやいた時、異花王の命《めい》に異を唱える己の心に日奈は大きく動揺した。

そして、つい今、国つ神の罪について訊ねた時、意外そうな表情をした異花王の顔が脳裏に蘇った。それはそうだろう。今まで日奈は、異花王の命になぜを問うたことがないのだ。

日奈にとって異花王は、絶対的に正しい存在。絶対に従うべき存在だった。その命令どおりに働けばいいと考えるだけで、命令の意味を問おうと考えたことはなかった。問わなくても、必要なことは説明があったし、説明がないことは自分には難しいことなのだろうと素直に納得していたのである。

だが今の日奈は、異花王に訊《き》いてみたいことがたくさんあった。

日奈は顔を上げ、ひとつ唾《つば》を呑み込んでから訊ねた。

「――大君様は初めから、わたしに大王を殺すことは出来ないとお思いだったのですか？　だから、わたしに天つ種を？　悪鬼《あしきもの》たちに大王家を倒させるおつもりで？」

異花王は頭《かぶり》を振った。

「そなたを信じていなかったわけではない。大王が死んだあと、その混乱《みだれ》を衝《つ》いて大王家をさらに揺さぶるには、悪鬼を使うのが最も良いと考えたのだ。しかしそなたが東で計算《よみ》を超える数の悪鬼を呼び起こしてくれたおかげで、大王は親《みずか》ら兵《いくさ》を挙げざるを得なくなった。蘇り続ける悪鬼の群れに囲まれ、大王が生きて都へ帰ることはないだろう。結果《こたえ》としては、そなたが大王を殺したのも同然《おなじ》だ。そなたは役目《つとめ》を果たした」

「……」

役目を果たしたと言われても、まったく嬉しくなかった。そのことにも心を重くしつつ、日奈は続けて訊ねる。

「教えてください。大王家の振り翳《かざ》す鉄が大八洲に禍を呼ぶとは――その禍とは何なのですか？　鉄は確かに、神庭の裔には毒です。わたしは宇天那の外でずっと、金気に中《あた》って何も出来ませんでした。けれど、中つ人たちは鉄に助けられて生きていました。鉄は人の暮らしの役に立っていたのです……」

「目先の手軽さに惑わされてはならぬ。人の欲《おもい》は際限《かぎり》がない。もっと易しく、もっと手軽に、もっと、もっと——ひとりひとりの小さな欲が積み重なってゆくのを許せば、この大八洲はやがて土も緑もない場所《ところ》となる」

「土も緑もない……？」

それはどういう場所なのだろう？　山も畑も地面もない？　そこで人はどうやって暮らすのだ？

「想像出来《わか》ぬだろう。異花王の言う未来の大八洲の姿が、日奈には想像もつかなかった。

見るかもしれぬ。そうしたらわかる。これは、考えてわかることではないのだ。そなたもいずれ、神夢を見るかもしれぬ。そうしたらわかる。金気に覆われた大八洲の凄まじい未来の姿《くるかた》が——。

それは悪鬼《あしきもの》の出現《あらわれ》よりさらに恐ろしい世だ。そんな世を作らぬためには、大八洲を金気ではなく天つ霊力で治める時代《とき》に戻すしかない」

「……」

日奈は質問を続けることをためらい、再び俯いた。何を訊ねても、返ってくる答えは同じなのだと気づいたからだ。

すべては大八洲のため。神庭の裔のため。宇天那の民のため。異花王自身の欲などどこにもない。

——だから大君様のお言葉はいつも正しい。

宇天那の民のため、長く自らの身を犠牲にしていた異花王。今度は、大八洲全体を守るために、残虐とも取れる手段で大王家の支配を断ち切ろうとしている。

そう、異花王が好きでこんなことをしているとは思わない。思わないけれど——。

悪鬼のせいでどれだけの人が殺されたか。狭真魚も悪鬼に殺された。大勢の人を殺してまで守らなければならない未来。それが日奈には見えなかった。だから問いがまた湧いて出た。

「いずれ、都の西でも悪鬼が群れで暴れ出すのですか？　そうしたら、この宇天那にも奴らはやって来るのですか？」

「宇天那は大丈夫《たしか》だ。私の力が郷《さと》を守る。もちろんそなたにも力を貸してもらうが」

「宇天那だけは……？」

「当然《あきらか》なこと。虫の郷も魚の郷も、王が民を守るだろう。悪しき国つ神どもに、神庭の裔への手出しなどさせぬ」

以前の日奈ならば、ここでほっとして、「宇天那のため、わたしに出来ることならば、どんなことでもいたします」とでも言っていたところだろう。だが今の日奈の口からは、そんな言葉は出てこなかった。

異花王が宇天那のために生きていることを知っている。彼のすることはすべて、宇天那のために神庭の裔のために正しいことなのだ。

だから何も疑わず、異花王の命に従ってきた。彼に従っていれば、宇天那は大丈夫なのだ。宇天那が無事なら、大八洲も無事だ。だから自分は異花王が守る宇天那のために働いていればいいのだと思っていた。そう、すべて、宇天那のために。

宇天那のために。

――では、宇天那の外は？

それをずっと、日奈は考えたことがなかった。かつて、日奈の世界は異花王の住む地下宮殿がすべてだった。地上へ出てからは、異花王の治める宇天那がすべてだった。宇天那が大八洲であり、この世のすべてだった。

しかし日奈は、川彦に連れられて本当の大八洲を見た。宇天那の外を見た。霊力を持たない人々が暮らし、悪鬼《あしきもの》たちが跋扈《ばっこ》する世界。大王家の支配に苦しめられながらも、大王家の力で守られている世界。

旅の中、あんたは世間が狭いと川彦に言われ続け、その意味がわからなくて苛々《いらいら》した。けれど今、一度宇天那から出てまた宇天那へ戻り、自分が知っているつもりだった世界の狭さに気がついた。

確かに自分は世間を知らなかった。宇天那しか知らなかった。だから異花王の言葉の中にある優先順位に気づかなかった。

宇天那を守ることと大八洲を守ることは違う。

宇天那に住む神庭の裔が無事でも、その他の大八洲に住む多くの中つ人たちも無事だとは限らない。

異花王は神庭の裔の無事を優先する。大八洲を健《すこ》やかな形に戻すためなら、中つ人たちに犠牲が出てもかまわないと考えている。

異花王は地上の大掃除をすると言った。その掃除には罪もない多くの中つ人が巻き込まれている。神庭の裔だけが救われ、それ以外が踏みにじられることなどあっていいのか？

異花王は、国つ神は驕りの罪によって根の国へ追い遣られたのだと言った。それを言うなら、神庭の裔にも驕りがあるのではないか？

神庭の裔は、人々から捧げものや調《みつき》を取ったりこそしないが、いつまでも中つ人を幼稚な存在と見下して、自立を認めない。大王家はそこを厭《きら》って、神庭の裔を大八洲から追い払おうとしているのかもしれない。この大八洲では、権力の勢力図が変わる度《たび》、追ったり追われたり、結局は同じことが繰り返されているだけではないのか。

——わたしは何を考えている？　わたしはどうしてしまったのか……。

大王家の側に立ってものを考えたり、神庭の裔にも落ち度があるなどと思ったのは初めてだった。頭の中を様々な思いが駆け巡り、動揺と混乱が収まらない。

川彦との旅で、日奈はいつの間にか別の角度から見るということを知ったのだ。神庭の斎側から見るだけではなく、他の立場にいる人々の視点に立って考える、ということが出来るようになった。

だがそれは、迷いに繋がる変化でもあった。情報量が増えれば、取捨選択が必要となる。それをするにも、経験と知識が要《い》る。それが日奈にはまだ足りない。だからどうしていいのかわからない。

川彦は日奈に、広い世界を見せようとした。視野を広げさせようとした。確かにそれは自分に足りないものだったのだろうと思う。けれどそんなお節介をした川彦が真に善意の人だとは思えないし、彼の極端に自由を礼讃《らいさん》する主張が正しいとも思わない。そして、苛《か》烈《れつ》な世直しを進めようとする異花王が完全に間違っているとも思わない。

人の数だけ言い分がある。それぞれに事情があり、それぞれに求めるものが違う。

自分の世間が狭かったのはわかった。それは認める。

――だが、見える世界《ところ》を広げて、それでわたしにどうしろと言いたかったんだ？

日奈はここにいない川彦に、心の中で訊ねた。

今までより広い世界を見た結果、悩みが増えただけだ。自分がどうすればいいのかわからない。異花王と宇天那しか見えていなかった時は、こんな悩みはなかったのに。

――だって、大君様は正しい。宇天那《う て な》神庭の斎のために正しい。

それは確かだと思うのだ。

けれど今の自分は、宇天那さえよければいい、とは思えなくなってしまった。

狭真魚が死ぬまでは、悪鬼《あしきもの》に殺される人々の不幸はまだ他人事《ひとごと》だったかもしれない。救《たす》けられなくて申し訳なく思ってはいたが、それだけだった。

だが自分に懐《なつ》いてくれていた少年が、目の前で自分を庇って生命《いのち》を落とした。耐えられない衝撃と悲しみだった。悪鬼に家族や親しい者を殺された人々は、皆こんな思いをしているのかと思うと、たまらない。

悪鬼を利用して大八洲を掃除すると言う異花王は宇天那のために正しい。けれど、彼はあの悲しみを知らない。けれどそれを間違っていると糾弾《きゅうだん》することが日奈には出来ない。

異花王が神庭の裔を優先させるのは、悪意からではなく、王としての責任感だ。彼はそのように生まれているのだ。川彦のように、勝手なことを言いながらふらふら自由に遊んでいられる男とは、立場が違うのだ。そう思うと、異花王を責められない。

——わたしはどうすればいい？

まだ足りないのか。もっとたくさん世間を見れば、今は考えつかないようなことも考えつくのだろうか？　——だがそれで、さらに異花王の思想と乖離《かいり》した意見に辿り着いてしまったら？　その時はどうすればいい？

自分は異花王の傍《そば》を離れられない。自分は異花王のための鳥だ。異花王のために働くように生まれついている汝鳥《などり》なのに。

——おまえのせいだ、川彦。

おまえのせいで、わたしは要《い》らないことを考えるようになってしまった。大君様だけを信じて、宇天那のためだけに働くことの喜びがわからなくなってしまった。

おまえはわたしをどうしたかったんだ。わたしはどうすればよかったというんだ。

わたしが初めからもっと世の中を知っていて、もっと賢くてもっと強い霊力を持っていたなら、大君様ももっと別の手段《て》を使えたのだろうか。大八洲に禍つ種など蒔かずに済んだのだろうか。狭真魚は死なずに済んだのだろうか。

だが今さらそんなことを考えても、それこそ意味がない。実際に日奈は旅の先々で種を蒔き、悪鬼《あしきもの》たちは呼び起こされ、狭真魚は殺された。その事実は変わらない。

そして恐ろしい事実はさらに数を重ねようとしている。異花王は、大王軍は悪鬼に倒されると言った。大王と、大勢の大王家の兵が死ぬのも自分のせいか？　自分が悪鬼を呼び起こす禍つ種を蒔いたせい？

考えても考えても、混乱した頭は自分を責めることしか出来なかった。

「——日奈、どうした？」

すっかり黙り込んでしまった日奈に異花王が声をかけるのと、激しい混乱と罪悪感が日奈の霊力を再び暴走させるのとは同時だった。

異花王の前で、日奈はぱたりと倒れ伏した。その身からは魂が離れていた。

史廉《しれん》

史廉《しれん》は大陸の生まれで、学者の家系に育った。

しかし二十五歳の時、一族が時の皇帝に疎《うと》まれ、ばらばらに国を逃れることとなった。史廉はひとり、東海《ひがしのうみ》を越えて大八洲《おおやしま》へ渡った。黒金《くろがね》の大王に渡来人の学識を買われ、長子である朱鷺王《ときおう》の傅育《ふいく》役を任じられた。

十歳のやんちゃで自由気ままな王子様には手を焼かされたが、やれと言うほど反発する天邪鬼《あまのじゃく》な性分を把握すると、敢《あ》えて好奇心をくすぐる形で教育し始めた。舶来の珍しい文物をこれ見よがしに置いておけば、新しいもの好き、珍しいもの好きの朱鷺王は、勝手に触って研究してのめり込むのだ。

対象に興味を持ったところでおもむろに講義を始めれば、朱鷺王は乾いた土が水を吸うようになんでもすぐに覚えていった。ただし、興味のない分野に関してはどれだけ講義をしても説教をしても、馬耳東風《ばじとうふう》だった。かと思えば、昨日興味のなかったものに今日は興味津々になる、またはその反対になるという気紛《きまぐ》れもあるから油断はならない。

大王が朱鷺王に抱く期待は理解出来た。史廉自身、朱鷺王をそのように育てたいと思っていた。この大八洲も、小さな勢力同士が争い合う時代を終わらせ、中央集権体制を整えるべき時なのだ。

自分は故郷を追われた身だが、異郷の地で帝王の補佐を務めてみたいというささやかな野心もあった。そんな思いを持って育てたところで、朱鷺王は人に操られるような人間ではないが、だからこそ、彼がどのような道を歩むのか興味深い。朱鷺王の傍《そば》で、この大八洲がどうなってゆくのかを見たいと思っている。

問題は、朱鷺王の性分だった。

朱鷺王は暗愚ではない。物覚えが良く、頭の回転も速く、胆力もある。だが致命的に、飽きっぽい。興味がある時は熱心だが、冷めればそこまでだ。徹底して、己の興味のあることしかやろうとしない。

これは帝王の気質というより、芸術家や職人向きの気質だとは思う。だが、自分勝手で気紛れでも、朱鷺王は不思議に人好きのする人物で、この人の力になりたい、この人のために働きたい、と周囲に思わせる魅力を持っている。人に愛されること、それもまた才能だ。求めて得られるものではない天賦《てんぷ》の才だ。

だが、あなたは得難い能力を持ち、得難い立場にいるのだといくら言って聞かせても、朱鷺王は大王位に興味を持たない。母親譲りの自由な性分が、義務と責任のある立場を徹底して厭《いと》う。少しでも目を離せば、すぐに絹の衣を脱ぎ捨てて放浪の旅に出てしまう。

大王が東征中の今、疑似的に王宮で大王の仕事を経験する良い機会だというのに、大王自身も息子にそれを望んで出立していったというのに、朱鷺王自身はまったくやる気がない。王宮の留守居役を命じられ、遊びに出かけられない不満で暴れられるよりはましだが、無気力に室《へや》で昼寝してばかりというのもどうなのか。

朱鷺王の、己の立場への無頓着さがもどかしくてならなかった。一体どうすれば、この小鳥のように飛びたがる鳳《おおとり》を玉座《ぎょくざ》に繋ぐことが出来るのか――。

爪のない鷹

朱鷺王《ときおう》は、ひたすらおとなしく王宮で過ごし、監視の目が緩むのを待っていた。隙《すき》さえ見つければ、すぐさま抜け出し、宇天那《うてな》へ向かおうと思っていた。

しかし監視の隙を見つける前に、大変な報《しら》せが舞い込んできた。

「大王軍が敗走だと――!?」

朱鷺王はその報告に耳を疑った。

現在、大王軍は足日洲《たるひのしま》で悪鬼《あしきもの》を討伐しているはずだった。鉄で固めた軍勢で悪鬼どもをことごとく土へ戻しており、次は美珠守洲《みたまもりのしま》、古御太刀洲《ふるみたちのしま》、さらに北上してまつろわぬ夷狄《いてき》どもをも征伐出来そうだと威勢の良い報告が来たのはつい数日前だ。それが一転して、何が起きたというのか。

間もなくして、重い戦傷を負った大王を守りながらわずかの敗残兵が王宮へ戻ってきた。朱鷺王は都の守りを固めさせてから、話が出来る状態の将を呼んで事情を説明させた。

「蘇《よみがえ》った悪鬼と離反豪族との挟み撃ちに遭《あ》ったのです――」

足日洲での悪鬼討伐は、初めのうちはまさに快進撃だった。鉄の武器を前に、悪鬼どもは簡単に倒れ、土くれになった。ところが、続いて美珠守洲へ渡る準備を始めたところへ、すでに掃討済みの土地から、再び悪鬼が現れたとの報告が相次ぐようになった。

戻ってみると、確かに悪鬼の大軍団がいる。また根の国から湧いて出たのかと、それらを打ち倒し、再び東へ向かった。すると、そこでもまた悪鬼の軍団が待っていた。倒しても倒しても、各地から「また現れた」「救《たす》けてくれ」の声ばかり、悪鬼に囲まれて足日洲から動けない。

その段に来て、悪鬼どもは根の国から湧いてくるだけではないのだと気がついた。倒されて土くれになったものが、しばらくすると蘇《よみがえ》るのだ。そして蘇りを繰り返すほどに、それは醜悪な姿になり、凶暴性を増してゆく。

何度も蘇りを繰り返した悪鬼の大軍団は手強《てごわ》く、鉄の武器を以《もっ》てしてもさすがに苦戦しているところへ、後方から援軍が現れた。足日洲の大豪族、足日氏《たるひし》と美峰氏《みみねし》を先頭にした足日洲諸豪族の兵だった。救かったと思ったのは一瞬のこと、豪族連合軍は悪鬼ではなく大王軍へ攻撃を始めたのだった。

「なるほどな……。援軍ではなく、大王家に離反する時を待っていた豪族どもの連合軍だったわけだ」

「離反豪族どもは、新品の鉄の武器をどれほど隠し持っていたものか、悪鬼との戦いに消耗していた我が軍はひとたまりもなく……」

「それで？　足日洲の豪族連合軍は、この大御鏡洲《おおみかがみのしま》へ渡ってきているのか」

一応都の守備は固めさせたが、さらに強化が必要か、面倒だな――と朱鷺王がしかめ面《つら》を作った時、将は頭《かぶり》を振って答えた。

「いえ、それが――離反豪族の連合軍は我らを破ったあと、蘇った悪鬼どもに取り囲まれて壊滅状態となり、追ってきてはおりません」

「なんと」

朱鷺王は思わずぽかんと口を開けた。

「これはまた、運が良かったのか悪かったのかわからぬな。悪鬼に救けられたのか――」

可笑《おか》しくなって笑いかけたが、

「蘇りを繰り返して強くなった悪鬼どもは、一度地に潜ってから別の場所へ現れるという芸当を見せます。もしかしたら、地の底を通って海を越え、この大御鏡洲に現れないとも限りません」

という将の言葉に、うんざりと息をつく。

「離反豪族の追撃は免《まぬか》れたが、そもそもの問題は何も解決していないということだな」

悪鬼を掃討するつもりで打って出たものが、逆に相手を強くして逃げ帰ってきたのでは世話はない。

「とりあえずは、使える兵を総動員して都の守備に力を入れろ。俺は父上のお加減を見てくる」

朱鷺王が大王の寝所へ赴《おもむ》くと、そこにはひどい顔色をした父が横たわっていた。

見舞いに来ていた比羽理媛《ひばりひめ》が、息子と入れ違うように退室してゆく。すれ違った母の、これまで見たことがないほど硬い表情が、大王の傷の深さを物語っていた。

「――よかったじゃないですか、父上。いつも出迎えにも来てくれない母上に見舞ってもらえて」

朱鷺王が不安を振り払うようにわざと軽口を叩くと、大王は血の気のない面《おもて》に笑みを浮かべた。

「まったくだ……。怪我《けが》をすれば、あれにこんなに優しくしてもらえるものなら、もっといつも怪我をして帰るのだった……」

「滅多にないことだから母上も心配するのですよ。これがいつもなら、すぐに慣れて、放っておかれます」

「そうか……。そうかもしれぬな……。あれはそういう女だ……」

横になったまま肩を竦《すく》めようとした大王は、傷が痛むのか、顔をしかめた。

「ですから、こんなことはもう勘弁してください。父上が寝込んでいる間、仕事が全部俺に回ってくるのはたまらない」

「そう言うな……。私の跡を継ぐのはおまえだ……。今こそ、おまえの霊力《れいりょく》が必要なのだ……。あの悪鬼どもを消し去れるのは、天《あま》つ霊力のみ……。おまえこそが、今の時代に必要な大王……」

切れ切れに語る父に、朱鷺王は頭《かぶり》を振って答える。

「やめてください。俺ひとりに、膨《ふく》れ上がった悪鬼の軍団をすべて片づけろというのは無茶が過ぎる。いくら霊力があったって、俺は生身の人間ですよ」

「それはそうだ……。だから、神庭《かむにわ》の裔《すえ》にも協力を求める必要がある……。その交渉をするにしても、霊力を持つおまえが最適だ……」

「俺をどれだけ働かせるつもりです。気弱なことを言っていないで、早く父上が元気になって、せっかく神庭の郷《さと》から取った妃《みめ》の伝手《つて》で協力を頼めばいい。父上はまだまだ働けますよ」

しかし朱鷺王の言葉がまったく耳に入っていないかのように、大王は掠《かす》れた声でつぶやく。

「おまえの母と、おまえと……我鳥《わどり》の者には振り回されっぱなしだったが……そんな人生も悪くはなかった……」

「もうやめてください！　そういう話は聞きたくない」

朱鷺王は強い声で言って父王の言葉を遮《さえぎ》り、足音も荒く寝所を出た。

そうして自室へ戻って憮然としているところに、史廉《しれん》から声をかけられた。

「——如何《いかが》ですか。これが、あなたの『自由』が招いた結果です」

きっと顔を上げる朱鷺王に史廉は容赦なく続ける。

「大王のお加減は相当に悪い。早晩の覚悟が必要です」

「……だからなんだ。俺は大王の子である以前に、ひとりの人間だ。個人の自由を求めて何が悪い……！」

朱鷺王は史廉を睨《にら》み、低く声を絞り出した。不機嫌丸出しの朱鷺王に対し、史廉は至って穏やかに言う。

「戦場では、離反豪族軍の兵たちが、託宣のとおりだ、大御神《おおみかみ》の御意思だ、と叫んでいたとのことです。離反する好機を託宣で得ていたゆえに、こうもうまく大王軍を破れたのでしょう。——ですが、こんなことで黒金《くろがね》の大王家は倒れない。大王家にはまだ、あなたがいる」

「……俺がいるから、なんだっていうんだ」

「あなたは本当に、ただ放蕩《ほうとう》していただけなのですか？　諸国を放浪して、有力豪族の様子を窺《うかが》ったりはしなかったのですか。今回、東から北へ向けて旅をしたのは、悪鬼《あしきもの》の動きを見るためだったということは——」

朱鷺王は大げさに肩を竦めて見せた。

「わざわざそんなことを考えるものか。俺は風の向くまま気の向くまま、楽しそうなことがあるところへ流れてゆく。今回の旅は川釣り三昧《ざんまい》を楽しみたかっただけ。俺の居場所を都に告げ口でもされたら面倒だからな、豪族の館の傍なんぞ近寄りもしなかったさ」

「あなたという方は……」

史廉は大きくため息をついた。

「俺を、爪を隠した鷹《たか》だとでも思っているなら買い被りだ！　この愚かさが俺のすべてだ。俺は所詮、自分が楽しむことしか考えられない阿呆《あほう》だ。こんな奴はとっとと見捨てて、出て行きたければ出て行け！」

「情けないことを堂々と仰《おっしゃ》らないでください。たとえ阿呆だとしても、いつまでも阿呆ではいられないのがあなたの置かれた立場です」

窘《たしな》め口調で言う史廉の視線から目を逸《そ》らし、朱鷺王はきつくくちびるを引き結んだ。

——好きでこんな立場に生まれたわけじゃない。

誰もが大王になれるわけではない。だから感謝しろ、有り難がれ、と言われても、押しつけがましく感じるだけで、まったく喜べない。他に欲しい奴がいるなら、大王の座などくれてやるものを。

朱鷺王は、自分は欲しくないものばかりを与えられて生まれたのだと思っている。こんな身分も霊力も、何ならばこんな性分も要らなかった。

そもそも朱鷺王は権力に興味がない。歴史に名を残そうなどとも思わない。生まれた立場を間違えたと思っている。こんな場所に生まれなければ、自分はもっと自由に生きられたのに。

我鳥の性《しょう》は、王者の性ではない。大王の長子がそんな性を持って生まれるべきではなかったのに、何の因果か、そんな風に生まれついてしまった。

国や民のことなどどうでもいいと思っているわけではない。民を苦しめたいとも思っていない。だが、悪意はないが、特段の愛情もない。国や民のために生きることは出来ない。

そんな献身を朱鷺王は知らない。

旅をしていると、市井《しせい》で自由に生きている者たちの中に、同類を見かけたりする。貧しくても彼らは幸せだ。我鳥の性はああ生きるものだ。自分は旅芸人の子にでも生まれるべきだったと思っている。

我鳥は何より自由を求める。その時に楽しいと思ったことをする。昨日考えた目的と違うことでも、今日楽しければ、そちらを選ぶ。人生に辻褄《つじつま》を合わせたいなどと思わない。

自分が大王になっても、誰も幸せにならない。自分には作りたい社稷《くに》の姿もないし、異《こと》花王《はなおう》のように未来を憂《うれ》えてもいない。大八洲のためにしたいことなど何もない。自分はただ、今を好きな女と面白可笑しく生きたいだけだ。そんな者を、王になどしてはいけない。

——そう思うのに、血からは逃れられないのか。

心は空《と》を翔ぶ鳥なのに、身体は血に縛られる。

確かに朱鷺王は今、後悔していた。

史廉が言うように、せっかく諸国を放浪したなら、豪族たちの様子を窺っておけばよかった。彼らが大王家に絶対服従しているわけではないことなどわかっていたはずなのに。

せっかく東へ行ったなら、悪鬼《あしきもの》の動きを注意して見ればよかった。よく観察すれば、連中が土くれから蘇るのだということに気づけたかもしれないのに。

面倒臭がらず、父の親征に随《つ》いて行けばよかった。悪鬼と離反豪族に囲まれても、自分の霊力があれば、活路を開いて父を無傷で逃がすことも出来ただろうに。

「——……」

じっと黙り込んだ朱鷺王の表情に何か感ずるものがあったのか、史廉は厳しい表情で言った。

「あなたはきっと、ここまで追い込まれなければ、やる気にならない方なのでしょう。言葉でどれほどお説教しても、現実にこうやって追いつめられなければ、自分の立場を自覚出来ない。あなたが言って聞いてくださる方であったなら、大王は今頃楽隠居をなさっていたかもしれないのです」

史廉の言葉が胸に刺さった。

確かにそうだ。押しつけられたら反発するが、追いつめられたら立ち向かいたくなる。自分のこの天邪鬼な性分が、父の生命《いのち》を縮めたのかもしれない。

――日奈《ひな》。おまえは俺とは違う。翔ぼうと思えば翔べるだろう。せっかく持って生まれた羽を、腐らせるな――。

心の中で日奈に語りかけてから、朱鷺王は顔を上げて史廉に目を投げた。

「……史廉。兵の中に金衆《くがねしゅう》はどれほど残っている？」

大八洲無残

身体を離れた日奈《ひな》の魂は、悪鬼《あしきもの》に荒らされた無残な大八洲《おおやしま》をさ迷っていた。

黒金《くろがね》の都がある大御鏡洲《おおみかがみのしま》より東、列島のほぼ半分が悪鬼に蹂躙《じゅうりん》されていた。

川彦《かわひこ》との旅で行ったことのある足日洲《たるひのしま》、美珠守洲《みたまもりのしま》。

その先の古御太刀洲《ふるみたちのしま》や夷狄《いてき》の住む洲《しま》。

たくさんの家が潰され、畑が踏み荒らされ、人々の死体が積み重なっていた。

――これはすべて、わたしが禍《まが》つ種を蒔《ま》いて呼び出した悪鬼のせいで起きたこと――。見たくなかった。

けれど目を閉じたくても、魂だけの存在となった日奈の目には瞼《まぶた》がない。だから見たくないものもずっと見続けなければならなかった。

魂には目だけではなく鼻もあるらしい。宇天那《うてな》を離れても、異花王《ことはなおう》の身から漂う芳香の移り香《が》がずっと付き纏《まと》っているように感じた。その甘い香りに酔いそうになったかと思えば、無数の死体が爛《ただ》れ腐る臭《にお》いに吐きそうになる。

大王軍は、どこにいるのだろう。異花王の言うとおり、本当に悪鬼に滅ぼされてしまったのだろうか。気になるけれど、壊滅した軍の死屍累々《ししるいるい》を見たくはない。見たくはないけれど、自分のしたことの結果だと思うと、見なければならないとも思える。

だが今の日奈は自分の意思で動けるわけでもなく、自分がどこにいるのか、どこへ向かっているのかもわからなかった。ただふわふわとあちらへこちらへ視界が移り、洲と洲の間を距離など関係ないかのように飛び回っている。

自分はいつまでこの状態なのだろう。どこへ行きたくて、身体から魂が飛び出したのか。あるいは、死んでもいないのに身体を離れた魂に行き先などないのか。当て所《ど》ない旅など、ちゃらんぽらんなあの男だけで十分なのに――。

そう思って川彦の顔を思い浮かべた時、自分が何かにぐんっと引っ張られるのを感じた。

邂逅

金衆《くがねしゅう》は、黒金《くろがね》の大王家子飼いの精鋭部隊である。その能力は高く、ひとりで数十人分の働きをする。

朱鷺王《ときおう》は、敗残の金衆に指示し、都や宮殿の警備を強化させ、また悪鬼《あしきもの》の動きを探るための斥候《うかみ》をさせた。さらに、離反した足日洲《たるひのしま》の豪族たちの処理、それに浮足立って騒ぎ出した他の地域の豪族たちへの対応、重傷を負って床《とこ》に臥《ふ》している父王の代わりにこなさねばならない仕事は山積みだった。

しばらくの間、黙って真面目《まじめ》に働いていると、さすがに監視の目が緩んできた。これはいいとばかり、こっそり王宮を忍び出て、息抜きの夜釣りと洒落込むことにした。

月の映る静かな川面《かわも》に釣り糸を垂らし、魚信《あたり》を待ちながらつらつらと考える。

――都の守りを固めたところで、問題は解決しない。

斥候の話では、足日洲の悪鬼がこの大御鏡洲《おおみかがみのしま》に現れた形跡はまだないという。だが、足日洲と大御鏡洲との間にある小島に、かなり大きな悪鬼が現れたらしい。それは足日洲で蘇りを繰り返して巨大化した悪鬼と思われる。

確かに悪鬼は海を越えられるのだ。地上を移動する時より時間はかかるようだが、足日洲との間にある小島を伝い、いずれはこの大御鏡洲にも大量の悪鬼が押し寄せるだろう。

連中を完全に倒すには、霊力をぶつけて塵《ちり》に返すしかない。次の掃討戦には、鉄の武器を扱える者ではなく、霊力を使える者が必要となる。そうなれば、父が言うとおり、神庭《かむにわ》の裔《すえ》に協力を頼まなければならない。

だが神庭の裔との交渉はそう簡単ではない。父は、霊力を持つ者同士、朱鷺王が行けばなんとかなると思っているようだが、神庭の裔はそんなお人好しではない。諸国を放浪して何度も神庭の郷《さと》に入り込んだ経験から、彼らの気位《きぐらい》の高さはよく知っているのだ。

魚と虫の郷から人質として取った妃《みめ》も、彼女たち自身は戦闘的な霊力を持っておらず、助けにはならない。そして鉄よりも霊力を恃《たの》むしかない今の状況は、交渉の上で大王家の方が不利だ。相手がいくらでも強気に出られる情勢である。だからこそ、せめて大王自らが郷出身の妃を連れて出向き、礼を尽くして加勢を頼むくらいの誠意を見せたいところだったのだが、父があの調子ではそれも無理だ。

もっとも魚の裔の郷は美珠守洲《みたまもりのしま》にあり、まさに悪鬼禍《か》の渦中にある。郷の王、白珠王《しろたまおう》が郷の民ばかりは守っているだろう。そこに加えて周囲の人々も守ってもらえればいいのだが、狭真魚《さまな》の話から魚の裔も相当に霊力の持ち主が減っているらしいことを考えると、郷の外を守る余裕まではないと断られる可能性が高い。

虫の郷はといえば、宇天那《うてな》とも近い幸瑞葉洲《さきみずはのしま》にあり、あちらはまだほとんど悪鬼に荒らされていない。危険が差し迫っていないという意味で、協力を得るのが難しいと言える。

獣の郷はとっくに大王家自身が滅ぼしてしまったし、花の郷、宇天那の異花王《ことはなおう》は大王暗殺を目論《もくろ》むほどの反大王派なのだから論外である。

「まいったなあ……。頼りに出来る神庭の裔がひとりもいない。まあ、大王家の自業自得とも言えるけどなあ」

おどけた口調で独り言《ご》ち、宇天那といえば日奈《ひな》は今頃どうしているだろうかと思った時。

川面に映った月に重ねて日奈の顔が浮かんだ。

「!?」

逢いたい逢いたいと願っていたから幻を見たのかと思えば、川面にすうっと日奈の姿が立ち上がる。

「日奈……!?　本物か!?」

川面を滑るように歩き、岸にいる朱鷺王の前に立った日奈は、少し身体が透けていた。

明らかに実体ではない。

──これはどういうことだ……？

訝《いぶか》る朱鷺王に、半分透けた日奈が言う。

「川彦……？　ここはどこだ？　なぜおまえがいる？」

「それはこっちが訊《き》きたいことだな。何より、あんたはなんで半分透けてるんだ？」

「透けている？」

日奈は己の身体をぺたぺた触りながら首を傾《かし》げる。

「本当《まこと》だ、身体がすかすかだ……。わたしは──宇天那にいて……そこから飛び出して……魂のまま大八洲を……」

記憶を掘り起こすように訥々《とつとつ》と言う日奈の話をまとめると、彼女はあれから宇天那に戻ったが、また霊力が暴走して今度は魂だけが身体を抜け出し、大八洲をさ迷っていた──ということらしい。

身体は実体ではないが、魂は日奈本人ということだ。そうとわかり、朱鷺王も慌《あわ》てて自分の身体を点検した。

──王子様っぽいものは全部外してきたよな……!?

宮殿でさせられている仰々《ぎょうぎょう》しい恰好から、ちゃんとお忍び用の平装に替えて出てきて、本当によかったと朱鷺王は胸を撫で下ろした。

まさかこんなところで日奈と再会出来るとは思わないではないか。せっかく逢えたのに、身分がばれて嫌われたらおしまいだからな──！（今までが嫌われていなかったかどうかはともかくとして！）

胸を押さえてそんなことを考えている朱鷺王に、日奈は至って真面目な表情で初めの質問を繰り返す。

「それで、ここはどこだ？」

「ここは大御鏡洲だよ。都の近くだ。で、俺は夜釣りを楽しんでたところ。いきなり川の中にあんたが現れて、魚はみんな逃げちまったけどな」

「おまえが魚を釣れないのはいつものことだろう。人のせいにするな。そもそも、こんな徒《ただ》ならぬ時に、のんびり夜釣りなど――」

日奈は眉を顰《ひそ》めて言いながら、途中で何かを思い出したように口を噤《つぐ》んだ。そしてまた口を開く。

「おまえに逢えたなら聞きたかった。あのあと、狭真魚の亡骸《なきがら》はどうなった？」

その問いに、朱鷺王は苦笑して頭を掻いた。

「実は……俺もちょっとした事情で、そこを確認出来ずにあの場を離れちまったんだ。でも、その辺にいた大王家の兵にちゃんと頼んでおいたから、たぶん他の死者と同じように弔《とむら》われたはずだよ」

「まったく頼りにならないな……。一緒《とも》に旅をした仲間じゃないか、どうしてちゃんと弔われるところまで見届けてくれなかったんだ……！」

日奈は朱鷺王を睨《にら》んだが、それが八つ当たりであることはわかっているらしく、あまり長々とは文句を言わなかった。

一方の朱鷺王としては、どうしてまた日奈が霊力の暴走を起こしたのかが気になった。

前回は、狭真魚の死が引き金となった。では今回は？

「日奈……。宇天那で何かあったのか？　お役目を失敗して、異花王にきつく叱《しか》られたとか――」

　魂が身体を抜け出すとは普通ではない。何か、よほどの衝撃を受けることがあったのだろうかと思うと日奈が心配だった。

「……叱られてはいない」

　日奈はぽつりと答え、しばらく何かを逡巡するように黙ったあと、

「おまえのような、頼りにならない男に話してどうなることでもないが――」

　と憎い前置きをしてから、宇天那に帰ってから知ったことを語り出した。

　金気《かなけ》に中《あた》った身体を癒《いや》すためと言って異花王から渡された天《あま》つ種が、実は根の国の悪鬼《あしきもの》を呼び起こしていること。悪鬼の正体は荒ぶる国つ神だということ。異花王は悪鬼を利用して大王家を倒し、大八洲の大掃除を目論んでいること――。

「知らなかったとはいえ、わたしがこの手で禍《まが》つ種を大八洲に蒔《ま》いてしまった……」

　日奈は血を吐くように苦しげな声を絞り出した。かと思うと、強い口調で続ける。

「わたしは、大君様のために生きてきた。大君様のためなら生命《いのち》も惜しくないし、手を汚すことも厭《いと》わないと思ってきた。実際《まさ》に、子供の頃から、大君様を狙う虫の化け物を数え切れないほど屠《ほふ》ってきた。あれは虫の郷の民が化けた姿で、生身《なまみ》ではなかったというが、

大君様を守るためなら、たとえあれが生身の人だったとしてもわたしは殺した。それを間違ったことだとも思わない」

そこまで言ってから、でも——と声を小さくする。

「大君様のお役に立ちたいという想いは変わらない。でも、悪鬼《あしきもの》に荒らされた大八洲を見た。ひどい有様だった——。大八洲をこんな風にするのは厭《いや》だ。わたしはこんな役目《つとめ》をしたくはなかった。大君様の命《めい》がもっと他のものだったらよかったのにと思ってしまう。大君様の仰《おつしや》ることを聞いて、それはおかしいと思ってしまう。大君様の命に従いたくないと思ったのは初めてだ——」

日奈は道に迷った子供のような顔で朱鷺王を見た。

「おまえのせいだ。おまえがわたしを連れ回して、わたしを変えてしまった。わたしはどうしたらいい？　違うと思っても、おかしいと思っても、だからどうすればいいのかがわからないんだ。おまえはわたしに広い世間を見せて、どうしたかったんだ。知っているなら教えてくれ。わたしがしてしまったことへの償《つぐな》いの仕方《わざ》を、大君様の命にどう応《こた》えればいいのかを——」

「日奈……！」

朱鷺王は衝動的に、日奈の透けた身体を抱きしめた。

中身のない身体はやわらかく、少し力を籠《こ》めただけで潰《つぶ》れてしまいそうだった。その頼りない感触が今の日奈の不安定さを表しているようで、一層切なくなった。

日奈自身、暴れて抵抗すれば自分の身体が千切れてしまいそうな不安があるのか、無理に朱鷺王の腕から逃れようとはしなかった。

「——日奈。自分のやりたくないことを無理にやる必要はない。異花王に命じられてやっただけのことを、全部自分のせいだと思いつめることもない」

いつになくおとなしい日奈の耳元に言ってやると、頭《かぶり》が振られた。

「わたしは、おまえのようにちゃらんぽらんには生きられない……。わたしは汝鳥《などり》だ。大君様のために生まれた鳥。おまえのような我鳥《わどり》とは——」

言いかけて日奈は顔を上げた。

「……おまえは何者なんだ？　我鳥は霊力《みちから》を持たないはずなのに、おまえはあの時、霊力で悪鬼を塵《ちり》にした——」

「自分が何者なのかなんて、俺にもわからないね」

朱鷺王は日奈を抱きしめたまま小さく肩を竦《すく》めた。

「生まれた時からこの性分で、この力を持っていた。ただ、おまえはこういう種類の生きものだからこういう風に生きろ、と命じられるのは真っ平だ。自分が何者だろうとかまわない。俺は自分の思うままに生きるだけだ」

「自分《おのれ》が。自分が。おまえはいつも『自分が一番』だな。さすが我鳥だ」

日奈は朱鷺王の腕の中で、呆れたように小さく笑った。

「笑った……！」

朱鷺王は眸《め》を丸くして日奈を見つめた。

「俺の前で初めて笑ったな、日奈！」

初めて見た日奈の笑顔は、優しく目尻が下がり、普段大人びて見える日奈を少し幼く見せてくれた。

「やっぱり——いや、思った以上に可愛かった。もっと笑ってくれ！」

朱鷺王に肩を揺さぶられて笑顔をねだられた日奈は眉間《みけん》に皺《しわ》を寄せる。

「何を言っている。わたしが笑ったところで可愛《うるわし》くなどなるはずないだろう。まったくおまえは、おかしなことばかり言う……。わたしもおまえのようにちゃらんぽらんに生きていたなら、こんな風に悩むことは……なかった……のだろう……か——」

言葉がどんどん弱くなっていったかと思うと、日奈は朱鷺王の腕の中で目を閉じ、くたりと脱力した。

「日奈!?　おい、どうした?」

突然気を失ってしまった日奈を抱いて朱鷺王は呆然とした。

透けた身体の顔色など元からないようなものだったが、身体の感触は先刻より一層頼りなくなっているようにも感じる。そもそも、実体から魂が離れるなどという文字通りの離れ業《わざ》をやってのけているわけだから、無理が祟《たた》るのは当然である。

しかし、ならば早く日奈の魂を実体に戻してやらなければならないが、

「実体があるのは宇天那だよな、そこまで運べってか?」

朱鷺王は苦笑した。

日奈は知らないだろうが、今の朱鷺王は暇《ひま》でもなんでもないのだ。こんな身体の透けた娘を連れて宇天那へ行きたいなどと言い出した日には、史廉《しれん》から大目玉を喰らってしまう。かといって、他の人間に日奈を任せるわけには――。

川辺に佇《たたず》んで唸《うな》る朱鷺王の鼻先を、ふと、そよ風と共に甘い香りが掠《かす》めていった。

「……?」

どこかで嗅《か》いだことのあるような花の香りだが、この辺りにこれほど強い香りを放つ花が咲いていただろうか――と不思議に思った時、今度はたくさんの白い花びらが風と共に夜空を舞った。

そして一際《ひときわ》強い風がびゅうと吹いたそのあとに、鮮やかな花模様の掛衣《かけぎぬ》を纏《まと》った男が立っていた。

「!」

朱鷺王は腕の中の日奈を庇《かば》うように身体を捻《ひね》ってから問う。

「――宇天那の異花王、か……?」

「如何《いか》にも」

噂通りの端正《きらぎら》しい男だった。辺りに漂う妙《たえ》なる香りは、舞い散る花びらからではなく、異花王自身から発せられているようだ。

「……神庭の裔は、郷の外では霊力《れいりょく》が使えないのではなかったか？　あんたは宇天那からどうやってここへ来た？」

朱鷺王の問いに、異花王は事も無げに答える。

「日奈が蒔いた天つ種の根が、大八洲中の地下《ちのした》を這っている。それらを再び育てて咲かせれば、私の力となる」

「この花びらは、天つ実《このみ》の花か！」

道理で嗅いだことがある香りだと思った。気がつけば、辺りには白い花を咲かせる木が林立していた。

「この花の力は、生身を遠く離れた場所へ移動させることも出来るのか」

異花王は、日奈と違って身体が透けていない。実体を伴っているということだろう。

「私が創り出した種だ。私の力になるのは当然《あきらか》なこと」

「なるほどな、あんたにとっては霊力を助ける天つ種、大八洲の人々にとっては悪鬼《あしきもの》を呼び起こす禍つ種、ってことか」

皮肉げに言う朱鷺王を無視して、異花王は日奈を見遣《みや》った。

「日奈の魂が身体を離れてから、もう長い時間《とき》が経《た》っている。魂も身体もかなり弱ってい
よう。このままでは日奈は死ぬ」
「死ぬ!?　じゃあ早く手当てしろよ、あんたの大事な鳥だろう」
朱鷺王が日奈を差し出そうとすると、異花王は片腕を伸ばしてそれを止《と》めた。
「そなたの生命《いのち》と引き換えだ」
「は？」
「ここまで弱った日奈を癒すには、私が創り出した殊《こと》に力の強い天つ種を与えなければな
らぬ。種はこの懐《ふところ》にある」
異花王は懐から小さな錦《にしき》の袋を取り出して見せた。
「これを日奈に与えたいなら、代わりにそなたの生命《いのち》を捧げよ。そなたは、日奈を攫《さら》って
連れ回したという男だろう？　そなたに惑《まど》わされ、日奈は私の許《もと》を逃げた。日奈のその罪
を、そなたが代わりに贖《あがな》うならば、私は日奈を許し、天つ種を与えよう。日奈の生命はそ
なたの生命と引き換えだ」
理解し難い、とんでもない交換条件だった。
まさか異花王が本気で日奈を見捨てるつもりとは思えない。こんなものは自分を試す言
葉遊びで、強引にでも腕の中の日奈を押しつければ、なんだかんだで救《たす》けてくれるだろう
と思ったが、朱鷺王の口は勝手に、

「いいよ」

と答えていた。

「俺の生命《いのち》で日奈が救われるなら、安いものだ。煮るなり焼くなり、好きにしろ」

ところがそう言い放った時、朱鷺王の腕をぎゅっと摑むものがあった。

「やめろ……！」

いつの間にか日奈が目を覚ましていた。

「わたしのために……おまえの生命《いのち》を奪うことは出来ない……わたしのために人が死ぬのを……もう、見たくない……！」

朱鷺王を止めてから、日奈は異花王の方を見遣る。

「大君様――わたしの罪はわたしが……咎めはわたしが受けます……。川彦は関わりない……この男のことはどうか……捨て置いてください……」

「そうはゆかぬ。私の鳥を惑わせた罪は重い。ここで片を付けておかねば、またいつそなたを攫われるかわからぬからな」

異花王を取り巻く香気が一層強くなった。それが花の民の殺気だと朱鷺王が気づいたのは、日奈に一瞬遅れてのことだった。

「大君様――！」

朱鷺王の腕の中で叫んだ日奈の身体がかっと熱くなった。

「日奈、駄目だ！」

そうでなくても弱り切っているというのに、こんな時に霊力を暴走させたら、本当に生命《いのち》を使い切ってしまう――！

朱鷺王が焦《あせ》って日奈を止めようとした時、強い風が吹いて周りの天つ花が一斉に散った。舞い散る花びらが朱鷺王を取り巻き、視界を白く染める。

天地もわからなくなるほどの真白《ましろ》い世界に翻弄《ほんろう》され、ようやく風が止《や》んだ時、腕の中の日奈と、異花王の姿は消えていた。

ほう……と息をついて朱鷺王はその場に座り込んだ。

「なんだよ、結局は日奈を連れ戻しに来ただけだろう。素直じゃない男だな……」

独り言ちながら、驚いていたのは先刻の自分の言動に対してだった。

日々、自分のやりたいことだけをして楽しく生きてきた。何にも誰にも執着したことはなかった。自分のことが一番で、他人のことは二の次三の次。ずっとそうして生きてきた。

それなのに、今は日奈のことが大切でたまらない。

この自分が、まさか他人のために身を投げ出すようなことは絶対にないと思っていたのに、日奈のためなら悩みもせずに生命《いのち》を差し出そうとしたことに驚いた。

本当にあの時は、日奈のためなら死んでもかまわないと思ったのだ。

日奈にはもっと、広い空を翔《と》んで欲しい。もっと屈託なく笑うことを覚えて欲しい。そのためなら自分の生命くらいくれてやると思えたのだ。

だが少し頭が冷えると、あの異花王の許ではそれは無理だと気がついた。

――あの男は、俺よりずっと日奈に執着しているように見えた……。

異花王には日奈を自由に生きさせるつもりはないだろう。あの男の許にいては、日奈はずっと縛られ続ける。

かといって、異花王から日奈を奪うのは相当に難しい。一筋縄ではいかない人物であることを、今日初めて対峙《たいじ》して実感した。

異花王は、初対面の朱鷺王に対して名も身分も問わなかった。それなのに、初めから日奈の身の上と彼女が語ったことを朱鷺王が了解しているものとして話していた。

何をどこまで知っているのかわからない。だから何を考えているのかもわからない。

ただの世間知らずのお綺麗な若様、ってわけじゃなさそうだ――……。

力を与える相手が去り、目の前で枯れ朽《く》ちてゆく天《あま》つ樹《たつき》を見つめながら、朱鷺王は面白くない気分で奥歯をぎりと噛んだ。

◇――*◆*――◇

日奈の魂を連れて宇天那《うてな》へ戻った異花王《ことはなおう》は、床《とこ》に眠る日奈の身体にそれをそっと戻した。

乾いたくちびるに小さな天つ種をひとつ当ててやると、種が白く発光して溶け、日奈の頰に血の気が差した。

「ああ、よかった。見つかりましたか。どこで——？」

手真木《たまき》の問いに、大御鏡洲《おおみかがみのしま》だと答える。

「大御鏡洲？　都ですか」

「ああ、朱鷺王《ときおう》のところにいた」

「朱鷺王」

手真木が表情を少し強張《こわば》らせる。

「日奈は『川彦』と呼んでいたが、あれは確かに大王の長子《このかみ》、朱鷺王だ。かつて獣の郷を滅ぼした取玉氏《とるたまし》の血と、まつろわぬ我鳥《わどり》の性《さが》、そして秘めた天つ霊力《みちから》を感じた。こんなややこしい男は、今の世に朱鷺王の他にいない」

「日奈はなぜ、朱鷺王の許へ——？」

「……」

その問いには答えず、異花王は黙って朱鷺王の顔を思い起こした。

少し試してやる程度の気持ちで突きつけた条件に、朱鷺王はいとも簡単に己の生命《いのち》を差し出そうとした。あれは本気だった。抵抗しようという気配を微塵《みじん》も感じなかった。

日奈のためにそんなことが出来るのは、日奈に惹《ひ》かれているからか？　そして日奈の魂が朱鷺王の許へ飛んで行ったのは、日奈もまた朱鷺王に惹かれているということなのか。

だが日奈は、依然《いぜん》として朱鷺王を「川彦」と呼んでいた。未《いま》だ彼の正体を知らないのだ。汝鳥《などり》の日奈が、我鳥の性を持つ大王の長子と出逢い、惹かれ合った。

これは何を意味するのか。日奈は自分ではなく、朱鷺王を選ぶのか。誓約《うけい》の鳥は、朱鷺王の許へ飛んでゆくのか――？

いや、まだわからない。

日奈は惑わされているだけだ。日奈に『川彦』の正体を教えてやったらどうなる？　彼は大王の長子で、父親を守るために日奈を後宮から攫い出したのだと教えたら？　あの男は神庭の裔の敵なのだとささやいたら。そうしたら目が覚めるだろうか？

――否《いな》。

異花王は眠る日奈を見下ろし、小さく頭《かぶり》を振った。

目が覚めるどころか、そんなことを教えれば、日奈はまた無理をして朱鷺王の許へ魂を飛ばし、彼の真意を問い質《ただ》しかねない。今の日奈は霊力の暴走を起こしたばかりで、心も身体も弱り切っているのだ。これ以上、下手な刺激を与えられない。

何より、異花王は日奈を驚かせたり傷つけたりしたいわけではなかった。

暗殺するつもりだった大王の息子に惚《ほ》れたのか――そんな下種《げす》な問い詰め方をしようとは思わない。日奈が自分を裏切ろうとするなら、傷つけてやる――そんなさもしいことを考えてもいない。

少しずつ呼吸を楽にさせ、頬に赤みを取り戻してゆく日奈を、異花王はただ黙って見つめていた。

◇―*◆*―◇

日奈が目を覚ました時、世界は闇に包まれていた。

自分がどこにいるのかわからずに慌てたが、闇に目が慣れると、そこが宇天那《うてな》王宮の自室だとわかった。

今は夜なのだ。だから暗いのだ。

いつ、ここへ帰ってきたのか。どうやって帰ってきたのか——記憶を遡《さかのぼ》り始めるやいなや脳裏へ蘇《よみがえ》った光景に、どくん、と胸の鼓動が大きく跳ねた。

——大君様、川彦……！

そうだ。川彦と一緒にいるところへ異花王が現れ、川彦が殺されそうになった。それを止めようと必死の力を振り絞った時、異花王の貌《かお》に重ねて、ひとつの光景が見えたのだ。

それは、異花王と川彦が殺し合って共に倒れる姿だった。

驚いたまま気を失ってしまい、目が覚めたのが今である。

――あれは何だったのか……？

先見《さきみ》なのか？　あれは、これから現実に起こることなのか？　それとも、自分が寝ている間にもう起きてしまったことなのか？

不安から来る寒気が背筋を上る。現在の状況を確かめたかったが、眩暈《めまい》がひどくて起き上がれなかった。

いつの間にか再び眠りに落ち、夢の中でまた同じ光景を見た。異花王と川彦が、互いに霊力を尽くして戦い、刺し違えるように共に倒れるのだ。

声にならない悲鳴を上げて目を覚ますと、朝になっていた。

陽《ひ》が高くなってから異花王が見舞いに訪れた。その無事な姿を見てほっとした。

異花王が生きているなら、川彦も生きているだろう。あの光景はまだ現実になっていない。

――まだ。

先見をした恐ろしい光景を、日奈は異花王に話すことが出来なかった。

何かの間違いだと思いたかった。口にしてしまえば、異花王からそれは先見だとはっきり言われてしまえば、どうしていいのかわからなくなってしまう。

けれどそれからも日奈は、床《とこ》を上げられないまま同じ夢を見続けた。見舞いに訪れる異花王の姿の向こうに、同じ光景を見続けた。

これは、先見と神夢《かむゆめ》を両方見せられているのか。この先、絶対に起こることだと念を押されているのか。

その光景は、異花王と川彦の互いに強い霊力がぶつかり合うせいで、視界に激しい光が明滅し、背後にあるはずの風景がよく見えない。だから戦いの舞台がどこなのかわからない。いつ起こることなのかもわからない。何もわからないまま、ふたりが倒れる場面を繰り返し見せつけられる。

仮にこれが、いずれ訪れる未来だとして、自分にどうしろというのか。

今まで日奈は、異花王を守るために先見をしてきた。しかしこの戦いが現実となった時、異花王を守れば川彦が殺される。川彦を守れば異花王が殺される。

どちらかに付けば、もう一方を見殺しにするしかないということだ。

——わたしにどうしろと……!?

宇天那を出る前の日奈ならば、考えるまでもなく異花王だけを守っていた。けれど今は、川彦も死なせたくない。

あの男が死ぬところなど見たくない。あの男は自分に、何かよくわからない影響を与える。そのせいで自分が変わってしまって、それが異花王の気に障《さわ》り、ふたりは争うことになるのだろう。先日もそれで川彦が殺されそうになったのだ。

ならば自分が異花王に完全服従の姿勢を見せれば、川彦との争いは避けられるのだろうか？　あの男とは二度と関わらない、逢うこともないと約束すれば、川彦は助かるのだろうか。

いや、川彦だけを守りたいのではない。異花王も守りたいのだ。川彦は元々、異花王に対して良い感情を持っていなかった。自分が異花王に縛られていると思っている。その思い込みから、自分を救うために異花王を殺そうとするのかもしれない。あるいはあの光景は、そういう展開からのものなのかもしれない。

川彦に異花王を殺させたくはないし、異花王に川彦を殺させたくもない。そのために、自分は何をすればいいのか？

頭を抱え、悩みに悩みながら、日奈はふと思った。

鏡を見たら、どうなるのだろう――？

先見の力を持つ者は、己の先を見てはならない。だから、鏡の中の自分に先見の力を使ってはならない――。手真木《たまき》からずっとそう言い聞かされて育った。

その禁を破り、自分の未来を見れば、自分の行動がわかるのか？　自分がどうするべきなのかを知ることが出来るのか？

一瞬、難題に光明を見出したように感じた。興奮に身体が熱くなりかけたが、すぐに空《むな》しく頭《かぶり》を振る。

それでは問題の解決にならない。

自分が未来に行うことが、正しいことであるとは限らない。自分を先見したところで、ただ自分の選択を、先取りして見られるだけだ。その選択が正しかったどうかは別の問題なのだ。

日奈は床《とこ》の中で大きく身じろぎし、己を抱きしめた。

――その時が来るのはいつ？

先を知りたい。けれど、見たくない。

その場に到れば、自分はどちらかを守るのだろう。ひとつしかない身体では、ひとりしか守れない。自分がどちらを選んだのかを知りたくない。

いっそ誰かが命じてくれればいいのに、と思う。この光景を自分に見せているのが天《あま》つ力《ちから》なら、天つ大御神が自分に、どちらの生命《いのち》を救うのが正しいことなのかを教えてくれれば、それに従うだけで済むのに。

命を受けるのではなく、己で選択し決断せねばならないことが、これほどに苦しく、難しいことだとは知らなかった。

誰のせいにも出来ない。己の行動の正当性を誰にも保証してもらえない。すべての責めを己が負うことの恐ろしさ。

川彦はいつも、自分のしたいようにしかしない。日奈に対しても、自分のやりたいようにすればいいいと言う。

――わたしはどうしたい？

両方を救いたいのだ。

自分は異花王のための鳥なのだから、彼を守るのが当然なのに、彼が殺そうとする川彦《相手》を、彼を殺そうとする川彦《者》をも救《たす》けたい。

そして、こんなことで悩んでいる間にも、大八洲では悪鬼《あしきもの》が暴れ続けている。それを止めたいのに、自分に異花王を止めることは出来ない。

――川彦。こういう時はどうすればいい？

やりたいようにしたくても、自分の望みが自分の力ではどうにも出来ないことだったら、どうすればいいのだ――。

第五章　天離《あまさか》る雛

自由か、天命か

とうとう大御鏡洲《おおみかがみのしま》でも、東から海を渡ってきた悪鬼《あしきもの》が暴れ回り始めた――。

黒金《くろがね》の王宮で父王の代わりに政務を執っている朱鷺王《ときおう》の許《もと》へそんな報告が入ったのは、日奈《ひな》を異花王《ことはなおう》に連れ去られてから三日後のことだった。

今はまだ、鉄の武器で倒して土くれになったものを出来るだけ細かくしてばら撒《ま》き、蘇《よみがえ》りを遅らせることで凌《しの》いでいるが、これ以上数が増えれば、処理が追いつかなくなるのは目に見えていた。

日奈の話で、異花王の魂胆はわかった。早くこの一方的な大掃除計画を止めなければ、大八洲《おおやしま》は悪鬼に滅ぼされてしまう。

ただ、話が単純になったのはよかったと朱鷺王は思っていた。悪鬼を操っているのが異花王なら、彼ひとりを止めればいいだけの話である。

――つまり、俺がちゃちゃっと宇天那《うてな》へ乗り込んで、ささっと異花王を始末してくればいいわけだ。

　そう考えをまとめ、まだ夜も明け切らぬうちに宮殿を抜け出そうとしたところを、うっかり史廉《しれん》に見つかった。

「大王の容態が予断を許さぬ中、そのような粗末な身なりでどちらへお出かけですか」

「いや——これはだな、事の元凶を片づけに行くんだよ」

「どういうことですか」

　適当なことを言ってごまかせそうもないので、急がば回れ、日奈から仕入れた情報をすべて説明した。しかし史廉は厳しい表情で頭《かぶり》を振る。

「いけません。大王があのような状態だというのに、あなたにまで何かあったらどうするのですか。黒金の大王家はあなたを失うわけにはいかないのです」

「じゃあ、俺がここでおとなしくしていたら、どう事態が好転するっていうんだ？　大逆罪を大義名分に宇天那を攻めようにも、大王家に残ったなけなしの兵は悪鬼《あしきもの》への対応で手一杯だし、そもそもあの気位の高い花の王を相手にするなら、鉄の武器で脅すより、同じ土俵に立って霊力でねじ伏せるのが一番効く。そうとくれば、俺が行くしかないだろう」

「かといって——」

「ふん、俺が死んだら？　そうなった時はそうなった時だ」

「朱鷺王！」

「俺が異花王を始末し損《そこ》ねて死んだなら、俺はそれだけの人間だったということ。元から大王になるような器ではなかったということだ」

朱鷺王は真っすぐに史廉を見据えて言い放つ。

「天命だ。おまえの民族はその言葉が好きだろう？」

史廉は天を仰いでため息をついた。

「……卑怯《ひきよう》な仰《おつしや》りようですね。ここであなたを制止《と》めたら、あなたの器を信じていないことになる――」

「ああ。どうせ、俺が失敗したらおしまいだ。大八洲は綺麗に掃除されて、俺が大王に立つ国もなくなる。俺が無事に帰ってきたら、大掃除をやめさせたってことだから、その時は散らかった大八洲で、俺の出来る仕事をするさ」

その言葉に、史廉は大陸風の丁寧《ていねい》な礼を執って答えた。

「無事のお帰りをお待ちしております――」

史廉に見送られて裏門から宮殿を出ると、黥面《げいめん》の男が気配もなく脇に随《つ》いた。差支波《さしは》だった。

「お供しますよ。あなたは野宿の寝床作りが下手《へた》ですし」

「勝手にしろ。ただし、俺は急ぐ。おまえの足に合わせてはやらぬから、随いて来たければ後からゆっくり来い！」

厩《うまや》から一番良い馬を選んだ朱鷺王は、西に向けて勢いよく駆け出した。そうして内心では、史廉を期待させるようなことを言ってしまったな――と苦笑する。

あそこでぐずぐず引き留められたくなかった。素直に送り出して欲しかったからだが、あれでは、父の跡を継ぐのを了承したようなものだ。

――まあ、これが本当に潮時というやつなのかもしれないけどな……。

実のところ、虫の息の父を見ながら、気づき始めてはいたのだ。

自分は、自由を求めていると言いながら、ただ逃げていただけなのだと。いや、大王の長子として生まれた己の定めから逃げ切れるか否か――それを試したかっただけなのだ。日奈と出逢ったことで、神庭《かむにわ》の裔《すえ》という生きものが何を考えているのかを知ることになった。彼らに大八洲を預けていいのか？　大御神《おおみかみ》の霊力に頼り切りでいいのか？　元々疑問に思っていたことに、はっきり否《いな》と答えが出た。

誰かに頼り切りで生きること、支配されて生きる世の中など、真っ平だ。

過ぎ去った昔に興味はない。神さびた過去に戻るより、まだ誰も知らない未来を見たい。この大八洲が、どうなってゆくのかを見たい。今また神庭の裔が大八洲を治めるなら、大八洲は過去に戻ってしまう。

先の世にたまらなく興味がある。いつか、今は地上最強の力を誇る鉄さえも凌駕《りょうが》する新しい力が現れるのだろうか。人が空を飛べるような乗り物が出来たり、月まで旅が出来るような日が来るのだろうか。そんな面白い時代に繋げてゆくためなら、大王になるのも悪くないと思える。

あまりに視野の狭い日奈の世界を広げてやろうと思っていたら、自分の方まで考え方を変えさせられてしまった。自由に生きることを日奈に教えてやろうとしていたのに、自分は大王の座に縛られようとしているのだから笑ってしまう。

——俺は、まあ自分で納得尽くのことならそれでいいんだ。

だが日奈は、自分で自分のことを決めるということを知らない。それをちゃんと出来るようにさせてやりたい。

日奈が異花王のことを語る時、思慕《しぼ》や尊敬の念は十分伝わってくるが、それと同じくらい、辛《つら》そうにも見える。というより日奈は、仕事とは辛いものだと思っている節がある。だから日奈のあんな表情は、彼女の身近な者たちにとっては当たり前で普通なのかもしれない。ゆえに敢《あ》えて指摘されることもなく、本人も平気だと思い込んでいるのかもしれない。だが最近日奈と出逢ったばかりの朱鷺王からすれば、笑わない彼女が痛々しいのだ。

そして今、本当はもう異花王に随《つ》いていけなくなっていることに日奈自身気づいていて、無理矢理自分を押さえつけて仕えているのなら、それは間違っているとわからせたい。

ああ——もう、とにかくなんでもいいから日奈に逢いたい。

目的は異花王にあるのだが、宇天那に向かっていると思うと、日奈に逢いたくて気が逸《はや》る。しかし最後に逢った時の半分透けた日奈の顔を思い出すと、不安にもなった。

異花王はちゃんと日奈を救《たす》けてくれただろうか。日奈はもう元気になっただろうか。

何より、異花王は自分の正体に気づいているようだった。それを日奈に話してしまっただろうか。

以前と違い、今の日奈は大王家に対する敵意が薄れている。自分が大王の息子だとわかっても、それが理由で口をきいてもらえないほど嫌われることはなさそうだが、今度は逆に、大王暗殺の任務を受けていたことを気に病《や》んで、息子である自分とは距離を取られそうな気もする。日奈の性格なら十分あり得る展開だ。

――いや、俺はそんなこと全然気にしないし！　あの親父殿が生命《いのち》を狙われるのなんてしょっちゅうだし！

馬上で身悶《みもだ》え、ぶんぶん片手を振りながら、はたと我に返る朱鷺王である。

「……何をやってるんだ、俺は……」

日奈との再会は楽しみでもあり怖くもあるが、今はそれよりも異花王との対決をどうするかを考えなければならない。敵地に乗り込むのだから、こちらが不利であるのは確かだ。その上で、何が出来るか――。

ふと振り返ると、随《つ》いてきていた差支波の姿が見えなくなっていた。霊力で補助しながら駆けていたので、普通の馬が朱鷺王に随いて来られるわけはないのだった。

そう、事は一刻を争う。この期《ご》に及んで、霊力を使いたくないなどとは言っていられない。

差支波を置き去りに、ひたすら霊力に頼って馬を駆けさせる。海を越えて幸瑞葉洲《さきみずはのしま》へ上陸したところで、宇天那まで一足飛びに駆ける。

小さな花の郷に煌々《きらきら》しく耀《かがや》く王宮は、もうすぐそこだった。

天《あま》つ罪《つみ》

異花王《ことはなおう》は、宇天那《うてな》に居ながらにして、大八洲《おおやしま》中を暴れ回る悪鬼《あしきもの》どもを操っていた。

悪鬼の力で大王家を倒し、大八洲中の鉄《くろがね》を腐食させて始末する。そうして金気《かなけ》に覆《おお》われた大八洲の大掃除をしたら、神庭《かむにわ》の裔《すえ》たちの霊力で再び悪鬼を底つ根の国へ封じ、新たな大八洲を創る――。

そんな異花王の計画を、日奈《ひな》は止めることが出来なかった。自分が逆らえば、川彦《かわひこ》にとばっちりが行くかもしれない。けれどこのままでは徒《いたずら》に人が殺されてゆく。

――わたしは、宇天那にいてさえ役立たずだ……。

霊力があろうと、神夢《かむゆめ》を見られようと、それは今の日奈には何の益にもならない力だった。むしろそのせいでこんなに苦しんでいるのだ。

実際、日奈はなんとか床《とこ》を上げられるようになったものの、まだ身体が十分に利《き》くとはいえなかった。連日の不吉な先見《さきみ》と神夢に神経を消耗し、異花王からもどうしたのかと心配されるほど、顔に憔悴《しょうすい》が表れていた。

「魂離《たまさか》れの業《わざ》はひどく身体の力を損ねる。辛《つら》いなら、まだ横になっていなさい」

「いえ……。わたしは大君様に仕える傛従《しとりべ》です。お傍《そば》に控えさせていただきます」

本当は、異花王の姿の向こうに、新しい先見の光景が見えないものかと一縷《いちる》の望みを抱《いだ》いていた。だからずっと傍で異花王を見ていたかった。それに、もしも何かがあって異花王が川彦の許《もと》へ行こうとした時には、止めなければならないとも思っていた。

しかし日奈の警戒は、思いがけない形で破られた。

それは、異花王が日課《ならい》である萌葱媛《もえぎひめ》と過ごす時間を終え、自室へ戻ってすぐ。萌葱媛の室《へや》に入れない日奈は休憩を取り、改めて異花王の脇に控えた時だった。

不意に、宮殿の中が騒がしくなった。と思うと、珍しくも手真木《たまき》が足音を立ててやって来て、何事か異花王にささやいた。

異花王はそれを聞き、静かな口調で日奈に言う。

「日奈。そなたの夫と名乗る男が来ているそうだ」

「は……？」

何のことだかわからなかった。

首を傾《かし》げている間にも、ばたばたした大勢の足音がこちらへ向かってくる。日奈が反射的に異花王を庇《かば》って前へ出た時、その『夫』とやらいう男が姿を見せた。

「川彦――!?」

日奈は眸《め》を丸くした。引き留めようとする門守《かどもり》や雑役《しもべ》たちを引きずりながら現れたのは、確かに川彦だった。今日も余所者《よそもの》丸出しで、襟《えり》の形が珍しい異国風の出立《いでた》ちをし、腰には鉄の剣《つるぎ》を佩《は》いている。

名を呼んだきり唖然とする日奈に対し、川彦の方も日奈と異花王の顔を見比べながら、少し驚いたような奇妙な表情をしていた。

「なんだ……その顔は？　勝手《すき》にわたしの夫を名乗って、わたしの顔を見て驚くな」

日奈が不機嫌に言うと、

「いや……俺は川彦だ。うん、それでいいなら川彦だ」

川彦は何やらつぶやいて頷きながら、一転して明るい表情になる。

「何を訳のわからないことを言っている？　相変わらずおかしな男だな」

日奈は依然《いぜん》異花王を背後に庇いながら問う。

「何をしに来た？　おまえがいつわたしの夫になった」

「何をしにって、あんたが辛そうな顔をしてる夢ばかり見るんだ。惚《ほ》れた女が苦しんでるのに、放っておけないだろう。で、とりあえず夫だと言えば、嫁さんの職場の中に入れてもらえるかなーと思って」

「ふざけたことを言うな……！　ここをどこだと思っている、宇天那の異花王様の御座《みまし》だぞ！」

憎らしいほど普段通りあっけらかんとした川彦を叱《しか》りつけながら、日奈の頭の中は、この場をどう収めたらいいのかを考えて恐慌状態だった。

まさか川彦が、真正面から宇天那王宮へ乗り込んで来るとは思わなかった。異花王と川彦がひとつ場所にいるということは、あの先見が現実になりかねないということである。どうしても、その展開は避けねばならなかった。

日奈としては一刻も早く川彦をこの場から追い払いたかったが、しかし異花王はこの闖《ちん》入者《にゅうしゃ》を摘《つま》み出す気がないようだった。

「よい。私の客人《まろうど》だ」

異花王はそう言って川彦を正式に室へ招き入れ、人払いをした。残ったのは日奈と手真木だけである。

一体、異花王は何を考えているのか、そもそも川彦はここへ何をしに来たのか。日奈には何もわからず、ただ息を詰め、向かい合って座る異花王と川彦を見つめた。

川彦は、鉄剣の存在を気にする日奈のために、剣を布で包んで隠した。そうしてから先に口を開いたのは異花王だった。

「そなたの訪《おとな》いの向きは、日奈への妻問《つまど》いか？」

川彦は至って平静に答える。

「もちろん、日奈を貰《もら》えるなら貰って帰りたい。が、その前に、あんたに折り入って話がある」

勝手に人を貰う話をするな、と内心で腹を立てる日奈だったが、今はそんな口を挟める状況ではなかった。異花王がゆっくりと瞬《まばた》きし、川彦に話の続きを促している。

川彦はひとつ呼吸を整え、「なあ、異花王様」と含みのある口調で呼びかけてから語り始めた。

「俺は思うんだけどな――人が金気を利用するようになったのは自然の流れだが、あんたがしていることは自然の流れに反することだ。この大八洲は中つ人のもので、神庭の裔のものじゃない。神庭の生きものは、中つ人を導くために天降《あまくだ》ったんだろう。あんたが今やってることは、中つ人を導いていると言えるか？　ただ自分たちに都合の悪い世になったから、力尽くで自分たちの気に入る世界に作り変えようとしているだけじゃないのか」

どうやら川彦は、異花王の大八洲大掃除計画を阻止しに来たらしい。そう悟って日奈は意外に感じた。この男に、そんな真っ当な正義感があるとは思わなかったのだ。

川彦の言葉に、異花王は静かに答えた。

「私は、遥《はる》か遠い先の大八洲を神夢に見たのだ。このまま大八洲が金気に覆われ続ければ、悪鬼《あしきもの》の出現《あらわれ》よりもさらに大きな禍《わざわい》が起こる。それを防ぎたいのだ」

「ふうん？　どんな禍だか知らないが、そうなった時はそうなった時じゃないか？」

川彦の他人事《ひとごと》めいた言い方に異花王が眉を顰《ひそ》めるが、気にせず川彦は続ける。

「自分たちの行いが原因で禍が起きて、それを自分たちで被《こうむ》るなら、自業自得だろ。単に自由行動に伴う責任であって、誰もあんたたち神庭の裔のせいだなんて思わないよ。気にせず放っといてくれればいい」

「先の不幸《わざわい》が見えているのに、捨て置くことなど出来ぬ」

「意外にお節介だね、あんたは」

川彦はおどけて肩を竦《すく》めて見せたかと思うと、

「だからといって、悪鬼を操って罪もない人々を殺すなんて許されないことだろう」

そう言って今度は眸《ひとみ》に鋭い光を浮かべ、異花王を睨《にら》む。しかし異花王は動じなかった。

「誰に許されないと言うのだ？　私の犯す罪はすべて、天《あま》つ罪《つみ》。大御神《おおみかみ》の御意思《みこころ》だ」

その堂々とした宣言に、傍《かたわ》らで聞いていた日奈は思わず平伏《ひれふ》しそうになった。

地上で起きるあらゆる人間的罪悪を国《くに》つ罪《つみ》と呼ぶのに対し、天つ罪——それは罪であって罪ではない。天を起源とする神聖な罪であり、大御神が望んだ罪である。自分はそれを行《おこな》っているだけだと異花王は言うのだ。その断固たる態度に、日奈は恐縮することしか出来なかった。

そしてそれ以降も、異花王と川彦の主張は一向に交わることがなかった。立っている場所が違い過ぎるのだ。

人を導かねば、救わねば、治めねば、と責任感が先に立つ異花王と、己の好きなようにすることが最優先、それで問題が起きても自己責任と考える川彦。ふたりの会話は平行線を辿《たど》るばかりだった。

「——では、そなたは私に何を望むためにここへ来たのだ」

さすがに少しうんざりした表情で問う異花王に、川彦はぽんと手を打って答える。

「そう、それ。そこが本題なんだ」

では今まで長いこと喋っていたのはすべて前置きか、と日奈も呆《あき》れた。だが川彦は、さらに呆れるような要求を口にしたのである。

「こないだあんた、天つ花の力で大御《おおみ》鏡洲《かがみのしま》まで来たんだよな。ということは、あんたの力で大八洲中に天つ花を咲かせれば、郷の外では霊力を使えない他の神庭の裔たちにだって、力を与えることが出来るんだよな？　あの時、周りを天つ花に取り囲まれたら、それまで気を失ってた鳥の性《さが》の日奈だって、目を覚まして霊力を暴走させかけたくらいだもんな」

「それがどうした？」

「だから、その方法で他の郷の奴らも総動員して、悪鬼を封じて欲しいんだよ」

「もちろん、神庭の裔たちで結んで悪鬼は封じる。だがそれは、大八洲の掃除《さらい》を済ませてからだ」

「その掃除の矛先《ほこさき》が逆だって言ってるんだよ。何度も言うが、この大八洲は中つ人が暮らすための土地だ。外ならぬ大御神がそうと決めて、神庭の生きものを降して荒ぶる国つ神を追い払わせたんだろう。だったら今、神庭の裔がするべきことは、中つ人のために悪鬼を封じ、平らげた大八洲を中つ人に委《ゆだ》ねることだろう。素直にその役目を全《まっと》うしてくれ」

日奈は口をぽかんと開けた。

要するにこの男は、真正面から、異花王に計画を中止して大八洲を救《たす》けてくれ、と言っているのだ。しかも、神庭の裔にただ働きをさせて、後のことは中つ人に任せろと。

交渉も駆け引きも何もない、あまりに一方的で図々しい要求に、重ね重ね呆れずにいられない。

だが、これが川彦なのだ――とも思った。

異花王のように、その言葉や態度で日奈を恐れ入らせることなどひとつもなく、いつも呆れさせるばかりの男。

自分の欲求に素直で、利用出来るものはなんでも利用して、人の親切を当たり前のように受け止めてお返しをしようとも考えない、傲慢《ごうまん》な男。

気紛《きまぐ》れで、どうしようもなく自由で、迷惑なほど好き勝手に生きている川彦を見ると、いつしか胸の奥がざわめくようになっていた。

人はひとりでは生きられない。自分は、人の役に立つ生き方に誇りを持っている。川彦のような生き方は間違っていると思うのに。

一方で、この男の行く末を見たい、と思ってしまう。この男はこのまま、どこまで自由に馬鹿馬鹿しく生きられるのか。それを知りたいと願ってしまう気持ちを止められなくなっていた。

日奈は知らず、異花王に縋《すが》りついて懇願していた。

「――大君様、どうか大八洲をお救いください。今、それが出来るのは大君様のみ。そしてその後のことは中つ人に委《まか》せてください。わたしは、過去《むかし》に戻るのではなく、人の手が創る未来《さき》を見てみたいのです。それで仮に禍が起きても、人の手でなんとか出来ると信じたいのです」

異花王は、膝《ひざ》に置かれた日奈の手を優しく取り、けれどその仕種《しぐさ》とは正反対に厳しい眼《まな》差《ざ》しを川彦へ向けた。

「そのような虫の好《よ》い要求《のぞみ》は受け入れられぬ。見よ、そなたに惑《まど》わされて、私の鳥がこのように取り乱している」

「大君様、わたしは取り乱しているわけでは――」

腕に縋りつく日奈の手を飽くまで優しく剝《は》がした異花王は、すっと立ち上がった。

「我鳥《わどり》の男――。そなたこそ霊力《みちから》を与えられた神庭の裔の端くれなら、同じ裔と共に大御神のために働こうと思わぬのか」

見下ろされるのは面白くないとばかりに川彦も立ち上がる。

「俺は誰かのために働くなんて真っ平だね。俺は人を救うためにここへ来たんじゃない。自分が楽しく暮らす場所をなくされちゃたまらないから、あんたを止めに来たんだ」

「そなたに私を止めることなど出来ぬ」

「ま、簡単に聞き入れてくれるとは思ってなかったけどさ。何もせずに土人形どもに潰《つぶ》されて死ぬのも癪《しゃく》だから、せめて一矢《いっし》なりとも報《むく》いたいと思ってねえ」

どこまでも剽《ひょう》げた物言いの川彦に対し、

「まつろわぬ鳥め、神の役に立たぬなら、その羽、折ってくれようか――」

異花王の紅《あか》い眸が、きらりと剣呑《けんのん》な光を転がした。受けて立つように、川彦も眸に不敵な光を浮かべる。

日奈はぎくりとして息を呑んだ。

――いけない！

先見をしたあの光景は、これから始まることを教えていたのか？　まさかこの宇天那で、異花王の室で、ふたりが戦うことになるのか――!?

日奈は慌《あわ》ててふたりを止めようとしたが、その時、窓も開いていない室内に突然風が吹き込んだ。

「!?」

渦巻く風は、どこからか天つ花を運び入れ、室内を真白《ましろ》い空間へと変えてしまった。ずっと黙って室の隅に控えていた手真木の姿も消えている。

「ここには、神庭の天つ霊力を持つ者しか立ち入れない。然為《さす》れば、空《うつ》けた鳥が暴れても館の者を巻き込むことはなかろう」

「お気遣《きづか》い、痛み入るね。でも俺は、自分から喧嘩は売らない主義なんだ。面倒だからな」

「笑わせるな。疾《と》うにそなたは、私に喧嘩《いさかい》を売りつけている……!」

異花王の眸が焔《ほむら》のように燃え上がり、鋭く川彦を見据えた。

これほどはっきりと異花王が怒りの感情を表に出すのを、日奈は初めて見た。

――わたしのせい？　汝鳥《わたし》が我鳥《川彦》に惑わされたから？

違う。惑わされたのではない。自分はただ、彼のおかげで今まで知らなかったものを知っただけなのだ。それを言いたくとも、状況は日奈に発言を許さなかった。

異花王が白く光る巨大な霊力の塊《かたまり》をぶつけて川彦を圧《お》し潰そうとしたのを皮切りに、川彦も赤く炸裂する霊力で反撃し、体力が戻り切っていない日奈は、止めに入るどころか口を挟む余地も与えられなかったのだった。

無数の天つ花に取り巻かれ、外とは遮断された空間が、霊力のぶつかり合いにみしみしと軋《きし》んで揺れる。激しい白い光と赤い光がひっきりなしに明滅し、目を閉じていても開けていても変わらない。日奈はすっかり平衡感覚を失ってその場に座り込んだ。

——どうしよう。ふたりがこのまま戦い続けたら、先見と同じ結末《おわり》になってしまう？　最後《しまい》にはお互いの霊力《みちから》を受け止め合い、相討ちになって倒れる——？

日奈が思っていたよりもずっと川彦の霊力は強く、異花王と互角に戦っている。一方で今の日奈は、どちらかの味方をして戦力になれるような状態ではない。つまり、自分がどちらを選んだところで、勝敗に影響することはない。同じ空間にいるのに、日奈はすっかり蚊帳《かや》の外である。

あんなに悩んだけれど、結局はそういうことだったのか。自分にはどうにも出来ない未来を見せられただけだったのか——。

泣きたい気持ちで顔を上げ、それでもなんとかふたりを止める手立てはないかと目を凝《こ》らして戦いを見つめていると、異変に気がついた。

——大君様の息が切れている……？

はっとして、周囲を見回す。この空間を維持するのにも力を使っている分、川彦より異花王の方が霊力の消耗が激しいのは当然である。

そう思い到った傍から、日奈の目の前で、異花王が初めて川彦の攻撃を避け切れずに衣の袖《そで》を大きく破かれた。

「大君様！」

異花王の反撃が、今度は川彦の額と腕を掠《かす》め、赤い飛沫《しぶき》が散る。

身の外で霊力をせめぎ合わせていた展開が変わり、互いの攻撃が互いの身体に当たるようになってきた。川彦も疲れてきてはいるのだ。

――でも、やっぱり大君様の方が辛そうだ……！

一度は川彦を空間の端まで吹き飛ばすほどの攻撃を命中させながら、異花王はその場に膝を着いて荒い息を吐いている。川彦はといえば、口の端から血を垂らしつつも機敏に起き上がり、未《いま》だ不敵な表情を見せている。

「あんたが悪鬼《あしきもの》を操るのをやめてくれないなら、あんたの息の根を止めて、大八洲中に延びる禍《まが》つ根《ね》を枯らせる。そうすればこれ以上、新しい悪鬼が呼び起こされることはないだろう。数が増えないなら、なんとかなる。なんとかしてみせるさ――！」

川彦の口調には力があった。そして強い眸をしていた。いつもふざけている男だが、本当に大八洲をなんとかしてくれそうに思える力強さだった。

しかし異花王も立ち上がって答える。

「何をどう、なんとかするというのだ。そなたひとりの霊力で、大八洲中の悪鬼を塵に返そうとでも言うのか。出来もしないことを――」

「生憎《あいにく》、出来ないと言われるとやってやりたくなる性分でね」

「戯言《たわごと》ばかり抜かすな。私はそなたなどに殺されはせぬ――」

再び霊力をぶつけ合う戦いが始まったが、目に見えて異花王は攻撃の精度を落としていた。その姿も、綺麗に結われていた下げ角髪《みずら》は乱れ、美しい掛衣《かけぎぬ》は模様も定かでないほど切り裂かれ、川彦の方も大概ぼろぼろではあったが、日頃端正《きらぎら》しい姿を見慣れているだけに、異花王の方が目に哀れだった。

――このままでは、大君様が敗ける？　ということは、相討ちはない？　先見の未来《さき》は変わった？　川彦の勝ち？　川彦が生きて、大君様が死ぬ？

「そろそろけりを付けようぜ！」

再び膝を着いた異花王に向けて、川彦が一際《ひときわ》力を籠《こ》めた攻撃を放った。赤い霊力の塊が目に入ったその時、日奈の頭の中で何かが弾けた。

今まで眩暈《めまい》がひどくて立ち上がれなかったのが嘘のように、日奈は素早く地を蹴って、ふたりの間に飛び出した。そして迷わず異花王の前に身を投げ出し、全身で川彦の攻撃を受け止めた。

「日奈……!?」

「日奈！　この馬鹿、なんでそんなところに飛び出すんだ――！」

日奈の名を叫んだのは異花王と川彦が同時だった。異花王が日奈を抱き起こし、川彦が駆け寄ってくる。

「日奈、なぜ……。そなたはこの男の考えに随《つ》いたのではなかったのか。それなのになぜ、私を庇った――？」

驚いたように眸《め》を瞠《みは》っている異花王の問いに、日奈は川彦の霊力を正面から受けた痛みに喘《あえ》ぎながら切れ切れに答えた。

「わたしは……大君様の傔従《しとりべ》です……。大君様のためなら、生命《いのち》を捨てられる……。そのことに変わりは……ありません……。少し……考えに……賛成出来《わか》るところはあっても……わたしは……川彦のために生命を捨てようとは……思わない……」

「ひどいな、おい。俺は生命懸《いのちか》けちゃうくらいおまえが好きなのに」

こんな時にも茶々を入れるのを忘れない川彦を睨んで続ける。

「おまえは……生きるのを楽しんでいるだろう……。おまえのためなら……一緒《とも》に……生きたいと思う……。でも……辛い道を選んで生きる……大君様のためなら……大君様を守れるなら……わたしは……死んでもかまわない――」

理屈になっているのかどうか、痺《しび》れた頭ではよくわからなかったが、結局、自分は異花王を選んだのだと日奈は納得していた。そのために生まれた身なのだから、当然の帰結なのだ。

ただ、異花王のために死ぬのに悔いはないが、大八洲の行く末だけは気に懸かった。

「大君様――どうか……大八洲を……中つ人の手に……」

どのくらい動かせているのかも自分ではわからない腕を動かし、必死に異花王に縋りつく。見上げた異花王の眸は、驚くほど穏やかに凪《な》いでいた。

「……大君様……？」

「日奈。そなたの想いはわかった――」

優しい声で言い、笑みさえ浮かべて異花王は口ずさむ。

「天離る《あまさかる》　鄙《ひな》の夢路に　神鳥《みどり》飛ぶ　我《われ》こそ汝《なれ》も　雛《ひな》よこの雛」

「……？」

頭が回っていない今の日奈に、異花王が詠《よ》んだ歌の意味は咄嗟《とっさ》に理解出来なかった。そんな日奈の頭を撫で、異花王は言った。

「日奈。私はそなたのために生きていたのだ」

「え……」

「そなたが私のために生きていたように。私もまた、そなたのために生きていたのだ――」

天離《あまさか》る鄙《ひな》の夢路

白く透ける髪と焔《ほむら》のような紅《あか》い眸《ひとみ》。異形《いぎょう》に生まれた神庭《かむにわ》の花の裔《すえ》、異花王《ことはなおう》は、またその豊かな香気と強い霊力ゆえ、虫に好まれた。

神庭の裔は年々数が減り続け、花の裔だけでなく虫の裔も減少の一途を辿《たど》っている。虫の裔にとって、花の裔は格好の餌《えさ》。霊力を保つために、異花王を喰らうのだ。残り少なくなった神庭の裔たちの間で霊力の奪い合いが始まっていた。

神庭の花を狙う虫の化生《けしよう》は、土の下を通ってやって来る。虫に喰らい尽くされても己の霊力で再生出来る異花王を宮殿の地下に籠《こ》めておけば、彼が化け物の相手をしてさえくれれば、化け物は地上へ出てこない。

ゆえに異花王は宮殿の地下に幽閉されることとなった。昼の内は、身の回りの世話をする者も出入りするが、化け物が出没する夜には誰も近寄らなくなる。

自分ひとりがこの苦痛を引き受ければ、郷《さと》の民は救かる。そう思えばこそ、異花王は幽閉の身に甘んじていた。だが、身体を虫に喰われながら、考える。

――死ぬまで私はこのままなのだろうか。

いつか自分が死んだら、誰がこの役目を引き継いでくれるのだろう?

自分ほどの霊力を持たない、数少なくなった神庭の花たちは、簡単に化け物に喰らわれてしまうだろう。それでは神庭の花が絶えてしまう。

宇天那《うてな》のために、自分はどうすればいいのだろう――。

ある昼の最中《さなか》、神夢《かむゆめ》を見た。

地上に金気《かなけ》が増え、大御神《おおみかみ》の天《あま》つ霊力《みちから》が薄れたせいで、底つ根の国から悪鬼《あしきもの》どもが溢《あふ》れ出していた。それに対抗するため、人々は鉄《くろがね》の武器を取って戦う。何度でも蘇《よみがえ》る悪鬼を倒すために、金気の武器はどんどん大掛かりになってゆく。

悪鬼との戦いが終わっても、人々は金気の力を利用することをやめない。

やがて、大八洲《おおやしま》全体が金気に覆《おお》われると、山も川もなくなってしまった。大地は贋物《にせもの》の石に覆われ、土も草も見えない。その上を鉄の塊《かたまり》が走り、空を鉄の船が飛ぶ。戦《いくさ》には鉄の塊が飛び交い、大勢の人間が死んでゆく。

これが大八洲の未来ならば、なんとかしなければならないと思った。

しかし、自分はここから動けない。

なんとかしなければならないのに、何も出来ない。宇天那を救うことも、大八洲を救うことも。一体、こんな自分になぜこのような神夢が下りるのだろう?

夜毎、生きたまま虫に身体を喰われる苦しみが続く。

もうどうでもいい。このままここで儚《はかな》くなってしまいたい、と思うこともある。

けれどそう思っても、朝になれば身体は再生する。そして弱気を窘《たしな》めるかのように、変わり果てた大八洲の神夢が下りる。

大御神は何をお考えなのか。自分にどうしろというのか。

悶々と悩んでいた時、地下宮殿へ手真木《たまき》という青年が現れた。

文学《ふみはかせ》としてやって来た男だったが、彼はまた覡《かんなぎ》でもあった。彼は異花王のために神言《かむごと》を

得たのだと言った。曰《いわ》く、

「宇天那の異花王の許《もと》に、宿願《ねがい》を叶《かな》える汝鳥《などり》が降り立つ」

それを聞いて異花王の頭に浮かんだのは、

——私の宿願とはなんだ？

という問いだった。

宇天那を守ること？　大八洲を守ること？　それとも、こんな生きにくい地上を捨てて天上の神庭へ還《かえ》ること？

託宣の示す『宿願』というものが、自分の心の中にあるどの望みを指しているのかがわからなかった。自分が一番望んでいるものが、自分でもよくわからない。

だがそれ以来、異花王は、光る小鳥が自分の許へ舞い降りる夢を見るようになった。これも神夢なのだろうか？

そんなある日、地下宮殿の中で小さな少女を拾った。

地上と繋がる明かり取りの穴から落ちてきたらしい。まるで巣から転げ落ちた雛《ひな》鳥のように、べちゃっと不格好に転がっていたが、それを見つけた時、穴から陽《ひ》の光が射し込んで、少女の姿を丸く照らしていた。

「天離《あまさか》る　鄙《ひな》の夢路に　神鳥《みどり》飛ぶ——」

知らず、そう口ずさんでいた。

顔を上げた少女がふるふると首を動かし、目と目が合った。その瞬間、これだ——これが自分の鳥だ、と直感した。

夢ではない。天上から遠く離れたこんな場所で、神から遣《つか》わされた鳥が自分の許へ舞い降りたのだ。

この子を傍《そば》で育てたい、と初めて我がままを言った。

日奈《ひな》と名付けたその少女は、虫を啄《ついば》む鳥だった。異花王を喰らう虫の化け物を、霊力で蹴散らすことが出来た。

日奈は異花王によく懐《なつ》いた。きらきらした眸《め》で、異花王の命令を待つ。嬉しそうに、異花王のためによく働く。日奈が嬉しそうなのが嬉しくて、用を言いつける。日奈を喜ばせたくて何か用を考え、うまく出来ると褒《ほ》めてやる。そうして頭を撫でてやることでまた日奈が嬉しそうにするのを見るのが嬉しかった。

日奈は異花王の光だった。日奈を見ていることで、異花王は自分がどれほど心を弱らせていたのかを知った。

——私は、すべてを諦《あきら》めそうになっていたのだ。

苦しむだけの生を早く終わらせたかった。次に生まれ変わる時代に神庭の裔が残っているかどうかはわからないが、とにかく今の状態から脱したかった。

自分に大八洲を救うことなど出来ない。押しつけがましい神夢から逃げ出したかったのだ。けれど、そこに日奈が現れた。

日奈をこんな地下宮殿に閉じ込めておいてはいけない、と思った。彼女を光の射す地上へ出してやるためにも、自分がここから出なければならなかった。

心を強く持ち直し、日奈の力を信じた。日奈が自分のために現れた汝鳥なら、きっとこの状況を変えてくれる。

果たして日奈は、虫の郷の夏虫王《なつむしおう》を撃退して、異花王を地下宮殿での生活から解放してくれた。

しかし、やっと幽閉を解かれて地上へ出られたと思えば、虫は異花王の父母や郷の長老たちの心を蝕《むしば》んでいた。そのせいで、厳しくなった役調《えつき》に民は苦しみ、郷は諍《いさか》いが絶えない有様だった。

虫に喰われて穴の穿《あ》いた心を元に戻すことは出来ない。このままにしておけば、彼らは花の民ではなくなり、虫になり果てる。その前に殺すしかなかった。

自分を幽閉した両親に対し、憎しみの感情は特になかった。自分が逆の立場でも、そうするしかなかったと理解出来るからだ。宮殿の地下に虫どもが掘った穴を立派な宮殿に設《しつら》え、何不自由ない生活が出来るよう計らってくれた。両親は自分のために、出来る限りのことをしてくれている。それだけで十分だと思っていたからだ。

何より、神庭の郷を守る義務をしっかり心得た王と妃《みめ》、そして長老たちが、次々と心を虫に喰われてしまったのは、郷のために犠牲にした異花王への罪悪感が付け込む隙《すき》となったのではないか――。そう思うと、夏虫王の周到さを憎むことはあっても、彼らを憎むことは出来なかった。

そんな両親たちを殺す――辛《つら》い決断が出来たのは、本当は郷の民のことを考えたからではなかった。日奈に敬愛される主でいなければならない、日奈の前で毅然《きぜん》たる態度を崩してはならない、という思いの方が強かった。これも、日奈に与えられた力と呼ぶのだろうか。結果的に、日奈のおかげで異花王は名実共に花の郷の王になったのだ。

宇天那を継いでも、実務をこなしていた長老たちがいなくなったあとでは、なかなか混乱が収まらなかった。それでも日奈や若い者たちがよく働き、少しずつ郷の体制が整っていった。異花王にとっては、霊力の供給源となる妹の萌葱媛《もえぎひめ》が無事であったことも大きな救いだった。

そうして宇天那を立て直したあとは、大王家を倒す算段をしなければならなかった。あの黒金の大王家が鉄を振り翳《かざ》し続ける限り、神庭の裔の不幸は終わらず、大八洲の未来も暗澹《あんたん》たるものになるのだから。

しかし、金気に弱い神庭の裔が、鉄で固めた軍隊を持つ大王家を倒すのは容易ではない。獣の郷は疾《と》うに滅ぼされ、魚の郷も虫の郷も弱体化するばかり。宇天那も同様で、手勢はあまりに少ない。

如何《いか》に対抗するべきか、考えては日が暮れ、悩んでは日が昇る。

難題に悩み疲れると、もうどうでもよくなってくるのは地下宮殿に暮らしていた頃と同じだった。神庭の裔として自分が大八洲を守らなければという責任感と、大八洲など中つ人どもにくれてやって、自分は神庭へ還りたい――という逃避とがせめぎ合う。

そんな時のことである。側習《そばづかえ》の者たちが、異花王にそろそろ妃《みめ》を取ったらどうかと言い出した。ひとまず、日奈を気に入っているようなら、あの娘を側女《そばめ》として置くのもいいだろうと。

思いもかけないことだった。日奈がそのような対象として見られる年頃になっていたことにも驚いたが、そもそも日奈をそんな風に扱うつもりはなかった。無用のことだと一蹴したあと、ふと気がつけば、日奈の様子が変わっていた。

子供の頃は無邪気にこちらへ擦《す》り寄ってきて、嬉しそうに膝《ひざ》に載《の》ったり袖《そで》の中に包まったりしていたものが、いつの間にかそんな素朴な笑顔は消え、神妙な表情で主従としての距離を保つようになっていた。それは大人になったということだとしても、最近の日奈は、出立《いでた》ちにしても言葉遣《づか》いにしても、わざと女らしさを消すよう振る舞っている風に見えた。

それは、大人になることとは違うだろう。

もしや、あの話を聞いたのだろうか――と思って苦笑いがこぼれた。

この態度が、日奈の返事だ。側女として自分に仕えたいわけではないという。

自分自身が断った話ではあるが、日奈にそんな態度を取られると、いささか堪《こた》えるものがあった。

――側女にしたいわけではないが、そなたを欲しくないわけではないのだぞ。

それどころか、本当は、日奈さえいればいいのだ。日奈とふたりで暮らせるなら、大八洲などどうなってもいいと思えるほどだった。

けれど日奈は、異花王の命令を待つ。主から何か命じられるのを待つ。日奈は自分のために働きたがっている――。それがわかるから、日奈を働かせてやるために、命令する。徐々にそれは、日奈が自分のためにどれだけの犠牲を払えるのかを確認する行為になってゆくようだった。

穏やかな郷であっても、民同士の些細《ささい》な行き違いから訴訟沙汰《そしょうざた》が起こることもある。時に、虫の化生《けしょう》の残党が現れることもある。心優しい日奈には辛い裁きを執行するよう命じることもあれば、虫との戦いで傷を負わせることもあった。

何を命じても従う日奈。その絶対の献身に、この娘は自分のものだと強く感じる一方で、泣き言ひとつこぼさない代わりに笑顔も見せない日奈自身の意思はどうなのかと考える。自分が命じなかったら、日奈はどこへ飛んでゆくのだろう。

自分の命を受けるためではなく、日奈がただ自分に逢いたくて室《へや》に来るようなら、この腕の中に抱きしめて離さないのに。日奈は正しく分を弁《わきま》え、忠実過ぎるほど忠実な僕従《しとりべ》だった。そんな日奈の汝鳥としての性質が恨めしく、もどかしかった。

しかし、手真木が再び託宣を得た。

今のままでは日奈は汝鳥として完全《まったし》ではない。完全となるには、試練《くるしみ》を潜《くぐ》り、成長《そだた》ねばならない。試練は東にある、と。

今でも十分に忠実で生真面目《きまじめ》な汝鳥だというのに、これ以上、どう成長するのか？首を傾《かし》げているところへ、大王が萌葱媛を妃にと求めてきたのだ。その時、頭の中で様々な計算が巡り、長く悩んでいた問題にひとつの逆説的な答えが出た。

これはつまり、汝鳥の日奈が自分に与えるものこそが、自分の真の望み——宿願ということなのではないか？

日奈を萌葱媛の替え玉として大王の後宮へ入れる。そこで日奈が首尾良く大王を殺し、大王家を倒す力になるなら、自分の役目は神庭の裔として大八洲を守ること。しかし宇天那を出た日奈が試練とやらに呑み込まれた末、使命を果たせずに終わるなら、自分は大八洲を守れずに花と散る定め。

花として生きるか、花として死ぬか。どちらも自分が幼い頃から求め、選び切れなかったもの。それを日奈が選んでくれるのか。

——日奈は、私の行く末を決める誓約《うけい》の鳥だ。

今、大八洲の北の方では、現実に悪鬼《あしきもの》が出没し始めていることを神夢で見ていた。湧き出す悪鬼の数はこれからどんどん増えるだろう。

ならばいっそ、彼らを積極的に地上へ引っ張り出してやり、金気に覆われた大八洲の掃除をしてもらおうか。

地下から湧いてくる化け物に苛《さいな》まれる苦しみ――。

大八洲の人々は、自分が宇天那を守るために耐えていた苦しみを知らない。

神庭の郷は中つ人のためにある。それを存続させるために味わった自分の辛苦《しんく》も知らず、ただ時代錯誤の存在として神庭の裔を扱うつもりなら。それならば自分と同じように、地下からとめどなく現れる化け物に襲われる恐怖と絶望感を味わってみればいいのだ。

悪鬼どもに暴れてもらい、大王家を倒したあと、新たにまた神庭の裔が治める国を作ればいい。血腥《ちなまぐさ》い大仕事にはなるが、これは天つ罪。大御神の御意思だ。そしてこの計画が成功するかどうかは、日奈の働きに懸《か》かっている。

果たして日奈は、大王暗殺の命《めい》と身代わりの輿《こし》入れを素直に受け入れた。天つ種も受け取り、都へ向けて出立していった。

もちろん、成功確率の低い賭けだとは初めからわかっていた。宇天那しか知らない日奈を郷の外に出すことは、輿入れという形で自分以外の男の許へ行かせることも、心配でしかなかった。だが、だからこそ、これは誓約なのだ。日奈が自分に与えてくれるものを神懸けて占う行為なのだ。

——日奈が私に与えるものなら、日奈と共に得られるものなら、たとえそれが死であっても、それが私の宿願《ねがい》なのだ。

そう、大王暗殺に失敗するなら失敗してもいい。その失敗こそが日奈の試練となり、彼女が完全なる汝鳥に成長出来るなら。その翼で自分を天上の神の許へ導いてくれるなら。

金気に覆われた大八洲など捨てて、人の殻《から》も脱ぎ捨てて、共に神庭へ昇るのだ。そんな結末もあっていい。

唯《ただ》に計算外だったのは、朱鷺王《ときおう》の存在である。

まさか大王の息子が名を偽って日奈と出逢い、こうまで振り回してくれるとは思わなかった。あの男のせいで、すべての計画が狂ってしまった。大王暗殺に失敗することは想定の内だったが、日奈が後宮から攫《さら》われることなど考えてもみなかった。

朱鷺王との出逢いで、日奈は変わった。ただ素直に親鳥の後を随《つ》いて歩く雛鳥ではなくなってしまった。無条件に自分の味方をする日奈は消えてしまった。

確かに日奈は成長したのだろう。だが自分はこんな成長を望んでいなかった。誓約の結果がどう出ようと、日奈が自分から離れることがあるなどとは思わなかったのに。

我鳥《わどり》が汝鳥を惑《まど》わす——。まさに大当たりの託宣だ。

今となっては、日奈が未《いま》だ『川彦《かわひこ》』の正体を知らずにいることには、意味があるのかもしれないと思える。この自分ですら、日奈にそれを明かすことが出来なかった。これこそが神意《あまつみこころ》、日奈の本当の試練なのかもしれない。ならば、日奈が知るべき時に、彼の正体を知ることになるだろう。

日奈がどこに辿り着くのか。

日奈が自分の許を離れてどこへ翔《と》んでゆくのか。

それを知りたい気持ちはあるけれど——。今世《いまのよ》の自分がそれを見ることはないだろう。

生まれ変わったら？　また次に？

次などない。自分が何度生まれ変わっても、日奈はひとりだ。自分が欲しいのは、生まれ変わった日奈ではない。

私の日奈は、天離《あまさか》る雛。私を神庭へ連れて行かない。

——天離る　鄙《ひな》の夢路に　神鳥《みどり》飛ぶ　我《われ》こそ汝《なれ》も　雛よこの雛

私の許へ降り立った神の雛鳥は、やはり夢の中の鳥だったのだろうか。私の可愛《うるわし》い雛鳥は、他の男にも欲しがられた末、私のものにはならずに飛び立ってしまった——。

花の散る時

どれほどの時間か、日奈《ひな》は気を失っていたようだった。

傍《かたわ》らを見れば、異花王《ことはなおう》との戦いで傷を負った川彦《かわひこ》も倒れ伏している。ゆっくり胸が上下しているところからして、息はあるようだ。ほっとして自分自身の状況を気にすれば、異花王の腕に抱かれて傷を癒《いや》してもらっていた。

まだ全身が痺《しび》れていて、声もうまく出せなくなっているが、異花王の腕から温かい霊力が流れ込んでくるのを感じる。同時に異花王の心の想いも伝わってきた。それは日奈にとってびっくりするような主の本心だった。

あんなに堂々と立派に見えた異花王が、地下宮殿での幽閉生活に心が挫《くじ》けかけていたなんて。大八洲《おおやしま》のことなどどうでもいいと見捨てかけていたなんて。

まさかそんな風に、異花王が自分を愛してくれていたなんて。見返りなど考えもせず、ただ主のために働きたかっただけ――そんな純粋過ぎる忠誠が、却《かえ》って異花王を苦しめていたのだろうか。

だが一番驚いたのは、異花王が日奈を使っているように見えて、実は異花王は日奈の行動に己の行く末を委《ゆだ》ねていたという事実だった。

知らずに誓約《うけい》を託されて、自分に結局何が出来たのか――。

答えがわからないまま、異花王の心の流れは、日奈が都へ出立した辺りで見えなくなってしまった。異花王自身が口を開いたのだ。

「――日奈。改めて問う。そなたは、天上《あめのうえ》に翔《と》ぶより、雲下《くものした》に生きることを選ぶというのだな」

翔ぶ――。

日奈は傍らに倒れる川彦へ目を遣《や》り、唐突に気がついた。

川彦がよく口にしていた「翔びたい」の意味。

彼の言うそれは、文字通り空を翔ぶことではない。先へ進むこと。未来へ行くことだ。

異花王は過去へ戻ることを望み、川彦は未来へ進むことを望む。

昔へ戻るより、川彦の語る未来を見てみたい、と思ってしまったのだ。

世の中には、自分の知らないことがたくさんある。それを知りたいと思ってしまった。

狭い世界から飛び出したくなったのだ。

――わたしはずっと、自分《おのれ》を花に宿る鳥だと思っていた。

けれど違った。わたしは――。

日奈の表情を見て、異花王が微笑《わら》った。

「……そうか。そなたは今ようやく、卵の殻《から》から出たのだな……」

日奈の目の前で、異花王の美しい姿が歪《ゆが》んだ。

「……!?」

身体に流れ込んできていた温かい霊力も滞《とどこお》り始め、やがて止まる。

そこまで来て日奈はやっと、異花王が限界を超えた霊力を放って川彦と戦っていたことに気がついた。そうして今、最後の力を振り絞って、日奈を癒してくれていたのだ。

「いやだ、いけません、大君様……！」

掠《かす》れた声で懇願し、縋りつく日奈の腕を払い、異花王が儚《はかな》く頭《かぶり》を振る。

「私は花だ。花は、美しく咲いて潔《いさぎよ》く散る――」

次の瞬間、日奈の視界は真白《ましろ》く塗り潰《つぶ》された。

白いものは花びらだった。

天《あま》つ花が隙間《すきま》もないほどに重なり合いながら舞い、それは大八洲中を覆《おお》っていった。降り注ぐ天つ花に纏《まと》わりつかれ、悪鬼《あしきもの》が次々と塵《ちり》になってゆく光景が見える。

異花王は散りたかったのだ――と日奈は知った。

それが異花王の宿願《ねがい》。

異花王は神庭の花として散りたかったのだ。人の身体を捨て、花となって天上へ還《かえ》りたかったのだ。

大八洲中にこんな騒乱を起こして、最終的な望みが散ることだなんて、とんだ人騒がせ、傍《はた》迷惑なことだと世人《よのひと》は言うだろうか。

だが異花王が過ごした壮絶な幽閉生活を知っている日奈は、民のために長くあんな目に遭《あ》ってきた方が、己が楽になることを望んで何が悪いのかと思う。誰がそれを責められるのか。

あれほど苦しんできた異花王が、大八洲中を巻き込んでまで、求めたもの。花として散ることが主の望みなら、叶《かな》えてやりたい。叶えてやれてよかったと、心から思う。

結局は自分も、他人《ひと》のことより己の願いを叶えたいだけの身勝手な人間なのだ。大君様の願いが叶うなら、他はどうでもいい――そう思ってしまう罪深い人間なのだと思い知って、日奈の口の端に苦い笑みが漏《も》れた。

けれど花と散った異花王は、きっといつかまた生まれ変わる。その世で大八洲に禍《わざわい》があれば、やはりまた神庭の裔として働こうとするだろう。

――わたしは、花を散らす鳥だった。

申し訳ありません。わたしはあなたの鳥になれなかった。

あなたを、散らせることでしか、苦しみから解き放って差し上げられなかった。

どうか、再び生まれ変わられた時には、もっと役に立つあなたの鳥を見つけられますよう――。

日奈は目を閉じてそう願い、倒れたままの川彦の傍へと身体を引きずって移動した。

頬に触れると、息はあるが、かなり顔色は悪い。異花王と戦っている時は余裕ありげに見えたのに、彼もまた渾身《こんしん》の力を振り絞っていたのだ。

降りしきる天つ花を必死に川彦の身体の上に集め、日奈は涙ぐみながら悪態を吐《つ》いた。

「おまえはこの程度《くらい》で死ぬような男じゃないだろう。わたしを貰《もら》いたいんじゃなかったのか。本来《もともと》、大君様と違っておまえは花なんか似合わないんだから、さっさと癒しの力だけ借りて起き上がれ――」
そうするうちに、自分の傷の痛みもぶり返してきた日奈は動けなくなり、川彦の身体に重なるように倒れ込んだのだった。

雛、翔る

次に日奈《ひな》が目を覚ました時、傍《そば》には手真木《たまき》がいた。

そこは宇天那《うてな》王宮の自室だったが、どこか周囲に閑散《かんさん》とした雰囲気を感じながら経緯《けいい》を訊《たず》ねると、日奈は長く生死をさ迷っていたのだと言われ、その間のことを教えられた。

白い空間での異花王《ことはなおう》と川彦《かわひこ》の戦いは、現実には数日間続いていたらしい。そして、異花王が散った時、郷《さと》の中で霊力を持つ者のすべてが共に散ってしまったのだという。そのおかげで大八洲《おおやしま》中の悪鬼《あしきもの》を塵《ちり》にすることが出来たのだと。

「萌葱媛《もえぎひめ》も……？」

「ええ。霊力《みちから》を持つ花の民がいなくなり、宇天那は神庭《かむにわ》の郷としての機能《ちから》を失ってしまいました。――けれどいずれ、王となる者がまたこの郷に生まれ変わる。その時まで、花の民はひっそりと郷を守って生きることになるでしょう」

「……」

大八洲の無事と引き換えに、宇天那は大きな犠牲を払うことになってしまった――。胸を痛めながらも、日奈はきょろきょろと辺りを見回した。

「――川彦は……？　あの男の手当てもしていただけましたか」

「私が駆けつけた時には、あなたの姿しかありませんでした」

「どうして……。気を失っていたのに、自分《おのれ》でどこかへ行けるはずがない――」

訝《いぶか》る日奈に、手真木は鞘《さや》に入ったままの鉄剣を見せた。

「あなたの傍に、この剣《つるぎ》が落ちていました」

「川彦の剣――！」

「郷の者が、あの日、見慣れぬ黥面《げいめん》の男を見かけたと言っていました。騒ぎのどさくさで仲間が郷へ入り込み、私があなたを見つける前に彼だけを運び出したのかもしれません。これはその時の忘れ物でしょう」

「……そういうことも……ある……でしょうか……？」

日奈は川彦の剣を見つめながら首を傾《かし》げた。

大八洲の各地に知り合いはいても、気紛《きまぐ》れで単独行動が基本の川彦に、どんな仲間がいるというのだろう――。疑問ではあったが、今はその説を信じたくもあった。

――あの自由《きまま》でふざけた我鳥《わどり》の男が、そう易々《やすやす》と死ぬわけがない。きっと今もどこかでちゃらんぽらんに生きているに決まっている……！

それからしばらく、養生に専念して体力を取り戻した日奈は、今後の身の振り方を考えた。そして手真木にそれを申し出た。

「わたしは、宇天那を出ようと思います」

手真木は意外そうな顔をして日奈を見つめ返した。

「宇天那を出る――？　あなたは、郷の外では金気《かなけ》に中《あた》って動けなくなるのでは？」

「それが、川彦が置いていった鉄《くろがね》の剣《つるぎ》をしばらく傍に置いて暮らしていたら、慣れました」

日奈は事も無げに鉄剣を持ち上げて見せる。以前は鉄に触れるだけで手が痺《しび》れていたが、今はまったく平気である。それを見て、手真木は「なるほど」と頷いた。

「金気の力を受け入れる気持ちが、金気の穢《けが》れを吹き飛ばしましたか……。けれど、宇天那を出てどこへ行くのです？　あなたは、この郷を守る手助けをするものと思っていましたが」

「申し訳ありません……」

日奈は恐縮して謝り、きっぱりと続ける。

「わたしは、川彦を捜しに行きたいのです」

「……捜して、どうするのです」

「どうするかは――わかりません。ただ、わたしは、あの男に逢いたい」

ただ逢いたいだけ。

誰かのためではない。世のため人のためではなく、ただ自分のために、あの男に逢いたい。今までそんな感情で行動したことはなかった。

けれど日奈の心は決まっていた。宇天那を守ることより、自分の心のままに生きることを決めていた。

表情に固い意志の見える日奈を、手真木は無理に引き留める気はないようだった。

「……そうですか。彼の居場所《いどころ》に、どこか当てはあるのですか？」

「わかりません。職業《なりわい》は旅人と名乗るようなふざけた男ですから、どこにいるやら……。差し当たっては、都の方へ向かってみようと思います」

「都は――」

手真木は少し口籠《くちごも》ってから続ける。

「都は今、いささか混乱《みだれ》ているかもしれませんよ。戦《いくさ》の傷が原因《もと》で大王が亡くなり、若い長子《このかみ》が跡を継いだばかりだと聞きます」

「はい、噂には聞いています」

だからこそ、都へ行って、自分の蒔《ま》いた種が引き起こした結果を見たかった。

時は戻せない。だから自分がこれから出来ることを探すために。罪悪感に沈むより、自分で自分のするべきことを見つけるのが大切だと思うから。

そんな風に考えられるようにしてくれた川彦に逢いたい。

そうだ、川彦を見つけたら、あの男にもう少し世のために働くということを教えてやるのだ。自分だけが影響されて、変化させられるのは悔しい。

それから、一緒に海へ行って狭真魚《さまな》を見るのだ。釣りが下手《へた》な川彦はきっと釣れないだろうから、自分が先に釣り上げて見せびらかしてやるのだ。ああ、その前に、鉄剣を扱えるようになったことも自慢しなければ。

川彦に逢えたら。あの男に逢えたら——。

微笑みを浮かべ、日奈は宇天那を旅立った。

小さかった雛鳥は、今、生まれて初めて、己の思うままに大きな空へと翔《と》び立ったのだった。

〔了〕

あとがき

こんにちは、我鳥彩子《わどりさいこ》です。

この度《たび》は、私の四十冊目の著作をお手に取っていただき、ありがとうございます。しかもこの十一月でデビュー十周年なので、重ねて記念すべき作品となりました。

数字的な区切りの意味を除いても、この作品は題材として私が長年書きたかったものでして、「やっとこのネタを吐き出せた……！」という思いが強いです。

『古事記』上巻、八千矛神《やちほこのかみ》（大国主神《おおくにぬしのかみ》）が沼名河比売《ぬなかわひめ》に妻問いする場面の歌謡に、

今こそは　我鳥《わどり》にあらめ
後《のち》は　汝鳥《などり》にあらむを

という件《くだり》があります。辞書を引いて、《我鳥》というのは自由を好んで相手に従わない喩《たと》え、《汝鳥》というのは相手に従う従順さの喩えらしいと知った時、「こういう相反する

性質を持つ者同士が皮肉な運命に翻弄《ほんろう》されるお話を書いてみたい！」と思ってから、気がつけばもう四半世紀が経《た》とうとしております。

投稿時代、この我鳥と汝鳥のネタでああでもないこうでもないと延々お話を考え続け、どうにもこうにもうまくまとまらず、とうとう自分の力不足に降参して諦《あきら》めたのです。ただどうしても好きなネタなので、作品化を諦める代わりに、このネタから新しいペンネームを付けようと考え、『我鳥彩子』というペンネームが生まれました。

私が創っていた《我鳥》の設定は、我がまま勝手に生きているくせになぜだか強運で、なんだかんだで世の中うまく渡ってゆける――というものでして、それが我ながら羨《うらや》ましく過ぎて、あやかりたい、と思ったわけです。

でもこのペンネームに変えた途端、投稿活動に成果が出始め、受賞デビューが叶《かな》い、こうして十年が過ぎて四十冊も本を出していただけました。もしかしたら、《我鳥》というのは本当に運の強い名前なのかもしれません（笑）。

実際の私は、我がままで束縛を嫌う我鳥質な部分と、神経質で調和と安定を好む汝鳥質な部分が混在しておりまして、まあ普通の人間はそんなものだと思います。これがどちらかへ極端に偏《かたよ》っていると、日奈《ひな》や朱鷺王《ときおう》のように物語の主人公になれるのだと思います。所詮《しょせん》私は、自分のネタにあやかって名前を付けただけの似非《えせ》我鳥なのでした（苦笑）。

それはともかく、十年以上も昔に諦めたはずのネタがどうして復活したのかといえば、去年のある日唐突に、このネタへの新しいアプローチ法がツピーンと閃《ひらめ》いてしまったのです。昔考えていたものとは全然違う雰囲気になりましたが、これなら書けそう、という思いが盛り上がり、担当様の了解を取って書かせてもらった次第です。今なら書けそう、という思いが盛り上がり、担当様の了解を取って書かせてもらった次第です。

なお、『古事記』の中の歌謡と本作の内容にまったく関連はありません。単に私が《我鳥》と《汝鳥》というワードに創作意欲を刺激されてしまっただけですので。

我鳥と汝鳥の、どちらかが絶対的に正しくて、どちらかが絶対的に間違っている、ということはなくて。どっちもどっちで問題ありだなあ、どちらにも悪気はないんだけどなあ、という関係性のお話を書くのが私は好きです（デビュー作もそんな感じでした）。

このお話も、初めのうちは朱鷺王が世の中を知った感じで日奈にお説教したりしていますが、彼自身にも逃げているものがあって、結局はその報《むく》いを受けますしね。

そう、女の子が成長する物語を書きたかった本作ですが、『世間知らずのヒロインを完璧なヒーローが導く』という構図にする気はありませんでした。そもそもヒーローを完璧にカッコイイ存在として書くことにあまり興味がないのです私。欠点があるキャラの方が好きです。そのせいもあって、何かとヒーローが残念になりがちです（苦笑）。

本作の世界観は、日本の神代《じんだい》～上代《じょうだい》をいいとこ取りで参考にしつつ、ファンタジーとしてオリジナルの設定を創っています（『大八洲《おおやしま》』という列島も、実際の日本とは違って、陸地がかなり細切れです）。

ただ、この手の漢字が多い世界観の作品は、これまでコメディしか発表してこなかったので、私の過去作をご存知の方が本作を読むと、「カタカナ言葉がひとつもない！」と驚かれるかもしれません。

以前、中華風コメディを書いていた時は、『好男子《こうだんし》』と書いてイケメンとルビを振っていたりしまして、じゃあ古代和風なら『可美少男《うましをとこ》』と書いてイケメンと読ませるのか？といったら、今回はそのようなお話ではありませんで申し訳ないです（苦笑）。

でも訓読みにときめく趣味を持つ私としましては、古代和風というのは大変楽しい舞台でございます。が、当然というべきか文章のすべてを記紀の訓《よ》み下し文みたいにすることは出来ず、所々で古訓を引っ張って来たり語意に拠《よ》った訓読みルビを振ったりもしながら、現代人の私たちが理解しやすい漢語を使いつつの執筆となりました。

会話文に関する細かい設定を少しお話しすると、大陸文化との接触が多い大王家側の人間は、神庭《かむにわ》の裔《すえ》側と比べると漢語をより日常的に使っています（同じ字を書いても、日奈は「霊力《みちから》」と言い、朱鷺王は「霊力《れいりょく》」と言うように）。かといって、日奈や異花王《ことはなおう》の台詞《せりふ》を全部倭語《やまとことば》で構成するのは無理があり、朱鷺王だって普通に古来からの言葉も使うので、本文中の会話法則（ルビの振り方）が少しややこしいのですが（苦笑）、まあ朱鷺王の方が気持ち多めに音読みの言葉を使いがち、という程度にご理解ください。

それでいながら、黒金《くろがね》の大王《だいおう》を、神庭の裔側が決して『おおきみ』と訓読みせず、本人が名乗る通りの『だいおう』と呼ぶのは、それが彼らのプライドです。大王家を自分たちの文化とは別のところにある権力と捉《とら》え、古来の言葉で『おおきみ』とは呼びたくないんですね。そして大王家側も、そんな古臭《ふるくさ》い呼ばれ方をされたくなくて、敢《あ》えて漢語で『だいおう』と名乗っています。

……ああ、そんなことを言っているうちに紙幅が尽きてまいりました。これ以上、細かい設定をあとがきで説明するのも野暮《やぼ》なので、この辺りにしておきたいと思います。

目が離せなくなるような美しい装画を描いてくださった禅之助《ぜんのすけ》様、いつもお世話になっている関係者の皆様、今この本をお手に取ってくださっているあなた、ありがとうございます。お気軽にご感想などお寄せいただければ嬉しいです。

二〇一九年　十月

年末近くに、原作を担当した少女漫画の新刊が出る予定です！　我鳥彩子

ブログ【残酷なロマンティシズム】　Twitter【wadorin】

※この作品はフィクションです。実在の人物・団体・事件などにはいっさい関係ありません。

集英社オレンジ文庫をお買い上げいただき、ありがとうございます。
ご意見・ご感想をお待ちしております。

● あて先
〒101-8050　東京都千代田区一ツ橋2-5-10
集英社オレンジ文庫編集部 気付
我鳥彩子先生

雛翔記

天上の花、雲下の鳥

集英社
オレンジ文庫

2019年11月25日　第1刷発行

著　者　我鳥彩子
発行者　北畠輝幸
発行所　株式会社集英社
〒101-8050東京都千代田区一ツ橋2-5-10
電話【編集部】03-3230-6352
【読者係】03-3230-6080
【販売部】03-3230-6393（書店専用）
印刷所　図書印刷株式会社

※定価はカバーに表示してあります

ISBN 978-4-08-680285-7 C0193